DOGORA
ドゴラ
RODIN
ロダン
ALLEN
アレン
KRENA
クレナ
JN108396

ヘルモード
HELL MODE
～やり込み好きのゲーマーは廃設定の異世界で無双する～
1
HAMUO
ハム男
ILLUST 藻 MO

プロローグ――010
第一話◆転生したら農奴だった――018
第二話◆はじめての召喚獣――039
第三話◆クレナと「騎士ごっこ」――058
第四話◆鑑定の儀――085
第五話◆クレナVS副騎士団長――108
第六話◆事件――136
第七話◆アレンの決意――162

第八話◇アルバヘロン狩り――193
第九話◇武器屋の息子ドゴラ――214
第十話◇ボア狩り――248
第十一話◇Eランク召喚獣――281
第十二話◇領主の来訪――307
第十三話◇旅立ち――332
特別書き下ろしエピソード◇湖のほとり――354
あとがき――368

CONT

O ILLUSTRATION HELLMODE 1: HAMUO PRESENTS, MO ILLU
LLMODE 1: HAMUO PRESENTS, MO ILLUSTRATION HEL
MUOPRESENTS, MO ILLUSTRATION HELLMODE 1: HAMUO
OILLUSTRATION HELLMODE 1: HAMUO PRESENTS, MO ILLU
LLMODE 1: HAMUO PRESENTS, MO ILLUSTRATION HEL
MUOPRESENTS, MO ILLUSTRATION HELLMODE 1: HAMUO
O ILLUSTRATION HELLMODE 1: HAMUO PRESENTS, MO ILLU
LLMODE 1: HAMUO PRESENTS, MO ILLUSTRATION HELLMC
RESENTS, MO ILLUSTRATION HELLMODE 1: HAMUO PRES
LLUSTRATION HELLMODE 1: HAMUO PRESENTS, MO ILLUS
LLMODE 1: HAMUO PRESENTS, MO ILLUSTRATION HELLMC
RESENTS, MO ILLUSTRATION HELLMODE 1: HAMUO PRES
LLUSTRATION HELLMODE 1: HAMUO PRESENTS, MO ILLUS
LLMODE 1: HAMUO PRESENTS, MO ILLUSTRATION HELLMC
RESENTS, MO ILLUSTRATION HELLMODE 1: HAMUO PRES
LLUSTRATION HELLMODE 1: HAMUO PRESENTS, MO ILLUS
LLMODE 1: HAMUO PRESENTS, MO ILLUSTRATION HELLMC
RESENTS, MO ILLUSTRATION HELLMODE 1: HAMUO PRES
LLUSTRATION HELLMODE 1: HAMUO PRESENTS, MO ILLUS

プロローグ

男の名は山田健一。35歳のサラリーマンだ。独身である。

「終わったがな、たった3年でサービス終了とか」

男は1人、1K8畳の部屋で呟く。今は土曜日の真っ昼間だというのに外に出かけることなくパソコンの画面を見て嘆いている。

パソコンの画面にはファンタジーらしい風景とともに、右下に『FIN』とおしゃれに表示されている。オンラインゲームなのか、お疲れさまでしたとゲームのキャラたちが思い思いにお別れのしぐさや言葉を発している。

「いや、まあこれもヌルゲーだったな。ヌルヌルのヌルだ。終わってよかったかもな。時間やお金の犠牲も少なくて済んだと思えば」

健一はこれまでボーナスや給与をガチャや課金アイテムにつぎ込んできたが、サービス終了に対しそこまで悲しみを感じていない。

3年前に始めたネットゲームだが、設定も攻略も易しすぎて不満があった。不満に思いながらもいつかバージョンアップしてやり込み要素を追加してくれると信じて続けてきた。

だが、ユーザー数が増えなかったのか、無慈悲にもゲーム配信会社はサービス終了を決定したのだ。

「お？　何々、新しいサービスを開始しますって？」

ゲームを終了させ、ゲームの配信会社のホーム画面を見る。

そこには、新たに始まるゲームのリンクがあった。リンクの先は新しいゲームの紹介ページのようだったので、クリックする。

「何々、え……」

健一は驚愕する。そこには彼を絶望させるような文言が並んでいた。

・ログオフしている間にも勝手にレベルアップ！
・職業は簡単にリセットできるよ！
・戦闘は勝手にＡＩがやってくれるよ!!
・今ならレジェンドアイテムが必ず出るガチャが3回引けるよ!!

「絶望的にヌルゲーだ。これではヌルゲーではなく、もはや放置ゲーだ。いつからこうなった……」

男は両手で顔を覆い、古き良き時代のゲームを思い出す。それは20年前初めてネットゲームに触れた時のことだった。

レベルアップにも四苦八苦し、1つレベルを上げるのにも1か月かかることは当たり前だった。

半年かけて上級職にクラスチェンジした時の感動を今でも覚えている。

死ぬとデスペナルティーがあり、装備は床に落ち、経験値は20%も失う。

ボスのHPは信じられないくらい高く、50人のレイド戦でも1時間以上殴らないと死なない。3時間かけたこともある。連射に耐えかねてよく壊れるので、予備のキーボードは必須だ。

しかも、必死に倒しても落とすアイテムは1個だけ。そのあと50人による殺し合いが始まる。

そんな理不尽でシビアな内容だからこそ、手に入ったアイテムにもレベルにも思い入れを持てた。

そうして何百時間どころか、何万時間もかけて熱中したネットゲームも10年以上前にサービスを終了した。


あの頃の感動を求めて、いくつものゲームをやってきた。

しかし、時代は変わった。今のプレイヤーたちはやり込み要素を求めていない。大手も新規のゲーム配信会社もヌルゲーにシフトしていった。

レベルはサクサク上がり、武器も防具もスキルも簡単に手に入るようになっていった。

「他のゲームを探すか」

今やっているゲームの配信会社に見切りをつけ、やり込み要素の高いゲームをネットで探すことにする。

検索バーに『ゲーム　廃設定　やり込み』と入力し、求めるゲームを探す。

すると、配信会社の表示もなく、ゲームタイトルもないサイトが検索結果の最も上位に表示されたのである。

「お!? 何々……『終わらないゲームにあなたを招待します』だって?」

終わらないゲーム、遊びつくせないゲームなど好奇心をくすぐる文言が画面に溢れている。

「なるほど、西洋風の剣と魔法のファンタジーな世界か。とりあえずやってみるか、えっと、設定はこのサイトの画面で直接するのか」

興味がわいたのかとりあえずやってみる。

ゲームはダウンロード形式ではなく、ブラウザ上で各種設定をするようなので、設定画面に移動する。

「まずは難易度、イージーモードからあるぞ。ノーマル、エクストラ、ヘルと。イージーモードなんて甘えだろう」

どうやら、ゲームの難易度はユーザーが設定できるようだ。難易度による相違点の説明もしっかりある。

・イージーモード
ノーマルモードの10倍の速度でスキルの入手、スキルの成長が可能です。

エクストラスキルを3つまでガチャで引くことができます。

ゲーム初心者の方、レベル上げなんて嫌いだよという方に大人気のモードです。

・ノーマルモード
通常モードです。

エクストラスキルを１つまでガチャで引くことができます。

一番人気のモードでそれなりに育成することができます。

どのモードにするか迷った場合はこのモードを選択しましょう。

・エクストラモード
スキルの入手、スキルの成長がノーマルモードの10倍かかります。

しかし、ノーマルモードでは到達できない域まで育成が可能となっています。

通常スキルを１つガチャで引くことができます。

ゲームに慣れた人、ノーマルモードでは易しすぎて不満のある玄人の方に最適なモードです。

・ヘルモード
スキルの入手、スキルの成長がノーマルモードの１００倍かかります。

成長限界はありません。ガチャは引けませんので、職業で選択したスキルのみ初期に入手することが可能です。後悔先に立たず。絶望があなたの前に現れることでしょう。

もし絶望を超えることができたなら、あなたはきっと１つの真理を発見できること間違いなしで

す。作成スタッフの遊び心で作ったモードです。

ノーマルモード、エクストラモード、ヘルモードと難易度を上げるほど、スキルは入手しづらく、レベルも上がりにくい。

しかし、難易度が上がるにつれて、成長限界が緩和されていく設定になっているようだ。

「ヘルモードと。次は……職業を選べるのか」

ヘルモードを迷わず選択する。

次に職業の選択画面に切り替わる。ゲームでよく見た職業がある。

剣士、格闘家、盗賊、商人、魔法使い、賢者、剣聖、聖女、大魔導士と選択式になっている。

この職業も難易度があるようだ。職業をクリックすると難易度の表示が現れる。

「職業は結構多いな。これも下の職業にいくほど、育成の難易度設定が高くなっているぞ。勇者や魔王まであるのか」

より下に書かれた職業の方が、レアで強い設定のようである。そして職業の扱いやすさが難度となって星印で表示されている。

剣士や格闘家の難易度は星1つとある。

剣聖や大魔導士は星3つのようだ。

勇者や魔王は難易度が星5つもある。

「なんだ？　剣士と剣聖だと剣聖の方がいい気がするが、なぜ選ばせるんだ？」

剣士の上位版が剣聖と当然考えられる。なら誰でも剣聖を選ぶだろう。

とりあえず、剣士を選択してみて確認をする。選択すると画面が変わり、次に階級の選択になる。

「平民、男爵、伯爵。なるほど階級はガチャで決まるのか。国王まであるぞ。剣聖でも同じか？」

異世界ものの小説に出てきそうな身分階級が選択できるようになっている。

健一は異世界ものの小説をいくつも読んでいたので、すんなりと階級が理解できる。

やり直しボタンで職業選択の画面に戻り、剣聖を選び直す。

「農奴、平民、男爵しか選択できないぞ。なるほど、強い職業を選べば身分が低くなって、育成が難しくなるのか」

勇者を選択してみると農奴と平民からガチャによる確率で決まるようだ。

ガチャの確率も表示されており、運で階級は決まる。強い職業ほど低い階級になりやすいようだ。

高い能力に成長できる職業ほど低い階級からのスタートになるということが理解できた。

「どれにしてみるかな。剣士も魔法使いもやってきたしな。今回はヒーラーに挑戦するのも悪くないか。そういえば魔王はやったことないな。農奴で魔王ってなんか面白そうだな、ん？　まだ職業があるぞ」

どれを選択しようか迷いながら、一番下の選択肢だと思っていた魔王を選ぼうとすると、さらなる職業の選択肢があることに気付く。

「召喚士？　召喚士は魔王より難しいってことか？」

職業選択の一番下は召喚士だった。召喚士の難易度は星8つと表示されている。

とりあえず、召喚士を選択すると、階級は農奴しか選択肢がないようだ。

「召喚士か。あまりやったことないけど神龍とか召喚できたらカッコいいだろうな」

健一は数々のゲームをやってきた。ネットゲームだけではなく、家庭用のソフトゲームも当然プレイしている。国民的に人気のあるゲームの中で、召喚士がギリシャ神話に出てきそうな召喚獣を召喚していたことを思い出す。

「よし、召喚士だ、階級は農奴っと。選択はこれで全部か？」

モードは『ヘルモード』、職業は『召喚士』、階級は『農奴』を選択したが、これ以上の選択はないようだ。

見た目とか、性別の選択はないのかなと思い画面の隅々まで見るが、1つのクリックボタンしか見あたらない。

『開始しますか？』という大きなクリックボタンだけが画面に表示されている。クリックするとメッセージが表示される。

『召喚士はまだ、試験運用が終わっておらず、そしてユーザーがいません。それでも開始しますか？　はい／いいえ』

「あ？　テストはまだってことか？　じゃあ何で選択できるんだよ。でも逆に面白いな。なるほど俺がテストしてやるよ！」

健一はためらわず『はい』を選択する。画面が光り、1K8畳の部屋から誰もいなくなる。

この世界から山田健一はいなくなってしまったのだ。

第一話　転生したら農奴だった

温かい。健一は自分が意識を失っていたことに気付いた。そして、温水プールかそれ以上に温かい液体の中に自分がいることに驚く。

（え？　息が!?）

このままでは溺れてしまうとパニックになる。しかし、不思議と力が入らず、うまく体を動かせない。

（やばい、死んじゃうって!!　うん？　息していなくても大丈夫だぞ？　どういう状態だ？）

温かい水の中にいて、何も見えず、息もできないはずなのに大丈夫だ。それどころか何かとてつもなく落ち着く。

会社員として社会の荒波にもまれ疲弊していた健一の心も癒やされていく。

その心地よさに身を任せ、ただただ時が過ぎていくのを待つのであった。

それから10日が過ぎたある時。

健一は急に不安を覚えた。今まで抱いたことのない、妙な感覚だ。

（お？　もしや？　これは？　ぐ、くるしいぞ）

全身が強く締め付けられるような感覚を抱く。

相変わらず力も入らず、目も見えないし、耳も聞こえない。意識だけがある状態だ。

全身の締め付けから解放されたと思ったら、またぬるま湯のようなものに入れられる。

(こ、呼吸が、ぐぐぐ)

今まで呼吸していなくても問題がなかったが、息が苦しくなる。呼吸ができず苦しんでいると、お尻の辺りに衝撃が走る。何度も衝撃が走る。どうやらお尻をぶたれている。

(ぶ！　痛いんじゃ!!　何すんねんや！！！)

「ふぎゅあ、ほぎゃああ！！！」

「おい、息をしたぞ！　頑張ったな、テレシア!!」

「ええ、あなた……」

初めて聞く声がする。目もほとんど見えず、耳もよく聞こえない状態だが、どうやら日本語のように聞こえる。

気道は確保され、ようやく求め欲した酸素を吸収していく。

お湯から出された後、何かごわごわしたものにくるまれ、しばらくすると落ち着きを取り戻した。

(これは、もう疑いようのない転生です。本当にありがとうございました。なんで出産前からの転生なんだよ。せめて5歳くらいから始めてくれよな！)

＊　＊　＊

それから6か月が過ぎた。健一は、あたりの様子を窺いながら日々を過ごしてきた。生まれた頃より目は見えるようになり、耳も聞こえるようになった。

はいはいができるようになったので、少しばかりの距離であるが移動の手段も手に入れた。

「アレン、お眠でしゅか？」

「あい」

この6か月で分かったことがある。山田健一はアレンという名前になったということだ。

性別の選択はなかったが、無事男の子として生まれてこられたらしい。

今抱きかかえてくれている女性はアレンの母親のテレシア。10代後半の女性だ。茶色の髪をひもで縛ってポニーテールにした、緑の瞳を持つとても綺麗な女性。

簡易な木の柵がある小さなベッドに優しく置かれる。ごわごわとした肌触りのそんなに良くない麻の掛布団を肩まで被せられた。

「テレシア、帰ったぞ」

今度は土間からがっちりとした男が入ってくる。汗だくで土が体のあちこちに付いている。

この男がアレンの父親、ロダンだ。テレシアと同じく茶色の髪で、ワイルドな顔立ちだ。体格も大きく、筋肉質である。歳は20歳といったところだろう。

普段テレシアはロダンのことをあなたと呼ぶので、父の名前を知るのに苦労した。

テレシアがふかし芋を2個ばかりロダンに渡す。

「ん？　もうテレシアは食べたのか？」

「え？」

言葉に詰まるテレシア。するとロダンは2個のうち1個をテレシアに返す。これはこの6か月でよく聞いたやり取りである。

「駄目だろ。しっかり食べないとお乳も出ない。村の税は来年まで減らしてくれているんだから、それまでに子供を大きくしないとな」

「ありがとう、あなた」

（この村に名前はないんだっけ）

この村は領主が新たに開拓した村のようだ。年齢的にもかなり若い人を集めたのか、両親の会話の中に、また近くの家で子供が生まれたとか、村の中で新たに子供が生まれたという話をよく聞いた。

（夫婦の子供はまだ俺だけのようだな）

この家には、父ロダン、母テレシア、自分だけだ。

開拓村は税制が優遇されている、ロダンもテレシアも親元から独立してこの村に来たようだ。芋を頬張り、木のコップで水甕（みずがめ）の水を飲んで、また出かけるようだ。出かける前にはいつも決ってテレシアの頬にキスをする。まだまだラブラブだ。そのうち弟か妹ができるだろうと思う。

（農奴の暮らしは楽ではないが、それなりの人生であると）

アレンは元の世界で自ら農奴を選んだので、そこまで今の状況に不満はない。綺麗な母に家族思いの父だ。1つ不満があるとしたら。

（ステータスオープン）

宙に手を伸ばし、強く念じる。

しかし、何も出てこない。宙に伸ばした手を戻す。

（俺召喚士になったんだよね。幼すぎて、召喚はできないということなのか。ステータスも確認できないし、これはかなりのヘルモードだな。やることないんだけど）

アレンは生後6か月の乳児だ。それ以上でもそれ以下でもない。召喚士として生まれ落ちたはずなのに、それらしいことは何もできない。

（たしかこの手のお約束だと、赤子で転生した主人公は体内に流れる魔力を知り、幼児の間に膨大な魔力を手に入れるんだっけ。全然そんな気配を体内から感じないんだけど）

答えが出ない中、眠気が襲う。体は完全な乳児なので、お腹が空けば泣いてしまうし、お漏らしもする。そして、眠くなれば深い眠りに就くのだった。

＊＊＊

それから6か月後、転生から1年が過ぎた。

季節は秋に入った頃であるので、自分は秋頃生まれたのかなと思う。

いつもより豪勢な料理が並ぶ。アレンは離乳食が始まっているので、普段は豆を煮たり、芋を蒸かしたりして柔らかくした後、すりこぎ棒を使いすりつぶしたものを食べている。

「あなたがグレイトボアを倒してくれたおかげで、今日は料理が豪勢ね」

「うむ、今日はアレンのために頑張ったからな！」

「ありがとパパ、ママ」

　アレンの一家は農奴というだけあって、基本的には農業をしている。家の側(そば)に畑があり芋やら小麦やらを育てているようだ。まだテレシアに抱きかかえられて庭先までしか出してもらっていないので、あくまでも夫婦の会話からの予想である。

　しかし、どうやら秋に農作物の刈り入れが終わると、村の男衆で集まって、近くの林に狩りに出かけているようだ。ムキムキの父親にとって狩りは楽しいようだ。

　農奴として生まれてこなかったら猟師になりたかったと、父が何度か言っていたことを覚えている。獲物の肉は参加した者が一部貰える仕組みのようで、気合を入れて狩りに挑んでいる。

（ほぼ素材の味だけどね）

　塩味をほとんど感じない素材そのままの味の料理を、準備してくれた両親のために美味しそうに食べるアレン。ただ果物も出してくれたのか、粗くすりつぶしたリンゴっぽい木の実は美味しかった。

　食事が終わり、ベッドに寝かされながらアレンは思う。

（これも悪くないか。そのうち召喚士にもなれるだろう）

　そんなことを思いながら、おもむろに片手を天に掲げる。何十回も呟いた言葉をまた呟く。

（ステータスオープン）

ブンッ

すると突然、アレンの目の前に真っ黒な本が現れた。突然出現した宙に浮く本に思わず驚く。

「ふ、ふぎゃああ！！！」

「アレン!?」

（やばい、思わず泣き出してもうたがな。お、落ち着け、素数を数えるんや）

1歳という年齢のためか、感情の抑制が効かず、大きな声で泣き出してしまった。

部屋の奥に寝かされたアレンの大きな泣き声に反応してテレシアが駆け寄ってくる。

（あかん、この本見つかってしまう。き、消えてくれ）

「アレン？　大丈夫でちゅか？」

アレンが望むと大きな本はすっと消えた。

「あいあい」

（ふう、赤ちゃん言葉を話すのも苦労するぜ。まあ、口がよく発達していないからまだはっきりと話せないがな）

テレシアに笑顔を見せて、なんでもないよ、とアピールするアレン。もう驚かせないでね、と言わんばかりに肩をぽんぽんして、テレシアが土間に戻っていく。

（バレなかったな？　いやタイミング的にアウトだったと思うけど。これってもしかすると、他の人にはこの本が見えないんじゃ？）

テレシアの視線的にもタイミング的にも完全に宙に浮く本を見られた気がするけど、一切視線が本に行かなかった。

問題ないのであればと思い、もう一度本よ出ろと念じてみる。

ブンッ

(普通に本が出てきたな。真っ黒な分厚い本だ。召喚士だから本を召喚したのか?)

目の前の本が何なのか詳しく観察をする。真っ黒なハードカバーで、かなり分厚い。まるで国立国会図書館に所蔵してある辞典のようだ。背表紙にも表紙にも何も書いていない。

(ふむふむ、回れ)

アレンが本に回転するように念じると、くるくると回り始める。同じ要領で近くに寄せて見て触ってみると、普通に本の感触である。

(触った感じ、普通の紙の本だな。どれどれ開いてみるか)

宙に浮いているため、1ページ目を開くように念じる。

(お!　これはステータスやんけ!!!)

かつてないほどの歓喜がこみ上げてくる。1ページ目にはアレンのステータスが表示されていたのだ。

【名　前】　アレン
【年　齢】　1
【職　業】　召喚士
【レベル】　1
【体　力】　4（40）
【魔　力】　2（20）
【攻撃力】　1（10）
【耐久力】　1（10）
【素早さ】　2（25）
【知　力】　3（30）
【幸　運】　2（25）
【スキル】　召喚〈1〉、生成〈1〉、削除
【経験値】　0/1000

（ほうほう、これはどう見たらよいか）

アレンの座右の銘は、『ステータスを制する者はゲームを制する』である。

いかに、ステータスから攻略の糸口を見つけるかが肝心なのだ。

（体力横の（）とスキル横の〈〉が違うな。これは意味が違うから括弧の形を変えているのか。

お？　２ページ目にも何か書いてあるぞ）

・スキルレベル
【召　喚】 1
【生　成】 1
・スキル経験値
【生　成】 0/1000
・生成可能召喚獣
【　虫　】 H
【　獣　】 H
・ホルダー
【　虫　】 H0枚
【　獣　】 H0枚

2ページ目を確認する。どうやら、召喚スキルの詳細が表示されているようだ。

1ページ目と2ページ目を見比べる。

（2ページ目のスキルレベルが1ページ目のスキルの括弧の中の数字と同じだから、これはスキルレベルを表現しているのか、体力の4は括弧内の10分の1だから、恐らく年齢によるステータスの減少を表しているのか？）

アレンの推察では体力や魔力などのステータスは括弧内の概ね10分の1である。大人と赤子では、ステータスに差があるのは当たり前だ。年齢によるステータスの減算分を表現しているのではと推察した。

（これ以上は予想の範囲を超えてしまうな）

答えの出ない分析より、まずは分かることから考える。

視線を2ページ目に移す。

（召喚と生成で違うんだな。召喚にはないが、生成にはスキル経験値というものがあると。今は一度もスキルを使用していないから0になっているのか。分母があるということは、スキル経験値を1000稼いだらレベルアップということか？）

スキル経験値が増える条件は表示されていないから分からない。

しかし、ゲームを遊びつくしたゲーマーにとって、スキル経験値は使用すればするほど上がるというのが常識である。

これ以上考えても分からないステータスより、2ページ目の召喚士のスキルについて分析を進めることにする。

（見た感じだと虫と獣を召喚できるということか？　Hって何だろう？　異世界ものだと冒険者にランクがあるよな、Sランク冒険者とか。それでいうとSABCDEFGHって9番目ってことか？　いやそんなに低いランクから始まらないだろう、せめてEとかだろ。Hランクモンスターとか見たことないぞ）

元の世界にいた頃、ゲームの疲れを癒すためや、通勤中の移動の際に、異世界ものの小説を日常的に読んでいたので、異世界ものの知識はかなりある方だ。

（今分かるのはこれくらいか。あとは召喚してみてから判断するしかないな）

召喚に挑戦する前に、この本の他のページの確認をする。ステータス以外に何か情報がないか探すのだ。

(ページが少ないな。こんなに分厚いのに)

ページをめくろうとすると本の中身がごっそりめくれるので、見かけよりもページ数が少ない。

次に出てきた真っ白なページには凹みがある。縦長の四角形の凹みだ。

(ん？　ここに何か入れるのか？　凹みは全部で10個か、ほうほう)

何も説明もない、ただの四角形の凹みだ。恐らくカードのようなものを納めるのだろう。

(これで全部か？　ん？　最後の方のページが光っているぞ)

1枚だけ淡く光るページがあることに気付き、開いてみる。

(こ、これは手紙……というかお知らせか？)

『拝啓　アレン様
平素よりお世話になっております。

異世界は楽しんでいただけていますか？

この度は【魔導書】の送付が遅れましたこと、誠に申し訳ございません。

謹んでお詫び申し上げます。

テストが終わっていない職業を選択されましたので、事務手続きが完了しておりませんでした。

スタッフ一同、急遽作成した次第でございます。

なお、本書についての質問や職業のキャンセルは一切受け付けておりませんのでご了承くださいませ。

創造神エルメアより』

中身を読むと、この本の送付が遅れた理由が書かれていたのであった。

（なるほど。まあテストが終わっていないっていう注意メッセージを無視して、この職業を選んだのは俺だしな。それに1年もかけて設定した職業ならしっかりしたものができているだろう）

アレンは思いのほか前向きに異世界の神からのメッセージを受け取る。そして改めてこの世界が異世界であることを確信した。

最後まで読み切ると、文字は消え白紙のページに戻る。

（これで全部かな。他に見逃しがないのであれば、召喚をやってみるか。えーっと虫か獣を召喚できるんだっけ）

魔導書の2ページ目には、虫と獣が召喚可能だと思われる記載がある。

（ここは家の中だし、虫を召喚してみるか）

何が召喚されるか分からない。最初は低位のモンスターか何かが召喚されると予想する。

しかし、獣Hを選択して、大きな狼や熊が召喚されでもしたら大変だ。召喚士は魔王よりも上級の職業のはずだ。慎重の上にも慎重を期してちょうど良いぐらいだろう。

この世界に転生して1年が過ぎた。この1年間が走馬灯のように頭の中に流れる。20歳に満たない美人な母のおっぱいを吸った思い出。美人な母に体を拭いてもらった思い出。美人な母におむつを替えてもらった思い出が脳裏を巡る。

（いかんいかん。雑念が流れてきた。よし、召喚すっぞ！　虫召喚！）

アレンは手を空に掲げ、本を動かした時の要領で、虫の召喚を念じる。

しかし、何も起きない。アレンのいる子供部屋は静まり返っている。

（あれ、何も起きないぞ。床にいるのか？）

何も変化がないため、体を起こし、部屋全体を見る。薄暗くなった部屋を目を細めて見渡すが、
やはり虫らしき気配はない。

（あれ？　言葉が悪かったか？　サモンインセクト！）

やはり何も出てこない。言葉を変えあれこれ試してみたが、全て無駄だった。

「いでお、むし！」

頭の中で念じるだけでは駄目だと思い、舌足らずな幼い言葉遣いで発声をしてみる。

しかし、何も出てこない。

（あらら、困ったな？　どうしよう）

もう一度、魔導書を隈(くま)なく見ることにする。元の世界にいた頃は、攻略サイトにいけば細かいゲームの攻略方法が載っているし、匿名掲示板にいけば答えを教えてくれる質問スレがある。何か分からない時に困ることは基本的にない。そのどちらもないこの世界では、自力でひたすら検証と考察を繰り返すしかない。

（これはもしや生成をしてからじゃないと召喚できないってことか？）

魔導書には、召喚、生成、削除と記載されている。とりあえず、生成ならできるのかどうか試し

てみることにする。

（虫、生成！）

「へ？」

魔導書が淡く輝いた。輝いたのはページの部分ではない。表紙の部分だ。ずいぶん薄暗くなった部屋でほのかに輝く本の表紙に驚く。

（お？　何か書いてあるぞ！）

『どのランクの虫を生成しますか？』

魔導書の表紙には銀の文字で疑問文が表示されている。

（どのランクってことは、やはりこのHはランクで合っていたのか。Hランク生成！）

すると、目の前に光るカードが現れた。

（おお！　カードだ!!　虫の絵が描いてあるぞ!!　これはバッタだな）

『虫ランクHを1枚生成しました』

魔導書の表紙の4分の1ほどの大きさのカードが1枚できた。綺麗なバッタの絵が描いてあり、左上には『虫H』と記載してある。魔力を消費したようで、2と書かれていた項目が0になっている。

（バッタか、全然強そうに見えないな。というか召喚獣なのに昆虫って）

ギリシャ神話に出てくるような海竜とか、英霊や死神の召喚をイメージしながら1年を過ごしてきた。しかし、現実はバッタが表示されているカード1枚である。しかもカード1枚を生成するのに全ての魔力が必要なようだ。

（まあ、悔やんでもしょうがない。どうやら魔導書にあった凹みはカードを収めるホルダーみたいだな。こうして召喚獣をカードにして収めていくと）

カードができたことにより、召喚するためのだいたいのことが分かってきた。

（続きは明日にするか。もう部屋は真っ暗だしな）

もともと薄暗かった部屋はもう真っ暗だ。光を灯すものもないので、召喚の続きは明日にすることにした。

＊＊＊

「おはよう、アレン」

部屋に強烈な光が入ってくる。部屋の木窓をテレシアが全開にしたようだ。

「おはよ、ママ」

日はもうずいぶん高くなっているようだ。

（どうやら、この世界も24時間設定のようだな。今は8時くらいか）

両親もアレンのように生まれた時から農奴であり、そこまで学がないためか、何かの単位や基準を知るのに苦労する。1歳という年齢で自分から質問をするには早いが、両親の会話を聞いていても中々話題に上がらない。時間は最近分かったが、お金、重さ、距離についてはまだ分からない。

異世界ものでよくある、貴族の家にある書庫の本を読んで、幼少の頃から知識チートをすることは俺には無理だなと思う。

農奴の朝は早い。どのくらい早いかと言うと、アレンは朝に父の姿を見たことがない。たぶん6時とかその前に出かけているのであろう。なお、テレシアもロダンとの会話で、そろそろアレンも大きくなったので、アレンが寝ている間だけでも畑を手伝うと言っている。

（さすがに、この狭い家で母がいる時に召喚はまずいかな。俺が起きているとたまに様子を見に来るし。昼寝の時間になってからにするか）

アレンは自分が異世界からの転生者であることも、召喚士であることも両親に言っていない。舌足らずな赤ちゃんを演じている。今後もあえて言う必要はないと思っている。

狐や悪魔が憑いたと思われるかもしれないからだ。

魔導書をくるくるさせながら、召喚の機会を待つ。

バタバタと家事を終わらせたテレシアから授乳を受ける。最初はかなり恥ずかしかったが、ずいぶん慣れてきた。性欲はなく、賢者か仙人になったような気分になる。

「おやすみ、アレン」

「おやしゅみ、ママ」

（きたきた！　お昼寝タイムだ）

抱きかかえられて子供部屋に運ばれる。そのまま木柵のあるベッドに寝かされる。木窓も閉じて薄暗い部屋で1人になるアレン。

（よしよし、行ったな。ぐふふ、では昨日の続きを始めるとしよう）

魔導書を出し、宙に浮かせる。中にあるカードホルダーから虫Hのカードを出す。

（とりあえず、声に出さず召喚できるか確認するか。召喚虫H！！！）

両手を前に出して、召喚している感を全開にする。すると、カードから光が漏れる。淡く光り、カードが崩壊するように消え、バッタが姿を現す。

「おおお！　バッタあ!!」

思わず声が漏れる。目はベッドの木柵の外の床に自然落下したバッタに釘付けだ。

（ふむふむ、そこそこ大きいな、15センチメートルはあるぞ。まぁ少し大きいくらいで見た目は完全にただのバッタだけど）

バッタの様子を見る。無計画に方向性もなく飛び跳ねるバッタだ。視線が合うこともない。

（召喚獣っていうくらいだから、言うこと聞くのか？　こっち来い、こっち来い）

バッタが一瞬アレンと目が合う。

（お、気付いたか？　くるしゅうないのじゃ、ちこうよれ）

手をばたばたとさせながら誘導を試みる。

しかし、バッタはプイッと視線をアレンから外し、また不規則に飛び跳ねる。

（あ、あかん、ただのバッタや。知能も指示もへったくれもない。魔導書にも何もないのか。ん？ページが増えているぞ）

初めて召喚に成功したので、何か情報が増えていないかと確認すると、今までなかった3ページ目が開くようになっていた。

（なるほど、情報が追加されたら、魔導書のページが新たに追加されるってことか。ふむふむ、これはバッタのステータスか）

魔導書の３ページ目にはバッタのステータスが表示されている。

【種　類】	虫
【ランク】	H
【名　前】	なし（設定してください）
【体　力】	3
【魔　力】	0
【攻撃力】	2
【耐久力】	5
【素早さ】	5
【知　力】	1
【幸　運】	2
【加　護】	耐久力1、素早さ1
【特　技】	飛び跳ねる

（ほうほう、かなり弱いけど、赤子の俺に比べたら結構あるな。攻撃力とか俺よりあるのか？

ん？　加護ってなんだ？　もしかして俺に加護がもらえるのか？　な!?　俺のステータスが増えて

る。


るぞ!!）

「しゅごい!!」

アレンのステータスが昨日見た時より耐久力が1、素早さが1増えている。

召喚したらステータスが上がるというサプライズに、思わずガッツポーズをして雄たけびを上げる。

「もう、アレン、ちゃんとねんねしないとだめよ」

庭先にいたテレシアがアレンの声に反応して戻ってくる。

（ふぁ!?　やばい！　今部屋に入ってきたらバッタが……）

「ごめん、ママ」

「ふふ、いいのよ、ってえ?」

バッタとテレシアの目が合う。

「いやあああ、虫いいいい！！！」

テレシアの足がバッタを襲う。

（ふぁ、我が召喚獣が踏まれたがな!!　き、消えていく……）

バッタは光る泡となって消えた。バッタを逃がしたと思って行方を追うテレシア。その状況を見て驚愕するが、表情に出すわけにはいかない。平静を保って眠りに就く。こうして、アレンの召喚士としての活動も始まるのであった。

第二話　はじめての召喚獣

初めて召喚ができるようになってから10日が過ぎた。

今は昼過ぎ、昼寝から目覚める時間帯だ。魔導書の表紙を見つめながら今後のことを考える。表紙にはアレンのステータスが表示されている。

10日間、テレシアの目を盗んで召喚を続けたおかげで魔導書や召喚について、かなりのことが分かった。

まずは魔導書についてだ。

・魔導書と念じると魔導書が出てくる
・ステータスと念じるとステータスが真っ黒な表紙に銀の文字で表示される
・生成と念じると何を生成するか表紙に銀の文字で表示される

魔導書の機能についてはこんな感じである。あれから異世界の神からのお知らせは届いていない。

そして、生成したカードについて。

・召喚獣はカードとして合計10枚までならストックができる
・同時に合計10体まで召喚ができる
・カードにした分だけ、加護がもらえる
・カードを召喚する、その後カードに戻すのは自由に何回でもできる

どうやら魔導書のストックに限界があるのか、10枚までしか召喚もカード化によるストックもできない。11枚目を生成しようとすると、今あるカードを削除してくださいと魔導書の表紙に表示される。召喚に出していても同じだ。

獣Hもこの10日間の間に試した。

【種　類】　獣
【ランク】　H
【名　前】　チョロスケ
【体　力】　5
【魔　力】　0
【攻撃力】　5
【耐久力】　2
【素早さ】　3
【知　力】　1
【幸　運】　2
【加　護】　体力1、攻撃力1
【特　技】　駆け回る

獣Hの検証結果
・獣Hのフォルムは鼠（割と大きめ）
・バッタと同じくほぼ言うことは聞かない
・特技を言葉に発する、もしくは念じれば特技を使ってくれる

ステータス欄の【名前】に『チョロスケ』とあるように、召喚獣には名前の設定が可能で、愛称でも生成や召喚が可能だ。たしかに略称もあると検証や分析に便利だが、やはり名前は欲しいなと思う。

なお、声を出す必要もなく、念じるだけでよい。

ちなみに虫Hのバッタの名前は『デンカ』である。


今のところ、知能が足りないのか、言うことは一切聞かない。特訓すれば何とかなるかと思ったが、変化の兆しは見えない。

ただ、唯一指示できることはある。

どうも召喚獣には特技が割り振られており、獣Hなら「駆け回る」もしくは「特技」と言葉に出すか、念じるだけでその行動に移る。魔力を消費しないのか何度でもやってくれる。

どうにか特技以外でも言うことを聞かせられないかと念じ続けているが、今のところ反応する様

子はない。

ちなみにバッタはテレシアにこの10日で3回ほど光に変えられた。この家は掘っ立て小屋に毛が生えたような家である。断熱と防音機能もほぼない。隙間も多く虫が家の中に入ってくることも多いはずだが、どうも召喚獣は、一般的なバッタより一回りほど大きいためか気持ち悪いようだ。

眠気と空腹に耐え、必死にテレシアの気配を窺いながら検証をする10日間だった。

（チョロスケ、お前ができる子なのは知っている。こっちにおいで）

アレンは部屋の隅にいる獣Hに向かって、両手でこっちに来いという仕草をしてみる。思いが伝わったのか、一瞬獣Hと目が合う。

「お！」

ついに召喚獣の使役に成功したのかと期待する。しかし、獣Hはぷいっと視線をそらし不規則にちょろちょろとするのだった。

（あ、あかん、どこが魔王を超える職業やねん）

だが、使役することができないとはいえ、召喚獣には別の使い道もある。

（戦闘では役に立たないけど、鼠を10枚魔導書にストックしているだけで攻撃力が10も上がるからな。1歳なのに、家にある木材とか持ててビビったぜ）

召喚士の力に目覚めたおかげで、通常の1歳児よりは力を得た。

そして、生成と召喚を繰り返して、召喚士である自らの育成のやり方についても分かってきた。

（しかし、さすがヘルモード、レベル上げは大変だぞ）

ヘルモードは、レベル上げがノーマルモードの１００倍かかる設定である。極めれば１つの真理が手に入るというが、その分だけ、育成には並々ならぬ、そしてたゆまぬ努力を求められる。

（スキル経験値がやっと24か。消費魔力がそのまま経験値になるのね。まあ仮説だけど、消費魔力２以外のスキル持ってないし）

魔力とスキル経験値の取得条件についての検証結果だ。

・召喚獣Ｈランクのカード生成の消費魔力は２
・消費魔力がスキル経験値として加算される
・カードから召喚獣にしても魔力は必要としない
・召喚獣からカードにしても魔力は必要としない
・魔力は半日ほど寝ていたら全快する

生成レベルを上げるには生成をしまくったらよいことが分かった。

（それにしても消費魔力２で、最大魔力も２だから、１日１回しかカード生成しなかったら生成レベル２に上げるのに５００日かかる件について。どうやら半日の６時間くらいで魔力が満タンになるっぽいから１日２回を目標にカード生成しないとな。それでも２５０日か）

ヘルモードによるレベル上げの果てしなさを感じる。

魔力は半日ほど寝ていたら全快するので6時間程度で満タンと仮定している。

1日12から15時間の睡眠を必要とする幼児である。時計もないので、1日最大4回魔力回復ができるとしても、定期的に目覚めることは難しい。

1日3回の時もあれば1回しかできないこともあったが、今後は1日2回はカードを生成しようと思う。

(考察を記録するメモ機能が欲しいな。こんなに厚いのだからメモさせてほしいぜ)

10日分の考察をなるべくメモしておきたい。

ゲーマーなら表計算ソフトを駆使して、レベルやステータスを分析するなんて当然のことである。そこまで贅沢は言わないが、せめて検証結果を記録したい。

異世界の神に向けて、使用していない余白のページを使わせてほしいと強く念じた。

魔導書に不満を垂れていると、土間からロダンの声がする。

「テレシア、帰ってきたぞ～!!」

(お! 帰ってきた。この感じは収獲があったのか!)

ロダンの声から喜びが伝わってくる。

「あら、早かったわね、って大丈夫!?」

テレシアはロダンの姿を見て驚く。どこかで転んだのか土が至るところについているのだ。

「ああ大丈夫だ、怪我はない。グレイトボアが暴れてな、少し転んでしまった。アレンは起きているか？」

　秋も真っ盛りの10月の中旬。刈り入れはほとんど終わっている。あとは芋なのだが収穫はもう少しあとのようだ。ロダンは今日も村の男衆とともに近くの林に狩りに出かけたようだ。もちろん皆農奴である。

　農奴というくらいだから、農業で働く者であるはずなのだが、なぜか秋から冬にかけて狩りに出かける。この理由をまだアレンは知らない。

「まあ、無事ならいいんだけど。本当にアレンを連れていくの？」

「ああ、解体現場を見せるって約束したからな。もう始まっているから早く連れていかないと」

　のしのしとロダンが子供部屋に入ってくる。

「アレン、起きろ～。グレイトボア捕まえたぞ～。すっごいでかいぞ～」

「ほ、本当、パパ、ぐれとぼあ見たい!!」

　今起きた感を全力で演じる見た目は1歳、中身は35歳。

「これから連れていってやるぞ！　いい子にしていた約束だからな～」

「やった～、わ～い」

　以前猟でグレイトボアを捕まえたという話を聞いた時に、次捕まえたら見せてとせがんだところ、「いい子にしていたらいいぞ」と約束してくれた。とはいえアレンはあまり手のかからない子供である。どうやらロダンも子供ができたら一度は『いい子にしていたら』と言ってみたかったようだ。

　ロダンの胸の中に抱きかかえられて、外に出る。テレシアは行かないようだ。

解体現場は見たくないとのことである。

朝早く出かけて、今の今まで林の中を駆け巡り、転げながらも倒したロダンの衣服は汗やら何やらですごいことになっているが、不思議とアレンは不快に思わない。

家族のためにどれだけロダンが働いているか知っているからだ。

実はこれがアレンが初めて見る開拓村の風景だ。いつもは木窓や土間から、もしくはテレシアに抱かれて庭先から見るだけの風景だった。

（畑ばかりの田舎の風景だ。向こうの方には住宅もあるな）

いくつもの畑が並ぶ風景を進んでいく。畑の色がいくつかに分かれているのは、それぞれ別の作物を育てているからだろう。もう10月に入ったのでほとんど刈り取られているが、芋など収穫が終わっていない作物もあるようだ。そんな畑の間に挟まれるようにぽつんぽつんと家がある。

好奇心を全開にして、ロダンの胸の高さで村の光景を見るアレンにロダンが声をかける。

「見ろアレン！　アルバヘロンだ!!」

天を指さすロダンの視線の先に1羽の鳥が飛んでいる。遠くてよく見えないが、かなり大きそうだ。何メートルあるだろうか。少なくとも、元の世界では見たことがないくらい大きい。

「あるばへろん？」

「そうだ、今の時期に北に渡っていくんだ。あれは1羽だけど、群れでもよく飛んでいくから覚えておくといい。あれが飛び始めたら秋の始まりと言われている」

「まじゅう？」

「そうだ。魔獣だ。まあ、あまり地上に降りてこない魔獣だな。パパは一度だけ食べたことあるけどすごくうまいんだ」

「へ～」

「あれより大きい魔獣が空に飛んでいたら家に隠れないとだめだぞ!!」

「わかった、どらごんに食べられちゃうもんね」

「……」

「パパどうしたの?」

ロダンはただただアルバヘロンを見つめている。沈黙を不思議に思いアレンが声をかける。

「ん?　いや何でもない。もうすぐ解体現場だ、すごいでっかいぞ～」

「あい!!」

後日聞かされたことだが、このアルバヘロンがアレンという名前の由来になっていたらしい。天を翔け、どこへでも行けるアルバヘロンのように、自分の息子は自由であってほしいという父の願いからつけられたのだ。

そんなロダンの思いは、当然今のアレンには分からないので、好奇心のままに村を見て回る。

家から1時間ほど歩くと、畑がなくなり住宅が立ち並ぶ。その先に見えるのは村の入り口のようだ。大きな物体の先に門が見える。

(この辺は住宅地みたいだな。俺の住んでいるところは開拓村の郊外だったのか。ボアだ!　グレイトボアだ、初魔獣来た!!)

門の手前には、既にずいぶん解体の進んだグレイトボアがいる。解体中だが原形は留めていて、巨大な猪だということが分かる。解体現場には50人近い人だかりができていて、手分けして肉塊に分けていく。

（でけえ。３メートル以上あるぞ。猪のサイズじゃないな）

グレイトボアの凄まじい存在感に圧倒される。元の世界で言えばカバくらいの大きさだ。牙を生やしたその顔を食い入るように見てしまう。

ロダンからこの世界には魔獣がいるということを聞かされてはいたが、こうして間近で見るのは初めてだ。

ロダンがアレンを抱きかかえてどんどん近づいていく。皆の視線を感じる。

（なるほど、やっぱり目立つか）

アレンは周囲の注目を集める理由に心当たりがあった。恐らくは……。

「お！　来た来たロダン。おーい皆、功労者が来たぞ!!」

解体する群衆の１人がロダンの来訪を叫ぶ。

「おいおい、大声出すなよ恥ずかしいな」

「おせーよ。肉がなくなっちまうぞ、功労者！」

ロダンの目の前に、ロダンに負けず劣らずムッキムキの男がやってくる。髭やら胸毛やらを生やしており、顔つきも見た目もゴリラのようにいかつい男だ。

腕に女の子を抱きかかえている。アレンと同じくらいの歳の子だ。

「だからやめろって。たまたま喉の急所に刺さっただけだろ」

どうやら、ロダンがグレイトボアに止めを刺したようだ。集まっている人からも褒め称えられとても恥ずかしそうだ。

「お!?　今日はアレンを連れてきたのか？　なんか久々に見るが本当に黒目黒髪だな」

テレシアもロダンも髪は茶色だった。しかし、アレンの目と髪は転生する前と同じ黒なのだ。どうやらかなり珍しいようで、今もたくさんの視線を感じる。

なお、アレンの顔つきはワイルド顔のロダンより、母テレシア似だ。

「そうだぞ、ゲルダ、いい子なんだ。アレン、挨拶するんだ。お隣さんのゲルダだ」

「はじめまして、あれんといいます」

（う、なんか普通に挨拶してしまったな、1歳児の挨拶ってどうなんだろう。何が正解なんだ）

「おいおい、本当に1歳かよ。うちも1歳なのに大違いだぜ、見習わせたいぜ」

「そうなんだ。俺と違って賢いんだ」

「お前の親ばかは本当だったんだな。ほれクレナ、お前も挨拶しなさい」

「くれな……」

（なるほど、これが正解か）

ピンクの髪に、ブルーの瞳のクレナ。

皆の視線が恥ずかしかったのか、クレナは父ゲルダの胸に顔を隠す。

これが、アレンとクレナの出会いの瞬間だった。

「おいおい、いつものお転婆なクレナはどうしたんだ？」

ゲルダがげらげらと笑うが、クレナは顔を伏せ、時々チラチラとアレンを見る。その度にアレンと目が合う。

お隣さんとの話もそこそこに解体現場に近づくロダンである。約束のグレイトボアを近くで見せてくれるようだ。

（おお、魔獣か。きっと魔獣を倒せばレベルが上がるんだろうな。早く倒せるようになりたいな）

「このまじゅうはどれくらいつおいの？」

「ああそうだな、これはCランクの魔獣だ。これより強い魔獣は見つけたら逃げないと駄目だな」

（ふむふむ、たしか20人くらいで討伐するんだよね。Cランクの魔獣を20人で倒すのか）

ロダンの腕の中で、グレイトボアの解体現場を食い入るように見ていると、ロダンに話しかけてくる者がいる。準備ができたとのことである。解体した肉置き場に行く。紐で縛った肉を渡される。

（でかい肉塊だな。10キログラムはあるぞ。グレイトボア討伐の報酬は肉か。これの干したやつをたまに食べているのか）

確かにと言って、片手にアレンを抱えながら、片手で肉を受け取るロダン。討伐の参加者なのか、既に肉塊を渡された者が何人もいるようだ。

「もう十分見たな？　テレシアが待っているから肉を持って帰るぞ？」

「うん」

そう言うと、肉の土産を持って、元来たあぜ道を帰るログダンとアレンであった。

＊＊＊

アレンが異世界に転生して1年と10か月となる。あと2か月で2歳だ。

良い両親に恵まれたということもあり、すくすくと育っている。乳離れも最近終わった。貧しいながらも大切に育てられ、これも1つの幸せかと思う今日この頃。

農奴の生活もそこまで悪くない。元の世界にいた頃の知識によれば、農奴という制度は『職業選択の自由がない』『土地を所有できない』という2点に尽きるだろう。19世紀頃までは大勢を占めていた制度だ。この世界の農奴についても、恐らく同じようなものだろう。今でもそれに近い制度を取っている国もある。

この世界の暦は、どうやら1年12か月で1か月30日、1週間6日であることをこの10か月間の間に知った。

また、四季があり、春夏秋冬で環境は変化する。冬は結構な雪が降り、家が掘っ立て小屋にかなり近いため2回目の冬はとても寒かった。

走馬灯のようにこの10か月ほどの出来事や思い出が巡っていく。

それは今、この魔導書の表紙に記載されているメッセージ機能がそうさせている。魔導書の表紙は真っ黒だが、アレンが召喚をしたり、ステータスの変化があったりするとゲームのログのようにメッセージが流れていくのだ。

普段は銀色のログだが、今回は黄色文字だ。黄色文字は今後、アレンにとってハッピーな色になること間違いない。

『生成のスキル経験値が1000／1000になりました。生成レベルが2になりました。召喚レベルが2になりました。追加で合成スキルレベル1を獲得しました。拡張レベル1を獲得しました。魔導書のメモ機能が追加されました』

「ふぉおおおおお！！！」

ゲーマーにとって、最も苦労が報われる瞬間だ。食事とか寒さとかどうでもよくなった。夏真っ盛りということもあり、今テレシアはロダンとともに畑仕事をしている。おかげで気持ちよく雄叫びをあげることができる。

（や、やばい、あれこれ気になるが、まずステータスはどうなっているんだ）

魔導書の表紙に表示されたログについて気になるところは満載だが、まずはステータスの確認をする。

【名　前】アレン
【年　齢】1
【職　業】召喚士
【レベル】1
【体　力】4（40）+8
【魔　力】0（20）
【攻撃力】1（10）+8
【耐久力】1（10）+2
【素早さ】2（25）+2
【知　力】3（30）
【幸　運】2（25）
【スキル】召喚〈2〉、生成〈2〉、合成〈1〉、拡張〈1〉、削除
【経験値】0/1000
・スキルレベル
【召　喚】2
【生　成】2
【合　成】1
・スキル経験値
【生　成】0/10000
【合　成】0/1000
・取得可能召喚獣
【　虫　】GH
【　獣　】GH
【　ー　】G
・ホルダー
【　虫　】H2枚
【　獣　】H8枚
【　ー　】

（こ、これは……なんか『ー』っていうのが増えているぞ？　これはなんぞ？）

気になることが多すぎて思考停止した。浮いた魔導書を小さい手で握りしめ、15分が経過する。

（お、落ち着くんだ、どうやら生成レベルが上がって、召喚レベルも上がって、Ｇランクの召喚獣が生成できるようになったということか？　もしかして、ランクが上がると召喚獣の種類が増えていく系なのか？）

召喚レベルもしくは生成レベルが上がり、新たな召喚獣が追加されたと推察する。

（とりあえず、追加された召喚獣を生成してみたいけど、魔力が足りないからそれ以外を検証するか）

ステータスの合成という文字を見る。きっと召喚獣の合成ができるようになったと推察する。召喚獣はカード形式で保存するので、カード同士の合成が可能になったということだろう。

Gランクの生成と合成は魔力が必要と思われるのでそれ以外の検証を進める。今魔力を消費してレベルが上がったばかりで魔力がないからだ。

（それにしても1万とか、なんで次の生成レベルに必要なスキル経験値が10倍になるねん）

今のペースなら1日3回生成しても4年半かかる。これでは、時間がかかって仕方ない。アレンのレベル自体が1なので、なんとか最大魔力を上げる方向でどうにかせねばと考える。

（次は魔導書の拡張機能だけど、お！　ホルダーの凹みが倍になっとるやんけ！　てことは20体まで召喚獣をストックできて加護も倍貰えるということか!!）

ホルダーが10個から20個になれば、カードとしてストックできる召喚獣が倍に増える。召喚獣をカードにした時の加護は1枚ごとに加算されるため、これだけで加護が2倍になるともいえる。

（えっと、最後にメモがどうのこうのって？　お？　メモって書いたページがあるぞ!!　しかも頭でイメージしただけで記録できるやんけ！　うひょー!!）

魔導書の最後にあったメモ機能は、その名のとおり、魔導書の余白ページをメモとして使える、というものだった。さらには思考を読み取って自動書記してくれるという便利機能つき。運営もとい神への祈りが届いたのだろうか。

（さて、魔力は今0だし、仮眠して夜検証できなかったものを試してみるか）

レベルアップによる恩恵がかなり大きなことを知って、喜びの中お昼寝に戻るアレンであった。

ロダンとテレシアが家に帰ってきた。土間に農具を置いて、水甕で手足の泥を落とし、顔を洗い喉を潤す。水甕の水は毎朝ロダンが水くみ場から汲んでくる。この水で料理もしている。

「アレン、いい子にしていましたか？　すぐ夕食作りますからね」

「はい、ママ」

テレシアの赤ちゃん言葉はずいぶん減ってきた。授乳期も終わり、子供の成長のためのようだ。

ロダン家は調味料も少なく、基本的に煮るか焼くだけなので料理はすぐ出てくる。アレンのために野菜やら豆やら芋やらをすりつぶすのはロダンの役割だ。

いただきますも祈りの言葉もなしに食事が始まる。閉鎖的な開拓村の中なのであまり代わり映えしない会話だ。

「そういえば、隣の家のクレナがお転婆で困っているそうだ。遊び相手になってほしいってゲルダが言っていたぞ」

「え？」

（そういえば、お隣さんがいたな。グレイトボアの解体以来会っていないけど）

お隣さんのゲルダに抱えられてやってきたピンク髪の幼児を思い出す。

この開拓村は村の中に沢山の畑があるのでそれなりに大きい。隣の家であっても2歳に満たないアレンにとってはかなりの距離があるうえに、まだ家から1人で出たら駄目だというテレシアの言いつけを守り家の中にいるので、お隣と言っても会う機会がない。

「そうね、将来のお嫁さんになるかもしれないんだから、仲良くしないとだめよ」

テレシアが嬉しそうに会話に参加する。アレンとクレナは両親同士も仲が良く、歳も同じだ。閉鎖的な農奴の世界では、こうしたつながりで結婚することが多い。

「え？　家から出てもいいの？」

「そうね～3歳になるまで駄目かしら」

どうやら、お隣とはいえ、3歳になるまで外出禁止が続くようだ。

家族の団欒も終わり、子供部屋に戻る。

（ふふふ、魔力も回復しとるで、これはもうやるしかないでしょ。G生成にするかな、合成にするかな。とりあえず、新スキルの合成にしてみるか）

魔導書が現れる。合成と念じたためか、パラパラとページがめくれる。

最初のページには凹みが2つあり、次のページの凹みは1つだけだった。

（ということは2枚の召喚獣を1枚にするってことか？　合成の条件も分からないし、とりあえず獣H2体を合成してみるか）

凹みに獣H2枚をはめ込む。

（よし、合成だ！）

しかし、2枚のカードはそのままで何も変化は起きない。

（え？　やり方おかしかったか）

魔導書表紙のログを確認する。ログは考察をする際に役に立つので、アレンはよく確認するようにしているのだ。そこにメッセージが流れてくる。

『合成レベル1に必要な魔力が足りません』

「ふぁ！　足りんて!!」

アレンは思わず大声を出してしまい、あわてて口を塞ぐ。どうやら最大魔力2では魔力が足りないようだ。

（え？　もしかして詰んだ？　最大魔力が低すぎて合成できないのか。じゃあGの生成はどうなるんだろう）

合成ができないならと、今度はGランクの生成に挑戦することにした。『ニ』が何かは分からないので、獣にしてみる。

（獣G生成！）

しかし何も起きない。これももしやと思い、魔導書の表紙を確認する。

『獣Gの生成に必要な魔力が足りません』

（そ、そんな、獣Gの生成も合成も今の魔力じゃできないってこと？　最大魔力が低すぎるのか？）

途方に暮れる。どうやら、レベルアップしても、まだまだできないことは多いのだった。

第三話　クレナと「騎士ごっこ」

アレンは3歳の誕生日を迎え、家の周りなら外出しても良いという許可をテレシアから貰った。

アレンの誕生日はこの世界の暦で10月1日だ。この日は開拓村の収穫祭とされていて、誕生日の食事が豪華だったのは、収穫祭も兼ねていたからだ。アレンはクリスマスと誕生日を一緒に祝われたような気分になった。なお、収穫祭というのは、別に村の中心で盆踊りをするようなものではない。教会と呼ばれている宗教的な施設がこの開拓村にもあり、豊穣の神に村長が収穫した作物を奉納するという儀式を行うようだ。

農奴はそのような儀式に参加することがない。そういえば、1歳の誕生日にロダンは狩りに出かけていたなということを思い出す。

農奴についても、この3年でずいぶん知識がついてきた。収穫した作物の6割は税として領主の代理人である村長に納める。開拓当初の減免措置は既になくなっており、がっつり税として持っていかれる。収穫した作物の6割ということなので、できた作物が多いほど、手残りの作物は多くなる仕組みである。

なお、収穫があまりにも少なかったり、税をごまかしたりすると農奴よりさらに不遇の奴隷に落とされることもあるという話をテレシアから聞かされた。

では、残り4割の作物や、狩りでとれた肉の全てが食料になるかと言うとそういうわけでもない。生きていくのに必須な塩に交換したり、アレンのぼろ布でできたおむつに変わったりする。

そして、この異世界にも四季がある。豪雪地帯ではないようだが、冬はそれなりに銀世界に覆われる。寒さから身を守るためにも薪が必要だ。

1回で10キログラム近く貰える狩りの報酬の肉も半分は薪代に消える。

開拓村での暮らしは農奴ということもあり、主に物々交換だ。しかし、少しであるが、農奴でもお金は持っている。アレンは今年の2月頃に高熱を出した。子供部屋の床板を剝がして、硬貨を拾い、出かけていったロダンをアレンは覚えている。帰ってくると、飲みなさいと恐らく解熱剤であろう薬を飲ませてくれた。

ほとんど全額を持っていったのか、今は床板を外しても銅貨と鉄貨が数枚あるだけだ。あとは小石のようなものが5つほどある。これは角の生えた兎の魔石とのことだ。アレンがこの世界のお金や魔石を見たのはこの時が初めてだった。


アレンは今、庭先に生えている木を背もたれにしている。大木ではないがそれなりの大きさの木だ。庭には塀があるのだが、容易にのぞき込めるので木を壁にして、召喚の検証をしている。

（さてと、これで合成レベル2と生成レベル2については大体分かったかな）

3歳になって魔力が上がり、ようやく検証できた。そして、合成レベルを2にすることによりG

ランクの召喚獣の分析を無事に終えた。
まずはそれぞれの検証結果だ。

・生成レベル２の消費魔力は５
・合成レベル２の消費魔力も５
・虫Ｇと獣Ｇを合成すると鳥Ｇになる

検証結果を魔導書にあるメモ機能に記録しながら、概ねの理解が済んだ。
肩に召喚した鳥Ｇを乗せ、ステータスを確認する。

【名　前】アレン
【年　齢】3
【職　業】召喚士
【レベル】1
【体　力】12（40）+26
【魔　力】1（20）
【攻撃力】3（10）+26
【耐久力】3（10）+6
【素早さ】7（25）+10
【知　力】9（30）+4
【幸　運】7（25）
【スキル】召喚〈2〉、生成〈2〉、合成〈1〉、拡張〈1〉、削除
【経験値】0
・スキルレベル
【召　喚】2
【生　成】2
【合　成】1
・スキル経験値
【生　成】4701/10000
【合　成】20/1000
・取得可能召喚獣
【 虫 】GH
【 獣 】GH
【 鳥 】G
・ホルダー
【 虫 】G2枚、H2枚
【 獣 】G12枚、H2枚
【 鳥 】G2枚

（次はどうしようか。スキル経験値は消費魔力と同じということが確定したし）

残魔力を確認する。

（スキル経験値が消費魔力と同じなら、消費魔力が余る生成レベル２や合成レベル１より、生成レベル１で生成レベル３にする方が効率がいいな。魔力余らせても勿体ないし）

アレンの最大魔力は６、生成レベル１は消費魔力２、生成レベル２と合成レベル１は消費魔力５だ。効率よく消費魔力をスキル経験値に変換するなら生成レベル１の１択である。

（スキルを上げるのはこんなもんでいいだろ。さてと）

「なあ、アレン」

肩に乗っている鳥Gに話しかけるアレン。頭の中で特技と念じる。

「うん、俺アレン」

鳥Gがアレンの声で返事をする。

（なるほど、Gランクになってずいぶん召喚獣が便利になってきたぞ）

新しく召喚できるようになった三体の召喚獣のステータスは次の通り。

・虫G（カエル）のステータス
【種　類】虫
【ランク】G
【名　前】ピョンタ
【体　力】7
【魔　力】0
【攻撃力】6
【耐久力】10
【素早さ】10
【知　力】7
【幸　運】8
【加　護】耐久力2、素早さ2
【特　技】挑発

・獣G（モグラ）のステータス
【種　類】獣
【ランク】G
【名　前】モグスケ
【体　力】10
【魔　力】0
【攻撃力】10
【耐久力】6
【素早さ】5
【知　力】7
【幸　運】6
【加　護】体力2、攻撃力2
【特　技】穴を掘る

・鳥G（インコ）のステータス
【種　類】鳥
【ランク】G
【名　前】チャッピー
【体　力】7
【魔　力】0
【攻撃力】5
【耐久力】6
【素早さ】10
【知　力】10
【幸　運】8
【加　護】素早さ2、知力2
【特　技】声まね

相変わらずステータスはかなり低く、Hランクと同じくほとんど言うことを聞かない。しかし、アレンが注目したのは特技だ。

鳥Gの召喚獣は、アレンの声を再現できる。実際、インコやオウムは人の声を覚えることができるが、精度はその比ではない。完全に本人の声だ。ただし、あまり長い言葉や複数の声は覚えさせられない。

次に目の前の穴から顔を出している獣Gの召喚獣。小型犬ほどの大きさのモグラは、大きさ30センチメートル、深さ1メートルほどの穴を簡単に掘る。

（これは、落とし穴とか簡単に作れるんじゃないのか）

魔力を必要とせず、無限に特技の指示ができる召喚獣。言うことは聞かせられないが、特技を発動させたら、思ったところに穴を掘ってくれる。

最後に、虫Gの召喚獣がアレンの側にいる。ウシガエル並みの大きさでかなり大きい。

（挑発しろ）

「ゲコゲコゲコ」

特技の指示を受けたカエルは、緑だった体の色を赤や黄色に変化させ、不規則にジャンプしながら鳴き始める。

Gランクの召喚獣を見ながら、考える。どうやら、召喚士とは強い召喚獣を召喚できるようにすることだけが目標ではない。

例えば、この虫Gのカエルなら、挑発で魔獣のターゲットを自分からカエルに変えることもできるかもしれない。獣Gのモグラなら、頑張れば巨大な穴を掘って罠を作ることもできるかもしれない。

召喚獣の特性をしっかり理解することが、召喚士という職業を活かす鍵になるのだとアレンは実感した。

カーン
カーン
カーン
（む？　そろそろか）

遠くの方で鐘が鳴る。開拓村の3時を知らせる鐘だ。
アレンは地面に置いてあった木刀を握りしめる。

＊＊＊

この開拓村はできて8年になるらしい。開拓村の中心は一度ロダンに抱えられて行った門付近。
あのあたりにはお店や宿などいくつかの商業施設もあり、村長もそんな人口密集地に住んでいる。
農奴はあまりおらず、平民が暮らしている。
アレンの住む畑の多い場所は、村の郊外に当たる。
だから、鐘の音は村の中心である人口密集地の門付近で鳴る。
カーン
カーン
カーン
アレンの心臓の音が高くなる。避けられぬ戦いに高揚する。
鐘の音が止み、10分ほど経った頃、彼女はやってきた。友達であり、ライバルでもある。
「あれーん、あそびにきたよ〜」
粗雑な庭に設けられた門を潜り抜け、ピンク色の髪を肩まで伸ばした幼女が、青い瞳を輝かせて
アレンを呼んだ。服装はアレンと同じく農奴がよく着ている麻布の服だ。

そして、手にはなぜか幼女には似つかわしくない、木を粗く削って作った木刀が握られている。

クレナはアレンの誕生日の日から遊びに来るようになった。どうやらお隣さんのゲルダは、アレンが3歳になったらテレシアからの外出許可が下りることを知っていたらしく、それに合わせてクレナを連れてきたようだ。

ゲルダとともにやってきたクレナの手にはなぜか木刀が2本あり、アレンは嫌な予感がした。

どうやらゲルダはお転婆のクレナに振り回されて限界がきているらしく、どうにかクレナと遊んでやってくれないかと土下座をする勢いでロダンにお願いしていた。

それ以来毎日のように、クレナは鐘の音とともにアレン宅にやってくるようになった。この様子だと恐らく鐘が鳴り始めた瞬間に走ってきているのだろう。

（あのムキムキゴリマッチョのゲルダさんが押さえつけられないってどういうことだよって考えている時期が俺にもありました）

クレナの父ゲルダは、アレンの父ロダンよりさらに体格がいい。パンパンに張った腕には血管が浮き出ている。ロダンとゲルダのせいで、農奴ってムキムキが多いんだなと勘違いしてしまった。

「こんにちは、クレナ。今日も元気がいいね、今日は何して遊ぶ？」

握りしめたそれで、なんとなく分かるけど、念のために確認してみる。

「も～、きしごっこだよ！」

なんでそんなこと聞くのとでも言いたげに頬を膨らます。

「騎士ごっこだね、ここは木が邪魔だからそっちに行こう」

「うん!!」

クレナは満面の笑みだ。狭い場所ではいけない。土地や環境も戦況に作用することをアレンは知っている。

庭先の広い部分にたたずむ2人の子供。お互い粗く削った木刀を構える。刃渡り30センチ程度だろうか。アレンの身長の3分の1程度である。

「じゃあ、いくよ～、わがなはきしくれな！　あれんまいる!!」

「おう！」

「おーじゃあないよ！　あれんもなのるの!!」

クレナがむっとする。しっかり名乗らないとごっこは始まらない。木刀をぶんぶん振ってちゃんとやれとアピールする。

（くっそ恥ずかしいな、ゲルダさん何を教えているんだよ!!　なんでいい歳して全力でごっこしなきゃならないんだ。まぁ3歳だけど）

「我が名は騎士アレン！　いざ尋常に参られよ!!」

木刀を腰のあたりに両手で構える。精神年齢38歳だが、大きな声で名乗りを上げる。

アレンの名乗りに満足したのか、クレナが一気に距離を詰める。木刀で受けるアレンに衝撃が走る。今度はこちらからと両手で渾身の力で木刀を振り下ろすが、クレナに簡単に振り払われる。

打ち合いは続いていく。木刀が幾度となく交差する。カン、カンという音が庭先に響く。

（お、おかしい、絶対におかしい）

最初からずっと後手に回っている。アレンは、こんなことは絶対にありえない、と思った。なぜならアレンは召喚カードの加護を全開にしていたからだ。

これまではクレナにぼこぼこにやられてきた。だからこそ今日はカードの調整をしてきた。所有するランクをHからGに換え、検証に必要だろうと各カードを2枚ずつ作り、残りは攻撃力の加護のある獣Gにした。

力は10歳児を超えている。アレンの中では成人に達しているのではとさえ考えている。スキルも使用し加護を全開にして、3歳児相手に年甲斐もなく本気を出している。

(全然、当たらないんだけど、鳥Gで素早さを上げるか。いやこれ以上力を下げると受けきれない。何もかもが足りないぞ)

どうやら素早さも攻撃力もクレナの方が上のようだ。庭の隅に追い込まれないように必死に無邪気な悪魔との立ち位置を調整する。

「やっぱり、あれんとごっこのほうがぱぱよりたのしい!」

クレナが空いた方の手をわなわなさせ興奮しながら話しかける。どうやら体格も同じで、カードを使って本気を出したアレンが騎士ごっこの相手にちょうど良いようだ。

「ありがと」

苦笑いで答える。ごっこは始まったばかりである。休憩を挟んで1時間ほど続いた。

農奴の夜は早い。灯す明かりが囲炉裏くらいしかないからだ。16時過ぎには、畑仕事が終わったロダンとテレシアが戻ってくる。

「あらあら、まあ、クレナちゃん、今日も遊びに来たの」

「うん！　あれんときしごっこしてたの」

庭で泥だらけになったアレンとクレナを見てほほ笑むテレシアである。ごっこは終わったのかと防戦一方だったアレンがほっとする。

「そうそう、良かったわね。クレナちゃん、もうすぐ暗くなるから、そろそろ帰るのよ」

「うん、わかった、またあしたね！　あれん!!」

木刀を握りしめた少女は、元気が有り余っているのかぴゅんと駆け出す。

「頑張ったな、さすが俺の息子だ」

事情を概ねゲルダから聞いているロダンに肩をポンと叩かれる。

慌ただしく夕食の準備が進む。食事の風景で変わったことが1つある。

「これ、パパの」

「おう」

アレンが、炒めた豆をロダンによそってあげる。

「アレンはいい子ね」

テレシアに頭を撫でられる。3歳になって、アレンが家の手伝いを始めた。これには1つ理由がある。

ゆっくりと慎重に、大きくなったお腹を守るように座るテレシア。彼女は2人目の子供を妊娠したのだ。待望の第2子である。年明け前後には生まれるのではないのかという話だ。テレシアの体を心配して、アレンは家事を手伝うことに決めたのである。

食事が進む中、アレンがロダンに話しかける。

「パパ、ママのお腹大きいから芋の収穫手伝うよ」

ここ数日、たまに動けなくなるテレシアが見ていられなくなった。アレンは力が大人並みにあるので、3歳児とはいえ芋の収穫くらいならできる。また、召喚術や召喚獣のことはともかく、多少の力があることについては両親に知られてもいいかなと思っていた。

「……」

ロダンは言葉に詰まる。どうやら結構ショックを受けているようだ。言葉が見つからず固まってしまった。

「アレン、アレンは子供なんだからクレナと遊んでいていいのよ」

たまらず、テレシアが会話に入ってくる。

「そうだぞ、アレン。家のことをしてくれるようになっただけで十分に助かっている。畑のことはいつか働いてもらうことになるのだからその時まで遊んでいなさい」

アレンへの転生前、健一が子供の頃は、風呂掃除が健一の担当だった。その頃のことを思い出して、気軽に畑を手伝うと言ったのだ。

しかし、ロダンにとって畑仕事とは労役である。農奴の務めだ。楽しいものではないし、とても3歳の子供にはさせられない。そして農奴とはいいものであるとも思っていない。

アレンとロダンの間には大きな価値観の違いが横たわっている。転生して3年が過ぎたとはいえ、アレンは健一として35年生きてきた。その価値観や常識が、3年かそこらで変わるわけがない。

（ふむ、やはり駄目だったか。さすがに3歳だしな。まあ、じゃあ明日から日課を増やすかな）

アレンも断られても仕方ないと思っていた。

まだやりたいことがあったが、その前にできるなら家のことを手伝いたかった。

「そういえば、今日クレナがね」

「あら、クレナちゃんがどうしたの？」

家事の提案で何か重くなってしまった家族の団欒の空気を振り払うように、今日のクレナの話を笑顔でするアレンであった。

＊　＊　＊

10月下旬。アルバヘロンが北に向かって飛んでいく。アレンの名の由来になった鳥だ。

（そろそろ収穫も終わって、完全に狩りの季節かな）

最近、アレンの父ロダンは何かと忙しいようだ。狩りの季節になったからだ。10月になると男衆の予定を調整して狩りに行く。今年も既に2回ほど芋の収穫の合間に狩りに出かけている。ロダンは身長が１８０センチメートルを超える大柄で肉付きもいい。猟師になりたかったロダンは、狩りの季節を心待ちにしている。２人目の子供のためにテレシアにも栄養が必要だ。

おかげでアレンやクレナもすくすく育っている。狩りに成功すると参加した者にブロック肉が報酬として配られる。普段豆をタンパク源にしている農奴にとって貴重な動物性タンパク質だ。10月から12月にかけてだいたい10回ほど狩りに成功するので、中々の腕なのかもしれない。

なお、1月から3月まではホワイトディアというヘラジカのようなCランクの魔獣を狩りに出かけるとのことだ。雪に覆われ、敵も真っ白で発見が難しいということで秋のグレイトボアほどは捕まえられないという話だ。

（ふむ、さて検証結果はどうだったかな）

昨日の朝、獣Gのモグラに作らせた穴に入れた虫Hのバッタを確認する。

「お！　デンカ！　生きているな！　これで丸1日召喚しても問題がないということが分かったな」

庭の隅に掘った穴の中にバッタを入れて、カードから召喚した召喚獣がいつまで召喚されたままでいられるのか検証をしていた。

この世界には攻略サイトもなければネット掲示板もない。召喚獣の性能については自ら試行錯誤で検証しないといけないのだ。庭先に自由に出られるようになったので、あれこれ検証をしてみようとアレンは考えている。

なお、デンカとは虫Hの愛称（名前）である。

召喚獣にはそれぞれ名前をつけられる機能があり、虫Hではなく愛称でも生成、召喚、合成が可能である。声を出す必要もなく、念じるだけでよい。召喚獣の名前一覧は次の通り。

・虫Ｈ　デンカ（バッタ）
・虫Ｇ　ピョンタ（カエル）
・獣Ｈ　チョロスケ（ネズミ）
・獣Ｇ　モグスケ（モグラ）
・鳥Ｇ　チャッピー（インコ）

召喚獣というよりもペットにつけるような名前だな、とアレンは我ながら思う。変更は何度でも自由で、魔導書の名前欄を変更するだけでよい。

（さて次はと）

アレンは、虫Ｈをそのままにして、庭に生えている木の下に行く。足元にはアレンの置いた10個の石ころがある。それを拾うと、木に向かって1個ずつ投げ始める。

（たしかヘルモードの説明は、職業で選択したスキルのみ初期に入手することが可能です、だったよな。俺なら召喚術だ。これは別に、他のスキルは獲得できませんという意味では決してないはず）

木に石ころを10個投げたら、拾い集め、地面に『正の字』でメモしながらまた投げ出す。

（とりあえず、１００個だ。毎日１００個投げて、スキルの取得条件の法則性みたいなものを発見しないと）

アレンは石を投げて、いわゆる『石つぶて』のようなスキルが獲得できないか検証をしているのだ。

召喚関係以外のスキルの獲得は可能か、スキル取得の条件はどんなことがあるのか、なるべく早めに知っておきたい。せっかく0歳から異世界に転生したのだから早めに知って損はない。

今は合成のスキル経験値を稼いでいるが、基本的に魔力を消費するだけで、1日数分を3セットやったら終わってしまう。やり込み好きのアレンにとって、それはあまりにも物足りない。だからこそ、余った時間をこのスキル獲得の検証に使うことにした。これからは石投げが午前中の日課だ。

「またあしたもあそぼ～ね！　あれん！」

「うん」

今日の騎士ごっこも終わり、アレンはへとへとに疲れていた。一方クレナは元気いっぱいだ。テレシアに促されて、クレナは走って家に帰る。灯りの少ない開拓村で、特に郊外ともなると夜は真っ暗になる。さすがに危ないので、日が落ちる前に家に帰すようにしている。

(もしクレナが毎日来るなら、剣術関係のスキルを先に獲得しそうだな)

今日もテレシアが作った夕食が並び、親子3人で囲炉裏に座る。農奴は質素で貧しいが、食べるものが少ないかと言われたら、そんなことはない。ロダンだけでいってても、身長180センチ超えの体格のいい人間が、朝6時から午後4時まで肉体労働を行うのだ。消費カロリーは現代人の平均を上回る。

油などの調味料は少なく、肉もほとんど出ない状態でそれだけのカロリーを摂取する必要があるため、必然的にそれなりの量になる。芋、小麦を練って焼いただけのパン、豆が並ぶ。薄いスープに夏に採れて乾燥させておいた野菜が入れられている。

「今日そういえば、木に石を投げていたわね」

「うん」

さすがに、息子がよく分からないことをしていたので、テレシアは気にしていたようだ。

ロダンも反応する。テレシアはアレンが黙々と木に向かって石を投げていたことをロダンに伝えた。

「何で、そんなことをしていたんだ？」

「うん、パパがおうちの外は魔獣が出るかもしれないって言っていたから。出てきたら石でやっつけてママを守るんだ！」

考えておいた理由を子供らしく笑顔で答える。アレンはテレシアやロダンから家を出てはいけない理由として、魔獣が外にいるかもしれないという話を聞かされ続けていた。

この開拓村は柵で覆われており、柵の外も低位の魔獣しかいないと聞いている。しかし、時おり低位の魔獣が柵の隙間から入ってくることがあるらしい。発見したら、すぐに見張りであったり、村の大人たちに退治されるが、それでも子供にとって危ないことには変わりない。

（角が生えた兎みたいなのが出るんだっけ。うまかったな）

過去にロダンが2回ほど捕まえてくれて、食卓に並んだことをアレンは覚えている。中型犬ほどの大きさの角の生えた兎だった。獲物は捕まえた人のものという不文律があるので、見つけたら我先にと捕まえに行くらしい。

「もうアレンったら」

テレシアはアレンの言葉に感動して強く抱きしめる。

「おお、そうかそうか！」

どうやら、息子が勇敢に育ってくれてロダンは嬉しいようだ。子供の答えとしては満点に近かった。わしゃわしゃとアレンの頭を撫でる。

「もちろん、クレナちゃんも守ってあげるのね」

「うん！」

クレナが既に角兎ぐらいには負けないことは、ロダンもゲルダから聞いて知っている。だからこそ、クレナの方からアレンの家にやってきているのだ。

「そうだな、騎士ごっこも楽しくやっているし、５歳になったら鑑定の儀が楽しみだな。うまいこと才能があればいいな！」

「そうね」

（お？　何だ？　初めて出てきたワードだな）

「かんていのぎ？」

「５歳になったらね、神様に才能があるか見てもらうのよ」

テレシアが教えてくれる。この異世界では、農奴も含めて、全ての人に対して才能を調べる儀式があるらしい。才能なしとの鑑定結果を受ける人も大勢いるので、期待してはいけないと両親は言うが、その両親こそが期待をしているようにアレンは感じた。どうやら、才能ありと鑑定されるのは、農奴から脱出できる数少ないチャンスのようだ。

午前は石投げ、午後は騎士ごっこ、空いた時間に召喚の検証や定期的に魔力消費によるスキル経験値獲得、テレシアの手伝いという忙しい日々をアレンは過ごすのだった。

＊＊＊

月日が流れて、アレンは4歳になった。季節は春先の3月。雪が少しずつ減り畑も緑が芽吹く頃の季節である。アレンは1人、庭先の木の前にいた。

3歳になって始めた石投げもこれで1年半ほどになる。魔導書の表紙には、レベルアップを知らせるログが黄色で表示されている。

『投擲(とうてき)のレベルが3になりました』

(やっと投擲がレベル3になったな)

アレンは無事に投擲と呼ばれるスキルを獲得し、さらにスキルレベルを3まで上げることに成功していた。

魔導書のメモを見ながら、投げた石の数を確認する。

この1年半ほどの間、投げに投げ続けた石の数（累積）
・10000個目　投擲レベル1
・20000個目　投擲レベル2
・120000個目　投擲レベル3

（やはり、スキルの取得には一定のルールがあると。ちょうど1万か。投擲のスキルだけがそうなのかもしれないが、スキルの取得とレベルアップには一定の条件があると）

考察の結果をメモに追記していく。

・スキルを取得するのに一定回の試行を行わないといけない
・スキルレベル2にするにはスキルレベル1を獲得した回数と同じ回数の試行が必要
・スキルレベル3はスキルレベル1の10倍の試行が必要

12万回も石を投げつけ続けた木の表面は、石の当たる部分が円を描いて剝がれてしまっている。最初は1日100回と決めていたが、レベル2になり試行回数が関係すると分かったため、それ以降は300に回数を増やして、現在に至る。

（これがヘルモードでなく、ノーマルモードなら100回でいいのか）

ヘルモードはレベルアップ、スキルの成長にノーマルモードの100倍の労力が必要なのだ。これは経験値であったり、スキルの成長のための試行回数であったりするのだろうと推察する。

（さて、投擲レベル４はどうするかな。もし、レベル４にするのに必要な個数が１００万回なら、１日３００回投げても９年以上かかるわけだ。とはいえ他にすることもないしな。何か他にやることができるまで投げ続けるか。あと10万、20万投げてスキルが上がらなかったら１００万回で確定できるしな）

ステータスを確認しながら、今後の予定を考える。

【名　前】アレン
【年　齢】4
【職　業】召喚士
【レベル】1
【体　力】16（40）+26
【魔　力】1（20）
【攻撃力】4（10）+26
【耐久力】4（10）+6
【素早さ】10（25）+10
【知　力】12（30）+4
【幸　運】10（25）
【スキル】召喚〈2〉、生成〈3〉、合成〈2〉、拡張〈1〉、剣術〈2〉、投擲〈3〉、削除
【経験値】0/1000
・スキルレベル
【召　喚】2
【生　成】3
【合　成】2
・スキル経験値
【生　成】1846/100000
【合　成】1325/10000
・取得可能召喚獣
【　虫　】GH
【　獣　】GH
【　鳥　】G
・ホルダー
【　虫　】G2枚、H2枚
【　獣　】G13枚
【　鳥　】G2枚

１年と10か月で召喚レベル２になったが、４歳５か月でまだ召喚レベル２。

生成レベル2と合成レベル1は3歳になってから上げ始めて、それぞれ3と2にした。

（生成レベルが3になっても、召喚レベル3にならなかった件について）

魔導書で自らのステータスを確認すると、いつものことが頭をよぎる。召喚レベルが3になっていないためか、召喚獣の数は変わっていない。召喚レベルが2になった時に鳥Gランクが解放されたことを考えると、高ランクを召喚するには召喚レベルを上げる必要があるのだろう。

（どうしたら、召喚レベルが上がるか分かんないけどね）

ネット掲示板も攻略本もない異世界転生。自ら試行錯誤していくしかない。どうしたら召喚レベルが3になるか悩んだ末、合成レベルを3にすることにした。とりあえず、全てのレベルが上がれば召喚レベルも引っ張られて上がるのではと考えたのだ。

なお、合成スキルであるが、スキルレベルが上がっても消費魔力は5のままである。どうやら生成と違い、合成については消費魔力が固定されている可能性がある。

剣術については、ほぼ毎日のようにクレナが騎士ごっこをしに来るので、自然と上がり、1年半でスキルレベル2になった。

投擲もそうであるが、スキルの有無とそのレベルにより、威力や正確さなど全てにおいて差が出てくるのである。投擲であれ、剣術であれ、体の動きに補正がかかる。より自然に、より正しい姿勢になるようになっているのだ。そして、小石の威力も、剣戟の威力も上がったように感じる。

アレンはスキルレベルの検証結果を魔導書にメモする。

・体の動きに補正がかかる
・スキルレベルが上がれば上がるほど、威力が上昇する

この世界は剣と魔法のファンタジー風ではあるが、ゲームではなくあくまで異世界である。ダメージみたいなものが目に見えるわけではないので、どの程度かは分からないが、威力の上昇が見られるのは確かだ。

「アレン、お昼手伝って〜」

まもなくお昼のようだ。テレシアから庭先にいるアレンに声がかかる。母の手伝いをするため、一旦家の中に戻ることにした。

「はい、ママ」

背中に幼児を背負ったテレシアの横に立ち、昼食作りを手伝う。

テレシアは無事、第2子である男児を出産した。一昨年の12月頃出産したため、背中の幼児は1歳半だ。もう目が覚めているのか、足をバタバタさせている。

背中を揺らしながら、アレンに蒸した芋とすりこぎ棒を渡す。

「マッシュ、もうすぐごはんでちゅからね」

「あ〜い」

よだれを垂らして、間の延びた感じで返事をするマッシュ。アレンの弟はマッシュと名付けられた。茶髪に緑の瞳、顔立ちはどちらかと言うと父に似ているようだ。

名前は当然、この異世界にいる魔獣からロダンがつけたとのことである。ロダンの話ではマーダーガルシュという狼のような魔獣らしい。一匹狼で世界を気ままに移動している魔獣だと語っていた。自由に生きてほしいという父の強い思いを感じる。

アルバヘロンからのアレン同様、名前の原形がずいぶんなくなっている。

マーダーガルシュのランクを聞いたらBランクの魔獣とのことで、Dランクのアルバヘロンより2つもランクが高い。兄より優れた弟はいないとアレンは独りごちた。

(いっぱい食べて大きくなれ。我が弟よ)

既に離乳食が始まった弟が喉に芋を詰まらせないように、しっかりとすりつぶす。まだ、畑の手伝いはしていないが、ずいぶん家の手伝いが増えた。

「帰ったぞ～」

庭の先にある畑からロダンが帰ってきたので、皆で囲炉裏を囲んで昼食を摂る。

「そういえば、来年この村はデボジ村になるんだってな。領主の使いが知らせてくれたんだってよ」

ロダンが、朝の共同水くみ場で同じ農奴仲間から聞いた話をする。

「とうとう村に名前がつくんだね」

(開拓が進んで開拓村じゃなくなるってことか)

現在、村を開拓して9年である。開拓も生産も落ち着いてきたので、10年目にして、村に名前がつくという話のようだ。

「ああ、まあ村長の名前がつくって話だったからな。そのまんまになったな」

（デボジ村長か、見たことないな）

以前ロダンから聞いた話を思い出す。開拓村は、開拓が進むと村で一番有名な人の名前がつくという話だ。基本的に初代村長の名前にすることが多い。

じゃあ、また行ってくると言ってロダンが畑に戻る。テレシアもマッシュが1歳になるまではつきっきりであったが、1歳を過ぎてからは昼寝の時間になったらロダンを手伝って畑仕事をしている。

（家族の団欒だな）

テレシアの頬にキスをして出かけるロダン。もうと言いながらも嬉しそうなテレシア。2人の様子を見て、3人目ができるかもしれないなと思いながらマッシュを見る。口の周りを汚し、木でできたスプーンを握りしめ必死に食事をする弟のマッシュ。

ふとたまに思うことがある。自分はなぜ転生したのだろうと。

廃設定のゲームをやり込みたいと心から願った。だから、剣と魔法のファンタジーの世界に来たことについてはあまり後悔がない。35歳で元の世界を去って、向こうの両親は少しは悲しむかもしれないが、結婚もしていないし彼女もいなかったのでそこまでダメージはないのではと思う。

しかし、この世界に来た当初に思ったことは、赤ん坊への転生ではなく、大人のままの転移が良かったなということだ。

何者にも束縛されず、召喚士としての自らの育成に集中したかった。転移し、近くの街に行って冒険者にでもなって、魔獣を狩りひたすらレベル上げとスキル上げに勤しみたかった。

ゲームをやれば、最強の装備を探し、レベルをカンストさせてきた。ずっとやってきたゲームの遊び方だ。異世界でも同じようなことがしたかった。

（団欒もいいな。せめて農奴から皆を解放するかな。どうやって解放するか知らないけど）

弟ができ家族について考えることが増えた。レベル上げ以外に目標ができたのであった。

第四話　鑑定の儀

　アレンが異世界に来て5年と半年が過ぎた。今は春がやってきて4月中旬である。

　今日は朝からテレシアとロダンがそわそわしている。

「神官様に失礼なことを言ってはダメよ」

「うん、ママ」

　昨日から10回以上繰り返した返事をもう一度する。パタパタと服の埃を払われる。

「テレシア、アレンは賢い子だ。そんなことはしないさ。行ってくるぞ」

　ロダンに連れられて、開拓村の中心に出かける。テレシアはマッシュの世話があるので出かけるのはロダンとアレンだけだ。

　今日は、アレンの鑑定の儀を行う日だ。

（両親、ずいぶん気合が入っているな）

　ここ数日聞かされたことを思い出す。

　鑑定の儀とは、本人に潜在する才能を鑑定するものだそうだ。対象は王族から農奴にいたるまで全員で、必ず5歳になったら受けないといけないとのこと。王国の法で決まっているという話である。もし、才能が鑑定で見つかれば、仕官することも夢ではないという話だ。

(農奴が農奴を脱出できる数少ない方法みたいだな)

父に連れられて農道を歩いていると、いつもの声が聞こえる。

「あれーん!!」

クレナがピンクの髪を揺らしながら力いっぱい手を振っている。木刀を持っていないクレナは久々に見るなとアレンは思った。

「やあ、クレナ。クレナも鑑定の儀だね」

「うん、わたし、かんていでけんしといわれるの! そしてきしになるの!!」

クレナはニコニコしながら答える。横にはムキムキのゲルダもいる。ゲルダとクレナにとっても鑑定の儀の日だ。どうも鑑定の儀は年に1回4月にまとめて行うらしい。わざわざ農奴が5歳になる度に行うというわけではないようだ。

昨日も一昨日も聞いたクレナの夢を今日も聞きながら、畑を抜け、家々が連なる場所に来る。開拓村はアレンが生まれたあとも人が増え続け、結構しっかりとした村になっている。1歳の時に魔獣の解体現場を見に来てから、住宅地には数えるほどしかやってきていないがその変化がはっきりと分かる。

朝の9時前。定刻前であるというのに教会と思われる建物にはかなりの人がいる。

(うわ、やっぱ平民と農奴って違うんだな。というか平民も一緒に鑑定するのか)

100人近い人だかりができている。その中でアレンが気付いたのは服の汚れだ。同じ麻布の服を着ているが、農奴は茶色の汚れが目立つ。畑で土いじりに勤しみ、石鹸のようなものはなくほぼ水洗いだからだ。まだらに茶色に汚れた農奴と、そうでない平民。畑仕事をする平民もいるはずなのにこうも違うということは、石鹸かそれに近いものを使っているのかもしれない。

朝9時を伝える鐘が鳴ると、扉が開き、中からぞろぞろと神官と思われる人たちが出てくる。平民とは全然違う格好だ。上下の継ぎ目がない統一された服を着ている。

(教会の中に入るのは初めてだな)

神官たちに案内され、ロダンとともに教会の中に入る。外観から2階建てほどの高さだと思っていたが、実際には天井が高い1階だけの造りだった。広間の奥にはギリシャ神話のような真っ白い彫刻がある。どうやら神を象(かたど)ったもので、男神と女神の像がいくつも並んでいる。

(あれがこの世界の神々か。稲みたいの握っているのが豊穣の神かな。武器を持っているのは戦神っぽいな)

最も奥の中央にたたずむのが、創造神だろうか。見た目は20代後半くらいに見える。背中まで伸ばした長髪、引き締まった体に顔。両の目は閉じられ、上半身は服を着ていない。翼のようなものはない。

1歳になった時この世界の創造神から魔導書を通してお知らせを貰ったことを思い出す。それ以来何も連絡はない。

神官たちに後方に座るよう指示され、固まるように床板に座る。全員が座ると、一番年配の神官が話し出す。

「今日は皆様、鑑定の儀にお集まりいただきありがとうございます」

平民が頭を下げるので、そういう作法かと農奴も頭を下げる。どうやら平民は定期的に教会に来ているようだ。アレンも流れに合わせて頭を下げる。そのまま年配の神官は続けて話をする。

「創造神エルメア様は等しく全ての者に機会をお与えになります。農奴として生まれてきた方は知らないかもしれませんが、農奴の中からも王国の英雄は生まれているのです」

ざわざわとする教会。農奴から英雄とはどういうことだと村人たちは動揺する。この広間には第1子が5歳になり、親として初めて鑑定の儀を受ける者も多い。つまり、農奴から英雄に、という話を聞くのが初めての親子も多いのだ。

10年前に開拓村が作られた。最初の2～3年は不作でとても子供をという状態ではなかった。しかし4年目、5年目とゆっくりであるが少しずつ安定して作物が実るようになってきた。

それに合わせて子供を産み育てる家庭も増えてきた。ロダンやテレシアもそのうちの1組である。アレンは開拓村のベビーブームに生まれてきたのである。ここにはベビーブームに生まれてきた30人ほどの子供たちがいる。

「聖女クラシス様は平民の生まれです。そして、現在も王国のためにご活躍されている剣聖ドベルグ様は農奴の出身なのです」

ざわつく広間に、神官の声が響く。村人たちはその言葉にさらに動揺する。

（ああ、なるほど）

そんな中、アレンだけは納得した。思い出したのは転生する前の記憶だ。ゲームの設定画面で見た内容では、勇者や剣聖は低い階級から生まれる設定だった。上級貴族や王族からは決して出てこない。難しい職、将来強くなる職ほど低い階級から生まれる。たとえば、平民や農奴のような。

（ゲームとして見ていた設定がそのまま生きているのか。だから逸材が生まれるかもしれない農奴も含めて、埋もれた才能がないかを鑑定させるんだ）

それから、簡単に鑑定の儀の説明が始まった。年配の神官の目の前には鑑定用の水晶が鎮座している。ここに手を当てると、神官の横にそびえる等身大の真っ黒な金属板に鑑定結果が表示されるらしい。

「この水晶に手をかざすと、その者の才能と能力が表示されるのです」

（ふむふむ、水晶の色が変わったり光ったりするわけではなく鑑定結果は文字として出るのか。公開されるのね。まあこんな人だかりだから隠せないだろうけど）

そんなアレンの考察は余所（よそ）に、鑑定の儀は進む。

「まずは、デボジの子ペロムスよ、水晶に手をかざしなさい」

羊皮紙のようなものを見ながら年配の神官が指示をする。どうやら30人ほどいる子供の名簿のようだ。村長デボジに連れられてペロムスが広間の前の方にある水晶の前まで足を進める。

ここに手をかざしなさいと神官に指示され、ペロムスは両手を水晶にかざす。かざされた水晶は淡く光り、その光は隣にある真っ黒な金属板へと移動する。すると、金属板に銀の文字が映し出された。

（ぶっ!?　まんま魔導書じゃねえか!!　もしかして鑑定の儀と同じ機能を魔導書は備えているの

か?)

「おお!　商人の才がありますね。おめでとうございます」

【名　前】	ペロムス
【体　力】	C
【魔　力】	D
【攻撃力】	D
【耐久力】	C
【素早さ】	D
【知　力】	B
【幸　運】	B
【才　能】	商人

鑑定結果に才能を示す欄がある。商人と表示されたのを見た村長は歓喜の声をあげ、ペロムスを抱きしめた。ペロムスも苦しそうに喜んでいる。

(お?　才能があれば何でも喜ぶ感じなのか。能力はランクで表示されると)

アレンは魔導書を開き、ペロムスの鑑定結果のメモを始める。次に平民の男の子が呼ばれた。先ほどと同じように親と一緒に水晶の前に行き、男の子は水晶に手をかざす。

鑑定結果が真っ黒な金属板に表示される。

才能欄に『なし』と表示されたのを見て、親子は肩を落とした。しかし、教会の鑑定は絶対なのか何も言わず、次の鑑定のために下がる。

（ほうほう、才能は全員にあるわけではないのか？）

鑑定はどんどん進んでいく。ステータスはペロムス以降、ＣからＥが多いようで、才能は『なし』と表示されていく。平民から先に呼ばれるのか、農奴はまだ呼ばれていない。自分らの鑑定が終わったら帰ってもいいらしい。帰る者、残って他の子の鑑定結果を見る者まちまちだ。

「や、やった、パパおのつかいだ、おのつかいだってよ!!」

７人目の体格のいい子供が神官に斧使いの才能があるという鑑定を受けた。親子は抱き合って鑑定結果を喜んでいる。

【名　前】ドゴラ
【体　力】B
【魔　力】D
【攻撃力】A
【耐久力】B
【素早さ】C
【知　力】D
【幸　運】C
【才　能】斧使い

（おお！　初めてステータスにＡが出てきたな。というか才能がないとＢも難しいのか？）

全て魔導書にメモしながら、斧使いの職業特性を分析する。

これで平民が終わりなのか、農奴と思われる服装の子供たちが呼ばれ始める。農奴も平民同様に才能なしと呼ばれる者が多い。

農奴の中に僧侶の才がある子が1人いた。僧侶と言われた子とその父があとで話がありますと神官から説明を受けている。

(何か中々呼ばれないな。まあ、才能の分析ができて助かるんだけど)

アレンとクレナが最後まで残った。

「では、ゲルダの子クレナよ、水晶に手をかざしなさい」

「はい!!」

ゲルダに連れられてクレナが水晶の前に進んでいく。笑顔で両手を水晶にかざすクレナ。最後の方ということもあり、かなり人は減っているが何組かの親子は見学しているようだ。

クレナが両手をかざした時、かつてないほどの光を水晶が発する。水晶の光が収まるのと同時に、真っ黒な金属板に鑑定結果が表示される。

「「「な、なんだ!!!」」」

あまりの輝きに、驚く神官と残った親子たち。ゲルダも体全体で驚きを表している。

「な!? そ、そんな、で、出おった」

年配の神官はあまりの驚きにわなわなと震えながら言った。

「な!? え? 神官様、鑑定結果は!?」

ゲルダは金属板に表示された文字が読めない。農奴で自分や家族の名前以外の文字を読める者はほとんどいない。娘クレナの名前以外何が書かれているのか分からないのだ。

「け、剣聖だ、クレナの才は剣聖であるぞ！」

【名　前】クレナ
【体　力】S
【魔　力】C
【攻撃力】S
【耐久力】A
【素早さ】A
【知　力】C
【幸　運】B
【才　能】剣聖

「け、剣聖だって!!」

「剣聖が生まれていたぞ！」

騒然とする教会の広間。皆、真っ黒な金属板とクレナを交互に見る。

「え？　けんしじゃないの？」

首をこてっとして残念がるクレナは事情が分かっていないようだ。

真っ黒な金属板にはこれまでの30人がまるで及ばないほどの能力値と剣聖の文字が表示されてい

た。

クレナに剣聖の才があった。その事実に、ゲルダもロダンも信じられないという表情のまま固まってしまった。アレンだけはこの状況の中落ち着いて、クレナのステータスを魔導書のメモ機能に記録する。

(何となくそんな気がした。正直、剣士の才程度であんなギャグみたいな強さはないと思った)

クレナと騎士ごっこをして2年半が経つ。1日1時間のごっこだが、おかげで剣術のレベルが3になった。へし折られて作り直してもらった木刀は10本を超える。最近は自分で木刀を作ることもある。

31人の子供が終わり、現在このような状況になった。

・剣聖1人(クレナ)
・斧使い1人(平民)
・僧侶1人(農奴)
・商人1人(村長の息子)
・才能なし27人

(なんかほぼ才能なしだな。確率でいうと10人に1人かそこらか)

「最後にロダンの子アレン、水晶に手をかざしなさい」

ついにアレンの番が来た。ロダンに連れられて水晶の前に立ち、水晶に手をかざす。

(これで両親にも俺が召喚士ってことが知られるな。こっちから言いたくてもどう説明していいか分からないし、好都合だ)

この5年半、バッタは何匹もテレシアに光に変えられたが、自分からは召喚士と両親に言ったことはない。なぜ自分が召喚士だと思ったのかと聞かれても、根拠を説明できないのもその理由の1つである。それに無理に説明が必要な状況でもなかった。

そんなことを考えていると水晶がかつてない光を放つ。

「「「な!?」」」

年配の神官もロダンも皆驚愕する。クレナを超える光である。直接太陽を見てしまったかのように、手で目を覆う。

光が収まり、真っ黒な金属板に銀色で文字が刻まれる。

「こ、これは、そんな……」

驚愕する神官たち。自らの目を疑うのか、目をこすり二度見をする。

「あの、神官様。どのような鑑定を」

文字が読めないロダンが神官に鑑定結果を確認する。

「え、あ、いえ、才能はありませんでした」

「そうですか」

ロダンは剣聖クレナと騎士ごっこをしているアレンを何度も見ている。木刀の捌(さば)きはとても普通

の子供ではないと思っていた。きっと剣士の才があるのではと期待していたようだ。

（むう、父さんがかなり落ち込んでいるな。まあ、才能がないのはいいとして何だこの鑑定結果は？　もしかして、創造神様お仕事サボりましたか？）

アレンが真っ黒な金属板を見て呆れる。

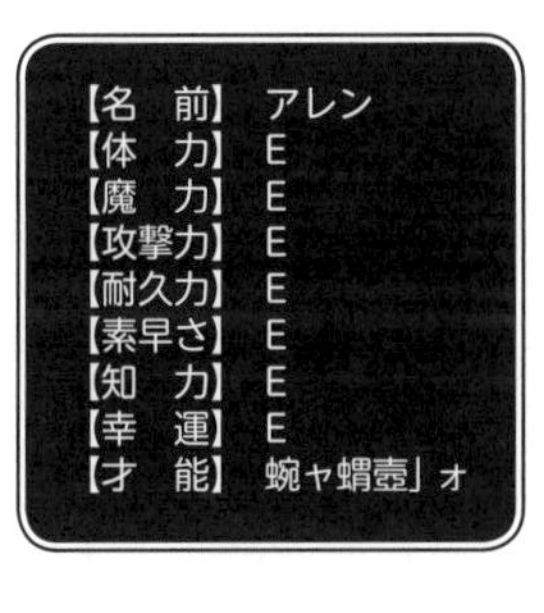

（俺の才能文字化けしてんじゃねえか！！）
真っ黒な金属板には、全てのステータスがEランクで、才能が文字化けした結果が銀の文字で表示されていた。神官も文字化けした才能を読めないので、才能なしと判断したようだ。
文字が読める平民もいたようで、才能がないのもそうだが、能力が低いのではというひそひそ声が聞こえてくる。その言葉はロダンの耳にも入ったようだ。ショックを受けた顔でロダンがアレンを見る。

「おほん、ロダンよ、アレンはあなたのお子です。しっかり育てなさい」

神官のメモが終わったのか、金属板に映った文字が消える。どうやら子供の才能は全て記録に残すようだ。アレンの鑑定結果も記録に残された。

肩を落とし教会を後にするロダンとともに、アレンも一緒に帰る。

（クレナが剣聖であってもそのまま帰すのか。いや、また日を改めて話があるのかもしれないな）

ロダンたちを追って、教会を後にするゲルダとクレナであるが、教会側は特に何もしない。他の人と同様、帰っていいらしい。道中、落ち込むロダンをゲルダが励ます。しかし、ロダンの反応はほとんどない。

鑑定が終わってもまだお昼前だ。ゲルダとクレナと別れ、お互いに家に帰る。

「お前は俺の子だ。しっかり育てるから安心しろ。だけど母さんは心配するから才能はなかったくらいの説明にしような」

2人になったらロダンが話しかけてくる。どうやら、アレンが落ち込んでいると思ったようだ。

しかし、アレンは鑑定結果を分析するため考えごとをしているだけである。

「え？　うん。パパ」

アレンが笑顔で答えると、頭をポンポンされて、帰宅の途に就く。

帰宅後、テレシアに結果を伝えるが、優しく頭を撫でられた。テレシアからも私たちの子よと言われた。

お昼寝のため、子供部屋に行く。2歳になる弟のマッシュがすやすや寝ている横でアレンも寝る。

ベッドは木製から布団に変わった。両親が温かく接してくるのでこみ上げてくるものがある。

(いや、これは神だかスタッフだかのミスだろ？　文字化けしていたってことは、鑑定の儀の金属板まで召喚士の情報を反映していなかったからだと思うんだけど)

鑑定の儀について、寝る前に今一度分析結果をまとめる。魔導書にしっかり記録するためだ。

(まあ、両親には今回心配させて悪いけど、当面はこれで召喚士であることは黙っていることになるな)

鑑定の儀で何も出なかったため、今後も両親と弟の目から隠れて召喚の分析をすることになる。

一通りまとめ終わったら、過去に記録した別のページに移動する。

(それにしても能力値が全てEだったな。おかげで1つ検証結果が確定した)

アレンにはこの5年間の中で、どうしても知らないといけない仮説があった。今回の鑑定の儀を受けて1つの答えが出た。

たしかに両親の期待に応えられない結果に終わったが、全能力値EとはそこまでアレンにとってEい結果だけではない。

(俺だけがヘルモードなのか、皆もヘルモードなのか分かったからな)

魔導書のメモのページにある仮説のコーナーを見ながら、仮説の結果を記録する。

アレンの仮説
仮説１　ヘルモードの設定は異世界の全ての人に反映される。
仮説２　ヘルモードの設定はアレンのみに反映される。異世界の人はノーマルモードである。

魔導書の仮説1を抹消する。

（これで、俺だけがヘルモードだということが分かったぞ。じゃないと全能力値Eなのはおかしいからな）

アレンはこの数時間の間に鑑定の儀の検証をほぼほぼ終わらせた。まずステータスの能力のランクは期待値のようなもの。皆5歳だ。人によってステータスにそこまで大きな差はないだろう。レベルも恐らくアレン同様に1のはずだ。ステータスのランクはレベルが上がった時の上昇値であったり、成長性をランクとして表現していると判断した。

じゃあ、なぜアレンのステータスは全てEであったか。それはアレンだけがヘルモードだからだと考えられる。成長性や期待値だけでなく、成長速度も考慮され、実際の１００分の1で評価されてしまったのだろう。

ヘルモードの成長速度はノーマルモードの１００分の1だ。

健一はヌルゲーになっていく時代の流れに嘆き、そしてアレンとして異世界に転生した。自分だけがヘルモードの世界に。それは地獄の世界だと人は言うだろう。しかし、何かがアレンの中にこみ上げてくる。目標のようなものが自分の中に湧いてくるのを感じる。

「そうか、これはヌルゲーとの戦いでもあるのか。人生をかけてヌルゲーと戦い、やり込みの価値を示せということか」

　思わず声を出してしまったなと反省しお昼寝する。

　その日は結局3時にいつものようにクレナと騎士ごっこをした。しかし、その日はそれだけでは終わらなかった。夕方ちょっと用事があると言って、両親はどこかに出かけ、テレシアだけ先に帰ってきた。それから1時間以上遅れてロダンが帰ってくる。

「え？　ど、どうしたのロダン！！！」

　テレシアは驚いてロダンに声をかける。顔やら体のあちこちに痣ができていて、殴られたのか顔面が腫れている。ロダンはその問いかけに対して何も答えず、ただ下を向いていた。

　ロダンが顔面にいくつも痣をつけて帰ってきてから3日が過ぎた。なぜ痣ができたのか、テレシアがロダンに尋ねても一切答えず、ムスッとした顔で黙秘を続けた。

　しかし、痣の理由はその翌日にクレナから聞くことになる。なんでも、隣の家のゲルダと喧嘩をしたそうだ。

　喧嘩の理由までは結局分からなかったが、鑑定の儀が終わった当日に起きた喧嘩だ。何となく才能なしの上に全ステータスEランクの自分が原因のような気がする。

　鑑定の儀で才能が文字化けした上に、全E能力値だったことについて、魔導書を握りしめ毎日、事情の説明及び改善要求を念力のように申し立てているが、魔導書を使ったお知らせは神から来ていない。

しかし、アレンは健一だった頃、1年かけて作成した装備が、ゲームサーバーダウンという明らかな運営側の過失により消失したことがある。その時、毎日のようにゲームマスター（運営スタッフ）に改善要求をし続けて、装備をバックアップデータから戻してもらった実績がある。神からの回答が来るまで毎日念力を送る所存だ。

「アレン、準備はいい？」

「うん、ママ」

特に準備するものはないと思う。念のために木刀だけ持っていく。なんだかクレナの影響を変に受けている気がする

「ほら、あなたも行くわよ。というかさっきまで起きていたのに何で寝ているの！」

マッシュを抱いて横になっているロダンを引っ張り起こすテレシア。どうやらまだ、むすっとしている。

これから家族でクレナの家に行く。夕飯を共にするので、食材を籠に入れて家を後にした。

（クレナの家に行くのは久々だな）

アレンは異世界に転生して5年半になる。３歳になった頃からお隣さんのクレナと遊んでいるが、ほぼほぼ毎回クレナの方から遊びに来ている。だからアレンからクレナの家に行くことは少ないのだ。15分ほどするとお隣にたどり着く。

「やあ、待っていたよ」

ピンクの髪に青い瞳をした女性が元気よく返事をする。くせっ毛のショートヘアだ。

「ミチルダ、先日はうちのロダンが迷惑かけたわね」

「何言っているんだい。うちのゲルダもいい年なんだから大人になれって話さ」

この姐さん口調の女性がクレナの母であるミチルダだ。ミチルダの案内で家の中に入る４人。当然マッシュも連れてきている。

今日はクレナ家に家族でお泊まりをするのだ。

「あれん、いらっしゃい！！！」

家に入って早々、クレナから声がかかる。珍しく一家総出でクレナの家に来たためか、いつも以上に声に元気がある。

土間があり、その先に囲炉裏があり部屋が２つ。アレンの家とほぼ同じ間取りだ。

「おい、あんたいつまで拗ねてんだい！　ていうかさっきまで起きていただろ!!」

寝室で熊のように寝るゲルダを、片手で囲炉裏のある部屋まで引きずり出す。顔はロダン同様痣だらけだ。

その後、テレシアとミチルダの共同作業による夕飯の準備が進んでいく。

「ねえねえ、あれん、りりぃおおきくなったの」

クレナが妹のリリィを連れてきた。クレナと同じピンクの髪に青い目だ。父ゲルダの髪は茶色なので、目も髪も母親ゆずりだ。だーだー言いながら、笑顔で両手を向けるので、手を差し伸べるとニギニギされる。

（なんか、めっちゃ癒されるんですけど！）

リリィはまだ1歳半だ。会うのは久々だがクレナからもリリィの話をよく聞いたりしている。

そうこうしているうちに夕飯の支度が進み、全員揃って囲炉裏を囲んだ。そんなに贅沢な食材は使われていない。いつもの豆、芋、イースト菌のない平たいパン、肉切れの入った野菜鍋だ。

(子供の頃に行った幼稚園のお誕生日会みたいな感じだな)

そんなに広くない家族用の囲炉裏だ。2つの家族が座るとかなり狭いが、気にならない。この光景にとても温かいものを感じる。

「ほれ、飲め」

「あ!?」

若干まだ喧嘩口調だ。無造作に茶色い陶器のようなものを前に出すゲルダ。不審に思いながらもロダンが空の木のコップを差し出すと、そこにトクトクと液体が注がれていく。

「これは酒か」

「ああ」

「どうしたんだ?」

農奴が酒を飲める機会は少ない。最後にロダンが飲んだのはテレシアと結婚した時だ。

「村長が昨日来てよ、置いていった」

「……」

何となくそれだけで、ロダンは理解した。眉間にしわが寄る。

それから、ゲルダは杯を傾けながら、この3日ほどの状況の話をする。村長は酒を置いていき、これから領主に報告に出かけると言った。そして、もしかしたら、クレナを連れて領主のいる街まで行くことになるかもしれない、とも話したそうだ。

領主に呼ばれるという辺りでロダンの顔にさらに皺が寄る。

「もういいじゃない。村長がうちの子が剣聖だったから気を遣ってお酒を持ってきてくれたんだよ。ちっちゃいことを気にすんなよ」

「別に気になんかしていないさ。それにおめでたいとも思っている。仕官どころかお貴族様も夢じゃなくなったんだからな」

ロダンも別にクレナが剣聖だからといって妬んでいるわけではない。

「じゃあ、なんで付き合うのやめようって言うんだ！　今までだってへぶあっ！！！」

酒の勢いかゲルダが吠える。

そして、最後まで言い切る前に綺麗な右ストレートがゲルダの右頬に決まった。ミチルダの拳である。子供の前で大声を出すゲルダへの制裁だ。

「……貴族が農奴と付き合っていたら、せっかくの機会を失うかもしれないだろ。剣聖なんだぞ」

ミチルダの拳を恐れてか、ロダンの声は抑え目だ。ロダンとゲルダの顔の痣の半分以上は、喧嘩両成敗とばかりに仲裁に入ったミチルダに殴られたものだ。

そこまで聞いて、何で喧嘩をしたのか分かった。この異世界では農奴は農奴としか結婚しない。平民は平民とだけである。恐らく貴族もそうだろう。

どうやら、アレンに才能がなかったことは喧嘩の原因ではなかった。

剣士の才能ならともかく、英雄にもなれるかもしれない剣聖の才能だ。仕官して騎士になるだけでは収まらないほどの才能がクレナにはあった。村長も2日後には自ら領主に報告に行くという。

ロダンは、もう家族ぐるみでの付き合いはやめようとゲルダに伝え、その言葉に対しての返答がゲルダの拳だった、ということだろう。

（ふむ、なるほど、思いのすれ違いか。さて、これはお子様が間に入った方がいいか）

「そういえば、4人一緒に開拓村にやってきたんだよね！」

昔ロダンから聞いた話をみんなに振る。アレンの純粋無垢な笑顔と声に注目が集まる。

「ああ、そうさ、アレン。隣の村から4人でやってきたのさ。アレンとクレナのように子供の頃からずっと4人でやってきたんだよ」

ミチルダが昔の思い出話をする。4人は皆農奴の家庭で生まれ一緒に遊んできた。当然農奴なので貧しかったが楽しかった、という話をする。

ロダンもゲルダも黙って話を聞いている。

10年前、その農村に、新たに村を起こすという話が舞い込んでくる。そして、領主の使いは言う。もし、開拓村に来てしっかり開墾して村を興すなら、畑はずっと使ってもよい、と。

「その時も4人でこうやって話し合いましたね」

テレシアも話に参加する。昔の光景が蘇ってきたようだ。

農奴は土地を所有できないが、いきなり没収されることはめったにない。しかし、親のあとを継げるのはだいたい長男である。4人とも長子や長男ではなかった。

収穫物の6割が税として持っていかれる農奴だ。子供の数は関係ない。畑の大きさが変わらないのであれば、子供が増え、成長し大人になれば、それだけ食べるものは増えていく。

4人全員一致で開拓村に行って、新たに畑を開拓しようとなった。

「そうだな、4人で何もない村に来て、皆で一緒に2つの家を建てたな」

ゲルダも話に参加する。まずは家を建てねばと4人でお互いの家を建てた。だから両家の造りは同じである。最初は土間と囲炉裏部屋をお互いに作って、子供ができたら、それぞれの家に部屋を2つ増設したという話をする。

「そうだったな……」

ロダンは目をつぶり、その時のことを思い浮かべているようだ。それ以上は何も言わなかったが、子供の頃、そして開拓が始まった最初の大変だった頃の記憶が蘇っているのだろう。

子供の頃の思い出と、開拓村の苦労が仲直りをさせたようだ。囲炉裏での会話は夜遅くまで続いたのであった。

第五話　クレナVS副騎士団長

鑑定の儀から3か月が過ぎ、7月になった。結局この3か月でクレナが領主に呼ばれることはなかった。ロダンとゲルダはお泊まり会の日からすっかり仲直りしたようだ。テレシアからは、昔からたまに喧嘩をすると聞かされた。

開拓村の夏は暑い。気温は30度を超えているだろう。マッシュが脱水症状にならないように水をしっかり飲ませる。マッシュは2歳を迎えてかなり歩けるようになってきたので、どこにでもついてくる。3歳になれば、マッシュにも外に出る許可が出そうだ。

アレンの訓練の経過であるが、レベルもスキルレベルも変わらない。ただ、もうすぐ合成レベルが3になるのではないかと考えている。2枚のカードを生成してから合成をする必要があるので、生成レベルに比べて合成レベルは上がりづらい。

剣術についてもレベル3のままだ。ヘルモードはそう簡単にはレベルが上がらない。

「アレン、準備はできましたか？」

「うん、ママ」

今日は大きな出来事がある。騎士団一行が開拓村にやってくるのだ。クレナは領主に呼ばれることはなかったが、逆に騎士団が領主の命でクレナに会いに来るらしい。先ぶれの使者が数日前に来たらしく、使者は村長に騎士団のことを伝え、翌日にはゲルダの家に村長がやってきた。なんでもクレナを連れて住宅街に来るように、とのことだ。

（騎士団か。領を支配する権力者。農奴にとって天上の人だな。目が合っただけで切り捨て御免とか言ってこないかな）

呼ばれたのは当然、クレナであり、その父のゲルダだ。しかし、子供の頃からの親友であるロダンは２人の晴れ舞台を見に行くつもりだ。ゲルダからもできれば来てほしいと言われたのもある。親友が農奴から成功を勝ち取る瞬間を見届けるのだ。

「では行ってくる。テレシア」

今日もマッシュがいるのでテレシアはお留守番だ。マッシュを連れていって人の集まりや馬やらに驚いて泣き出してはいけない。

ゲルダの家に向かうと、家の前に既にゲルダとクレナが立っている。その横にはリリィを抱いたミチルダもいる。

「あれーん!!」

クレナがアレンを見て大きく手を振る。

（すごい嬉しそうだな。騎士に会えるんだもんな）

騎士ごっこを始めてから、まもなく3年だ。クレナは毎日のように『きしくれな！』と名乗り続けた。そんなクレナに騎士が今日会いに来るのだ。喜びは声からも伝わってくる。

「わたし、きょうからきしなんだよね!!」

「ははは、騎士団に聞いてみないと分かんないな」

ゲルダがクレナの頭を撫でる。きっとずっとこの調子なんだろうなと思う。クレナの話を聞きながら住宅街にたどり着く。

「どこに行けばいいんだ？」

ロダンが尋ねる。

「たしか広場って言っていたぞ」

「広場？　門や村長宅じゃねえのか？」

どうやら、住宅街の中心にある広場が目的地のようだ。広場には既に結構な人だかりができている。剣聖が来たぞという声があちらこちらから聞こえてくる。皆、今日騎士団がやってくることを聞いているようだ。

黒目黒髪のアレンより、さすがに今日はクレナに視線が集中する。

クレナやゲルダが来ても誰も寄ってこない。このまま騎士団が来るまで待てということなのだろう。

（うは、今から2時間以上待つのか？　することないし寝るかな）

人の目線など気にせずアレンはウトウトし出す。新幹線や飛行機の移動中に寝るノリだ。基本アレンはすることがなければ寝る。アレンが寝出したので、クレナもアレンにもたれかかってウトウトとし出す。

広場の隅ですやすや寝ていると、12時の鐘の音が鳴る。近くで鳴る鐘の音の大きさに驚き、アレンとクレナは飛び起きた。

「へぶ!?」

「お？　起きたか？　どうやらもう来るみたいだぞ」

ロダンの声に寝ぼけた声で返事をする。どうやら定刻どおりに騎士団一行が来たようだ。

（ほうほう、ここからは見えないがもう到着したのか）

ざわざわとする村人たち。寝ている間にかなり人が増えたようだ。普段住宅街にやってこない農奴もかなり多い。

そんなことを考えていると、ドカラドカラと馬の走る音が聞こえてくる。

（おお！　本当に来た。わざわざ開拓村に来たのか。領主のいる街がどれくらい遠いか知らんけど）

馬に乗った騎士団一行がやってくる。騎士団と言っても何十人もいるわけではない。10人程度と、目で数えられる規模の騎馬隊だ。クレナに会うだけならそんなに人数はいらない様子。村長も広場で待っていた。騎馬隊の指揮官らしき騎士の下に駆け寄っていく。よく聞こえないが、ようこそお越しくださいましたと挨拶をしているように見える。

手でクレナの方を指さす村長。その視線の先を確認しようと兜を外し、指揮官らしき騎士がクレナを見る。それに合わせて他の騎士たちも一斉に兜を外してクレナの方を向いた。既にクレナも起村長が手招きをする。どうやらクレナに来いということらしい。ゲルダがロダンの顔を見て頷く。

とうとう騎士との面会だ。

ゲルダとともに騎士団の下に進むクレナ。ロダンとアレンがそれを見守る。

（このまま、クレナは騎士団とともに村を出るのかな。ごっこも一緒のお昼寝ももう終わりか）

達者でなという気持ちと、どこかさみしい気持ちが入り交じる中、騎士団の下まで寄っていくクレナを見つめる。少し離れているが、「くれなです！」という大きな声が聞こえる。ゴリゴリのゴリマッチョのゲルダはかなり腰が低い。ちょっと声が大きいぞとゲルダが言っている様子が見てとれる。

口髭を蓄えたガタイのいい指揮官らしき男が、クレナの父親であるゲルダと会話をする。どんな会話をしているのか距離があるので分からない。ただただ経過を見守る。

会話の様子を見ていると、いきなりゲルダがのけ反るように驚く。

「な!?　そんな！　そんな無茶な!!」

どうやら穏やかな話をしているわけではなさそうだ。ロダンとともに会話が聞こえるところまで近づく。広場を囲む村人たちも、ゲルダのただならぬ反応を受けてざわつき始めた。ゲルダは何やら説得しようとしているようだ。

「クレナはまだ剣を持ったこともない5歳です、む、無茶です……」

「まだ言うか？　剣聖であるのだろう？　ならば問題はないではないか。それとも我ら、いや御当主様を謀ったのか？」

「そ、そうではございませんが、騎士様と戦うなど……」

粘るように会話をするゲルダだ。これ以上押し問答をしても仕方ないと、指揮官は後ろで馬から下りた騎士の1人に声をかける。

「レイブランド副騎士団長、準備せよ」

「は!!　騎士団長」

配下の騎士たちが、広場の外に馬を移動させる。村長も何事かと動揺するが、騎士の指示を受け、馬小屋を案内しに行った。

「そ、そんな、クレナが死んでしまいます。ご勘弁を」

土下座するゲルダ。

「ふむ、まだ分かっていないようだからはっきりと言っておく。お前の娘に限らず、鑑定の儀を欺けば死罪である。娘はもちろんお前もだ。騎士と戦わなければ、今この場で剣聖であると欺いた罪で娘もお前も切り捨てることになるがどうする？」

もう言葉も出ないゲルダだ。顔からも全身からも絶望がにじみ出ている。騎士の1人がクレナに鞘から抜いた抜き身の真剣を渡す。クレナの身長に近い長さの両刃の剣。西洋風のロングソードだ。

（おいおい理不尽すぎだろ！　どういうことだ？　だから最初からクレナと戦うつもりで広場を指定したのか？）

やっと状況を摑めた。どうしたらいいのか、どうすれば事態を打開できるか考えているとクレナが口を出す。

「ほえ？　あのきしさんをたおしたら、きしになれるの？」

　この言葉には騎士団長も驚愕した。

「そ、そうだな。勝てば騎士の道が開けるぞ」

「うん、分かった!!」

　この状況で1人だけ笑顔のクレナ。キラキラした瞳で、初めて手にする本物の剣を見つめるのであった。


　広場に集まった村人を騎士たちがどけていく。クレナと副団長の騎士が戦うための十分な広さを確保するためである。

「何卒、ご勘弁を!!」

　ゲルダが必死に懇願する。そんなゲルダも騎士たちが広場の端に運んでいく。

「まだ言うか？　剣聖ドベルグ様は10歳にして赤竜を倒したと言われている。その娘はもう5歳であるのだろ？」

　十分戦えるという騎士団長である。ゲルダを広場の端にやり、騎士がその側に立つ。アレンもロダンもゲルダの下に駆け寄る。

（まじか、とんでもないことになったぞ）

　アレンもどうすればいいのか分からない。まだレベルも召喚スキルも不十分で、とても騎士団相手に何かできるとは思えない。恐らく歯が立たないだろう。

クレナと副騎士団長レイブランドと呼ばれた男が広場の中心にたたずむ。

剣を構える2人。1メートルを少し超えた程度の身長のクレナに対するのは、その倍近い身長に鎧を纏った完全武装のレイブランドだ。クレナはぼろきれのような服しか着ていない。とても戦いにならないと、隅に追いやられた村人たちは憐れむような目でクレナを見ていた。

しかし、この状況においてクレナだけが平気そうにしている。一切気負いのない顔で剣を構える。まるでごっこ遊びのように。そして、いつものように名乗る。

「わがなはきしくれな!!　いざじんじょうにしょうぶ!!!」

千回以上アレンが聞いた口上だ。

「……我が名は騎士レイブランド。参られよ」

レイブランドも同じように名乗る。

審判もなく、開始の合図もない。戦いは既に始まっている。アレンとのごっこ同様クレナの方から向かっていく。木刀よりはるかに重い剣をものともせず握りしめ、レイブランドの下に駆けていく。

ぶつかり合う両者の剣。クレナは初めての真剣を躊躇(ためら)わずに振るう。

(たぶん、俺の剣術レベルが3だから、クレナの剣術レベルは5かそのくらいだと思うんだけど)

アレンだけがヘルモードということを考えれば、クレナのスキルレベルもそこから導き出せる。

アレンと同じように騎士ごっこを行い、アレンの100倍成長するなら、それはスキルレベル2つ分の差に相当するはずだ。

そんなアレンの分析を余所に、斬られれば絶命するほどの剣撃が交差する。金属がぶつかり合う音が広場に鳴り響く。

すぐにクレナが殺されてこの戦いも終わると思っていた村人も多かっただろう。しかし3年の騎士ごっこは、騎士と剣を交えるに足る成長をもたらしていた。

騎士団長は何も言わず、難しい顔で腕組みをし、2人の戦いを見ている。

何分経っただろうか、数十の剣撃が交差する。そして互角と思われた戦いが動き始める。

「あふっ！！！」

クレナの腹に完全武装したレイブランドの足が決まった。剣だけの戦いではない。タイミングを合わせて完全に決まった蹴りにより吹き飛ばされるクレナ。

「クレナ！！！」

アレンが叫ぶ。吹き飛ばされた先にある建物の壁に激突し、沈黙するクレナ。その衝撃で木の壁に大きくひびが入り割れた。

慌てて助けに向かおうとするアレンやゲルダを騎士たちは地面に組み伏せる。

(やはり無理だった。クレナのレベルは所詮1だ。何年騎士やっているか知らないけど、レベルもスキルも上げている騎士と戦うなんて無理なんだよ。ど、どうする)

もがき、押さえつける騎士を振りほどこうとする。

「な!?　大人しくしないか!!」

「は、放せこの野郎!!」

押さえつける騎士はアレンよりもはるかに力があるようだ。立ち上がろうとするがびくとも動かない。これではとても抜け出せそうにない。

レイブランドは追撃をせず、その場にいる。広場の全員に見つめられる中、うなだれて完全に沈黙するクレナである。

鎧を身に纏ったその足で思いっきり蹴り上げたのだ。まさか死んでしまったのかと村人たちもざわつく。

騎士団長が目をつぶり、深くため息をついた。

「無理であったか。ん?」

これで終わったかと思われたその時である。クレナが俯いたままゆっくりと立ち上がった。吹き飛ばされても放さなかった剣をもう一度構えたのである。地面に押さえつけられたままのアレンもその様子を見ている。

沈黙のまま立ち上がったクレナに対して、その場で剣を構えたままのレイブランド。あくまでも向かってくることを待つようである。

顔を上げ、ゆっくりレイブランドを見るクレナ。まだ戦うのかと村人たちが不安そうに見守る。

そんな中、クレナは叫んだ。

「や!!!」

叫びとともに、ぶつかり凹み割れた木の壁が、クレナの背中を中心に何かの衝撃で粉砕された。

陽炎のように、光が屈折したかのようにクレナの輪郭が大きく揺らぐ。

（え？）

その気迫の声とともに再度レイブランドに向かっていくクレナ。飛び上がり、回転して遠心力をつけるかのように、大きく上から振るわれる剣。叩きつけるような激しい一撃がレイブランドの頭上に迫る。

「ぐっ！」

両手で剣を受けたレイブランドに衝撃が走る。あまりの衝撃で踏み固めた広場の土に足がめり込む。

「は！！！！」

レイブランドも気迫の声を上げ、剣の交差が再開される。昼間なのに飛び散る火花がはっきりと見える。

しかし、さっきまでと明らかに違う。レイブランドの剣が毎回押し負けて下がる。剣が衝撃に耐えきれていない。体ごと後方に押し戻される。

衝撃音が開拓村の広場に鳴り響く。とても対等な戦いには見えない。素人にもはっきりとレイブランドが押されていることが分かる。体と同じくらいの剣を棒きれのように、尋常じゃない速さで振るうクレナ。

（何だ？　何が起きている？　もしかして、これは、これがエクストラスキルか？）

アレンの中で答えとなる可能性を探す。現実世界からこの異世界に転生する時、アレンはノーマ

ルモードの説明欄を読んだ。確か、ノーマルモードではエクストラスキルを1つガチャで引けるとあった。それは異世界の人も同じなのではないだろうか。

(剣術は俺でも手に入るただのノーマルスキルじゃないか。きっとクレナは生まれた時から他に何かスキルを持っていたんだ。剣聖にふさわしい、特別なスキルを)

考察する余裕があるほどの力の差だ。もうクレナが負ける気がしない。気がつけば、アレンとゲルダを押さえ込む騎士たちから力が抜けている。騎士たちも驚愕の目で呆然とその戦いを見ている。

「たああ!!!」

掛け声とともに水平に振られるクレナの剣。

ガキンッ
「ば、馬鹿な!」

へし折られるレイブランドの剣。半分になってしまった剣を見て思わずレイブランドは叫んだ。

折れた刀身は宙を舞い、地面に突き刺さる。それでも戦意を失わず、レイブランドは追撃に備えて折れた剣を構えた。

「そこまで!!!」

その瞬間、騎士団長が大きく叫び、戦いの終わりを告げた。

「ほへ?　もう終わりなの?」

どこか物足りなさそうにクレナは答える。

「そうだ、戦いはこれまでである。双方剣を引くように!」

クレナがレイブランドの前に駆け寄り頭を下げる。

「ありがとうございました！　おじさんつよいね!!」

騎士ごっこでもいつも最後に「ありがとうございました」とお礼を言い合う。

「お、おじさんと言われる年ではないんだけどね……」

そうひきつった顔で言うやいなや、レイブランドが膝を地面につく。

「な！　副騎士団長を連れていくのだ!!」

慌てて騎士団長が騎士たちに指示をしてレイブランドを立たせ、どこかに運んでいく。肩に担いでいるところを見るともう自分の力では立っていられないようだ。

さすがに、騎士が多くの村人の前で地べたに膝をつくのは体裁が悪いと思ったようだ。負けたのが5歳の少女ならなおさらである。

騎士団長は、レイブランドが横を通り過ぎる時に肩をポンポンと叩く。よく戦ったとねぎらっているのだろう。

クレナが剣を持って騎士団長の下にやってくる。騎士団長は警戒しているのか若干腰が引けている。

「ありがとうございました！」

「っ!?」

クレナから使っていた剣を受け取った瞬間、騎士団長の顔が驚愕の色に染まる。鋼鉄の刀身は拉(ひしゃ)げ、ボロボロに刃こぼれしている。それ以上に驚くべきは柄の部分だ。刀身同様に鋼鉄でできているはずの柄がでこぼこと波打っている。まるで小さな子供が粘土でも握ったかのように。一体、どれだけの力で握られていたというのか。騎士団長の背中に冷たい汗が流れた。

もう鞘に収まらなくなった剣を部下の騎士に渡す。

「け、剣聖だ」

「本当だったんだ！　騎士を倒したぞ!!」

「剣がまるで見えなかったぞ！」

衝撃的な出来事に、村人たちはとんでもないものを見たと大騒ぎしている。気付けば２００人近くの村人たちがこの戦いを見ていたようだ。

脈絡もなく、いきなり始まった戦いは、クレナの勝利で終わったのだった。

＊　＊　＊

騎士との戦いは終わった。ゲルダがクレナに駆け寄る。

ゲルダがクレナに怪我がないか確認をしている。何十何百という剣戟を打ち合ったのだ。どこか切られていてもおかしくはない。何より、副騎士団長レイブランドの蹴りをもろに受け、何十メートルも吹き飛ばされたのである。しかし、クレナはくすぐったいと笑うだけで、傷一つどころか痣すらない。少し服が汚れただけである。

（あれ、こんなに頑丈だったっけ？　ごっこで木刀振り回していたけど、怪我をしていなかったと

いうことかな）

アレンはクレナと騎士ごっこをする時、どうしても手や足に受けてしまうことがあるので、度々青痣ができていた。しかしそういえば、クレナが怪我をした記憶はない。

騎士団長も、クレナの体に傷一つないことを見て、さらに冷や汗を流す。戦ったレイブランドは、立つこともできなくなって広場から運ばれているというのに。

「剣聖をよくぞ育てられたな。素晴らしい力であったぞ」

騎士団長がゲルダに話しかける。膝をつきクレナの無事を確認するゲルダにゆっくり上から手を差し伸べる。

ゲルダは警戒する。広場に呼ばれていきなり騎士と戦わされたのだ。勝てたからいいものの、一歩間違えばクレナは死んでいたのである。

騎士団長は手を差し伸べたまま動かない。騎士が、騎士団長が握手をするのだから許せというかのように。もともとゲルダはかなり短気な性格だ。ロダンとの喧嘩では基本ゲルダから手が出る。

ゲルダは怒りのあまり顔が真っ赤になっている。

しかし、ゲルダは黙って手を差し出す。騎士団長と農奴では、天と地ほど身分の差がある。大事な子供も親友とその子供もここにはいる。赤い顔のまま怒りを必死に押し殺して、恭しく手を差し出し握手をする。

カチャリ

ロダンがはっとしたような顔をする。手に何か握らされたようだ。手の隙間から見ると金貨が3

枚ほど入っている。握手と見せかけて硬貨を渡したのだ。ロダンは驚きながらも声を出さずに手を引っ込めた。

「それで、村長よ。これからの話も含めてゆっくりとしたいが？」

「は、はい、我が家で宴の準備を進めております」

何事もなかったかのようにこれからの話を村長と始める。どうやら農奴や平民が大勢いる中で、金貨という大金を見せないよう騎士団長が配慮したらしい。

「それはかたじけない。ゲルダといったか。娘とともに来てくれるな？」

「え？　あ？　はい」

とっさに返事をしながらも、ロダンの方をチラチラ見る。

「ん？　まあ、そうだな。心配なら友人も連れてきていいぞ」

ゲルダたちの警戒を解こうとしているのだろうとアレンは思う。ロダンはゲルダに頷き、クレナはアレンも一緒に行こうと言った。皆で村長宅に向かおうと思ったが、宴の準備もあるとのことで3時過ぎまで自由時間となった。ロダンはミチルダとテレシアに事情を伝えに行くことになり、アレンはゲルダたちとともに残ることになった。

やることもないので、3人で散策をする。村の中心地に来ることはほどんどないアレンにとって新鮮な景色だ。

（結構大きいんだな。さっきの広場にも100人以上集まっていたし、村の人口って300人くらいかな）

ここは村の中心地ということもあって、いくつも店がある。商業地区と思われる一角に視線が行く。

（お、武器屋だ。あっちは店の中に植物の葉っぱが見えるぞ。八百屋？　いや薬屋っぽいな）

広場からほどなくして村長宅がある。初めて見るが、ずいぶん大きいなとアレンは思う。元の世界でいう一軒家2つ分ほどの大きさだろうか。ずっと掘っ立て小屋に毛が生えたような家に住んでいたのもあって、ずいぶんしっかりした家だと感じる。

村長に客間まで案内される。準備が整うまでここで待つようだ。

（12時を過ぎてすぐに騎士団はやってきたから、宴会の開始は15時とか16時か。おっと、生成と合成やっておかないとな）

魔力が回復していることを魔導書で確認する。ロダンもクレナもいるが、カードも魔導書もアレン以外見えないので構わない。生成と合成を行いスキル経験値を稼ぐ。

1歳になってから始まった召喚術のスキルアップのための日課だ。最初は1日2回しかできなかったが、今では安定して1日3回、生成と合成ができるようになった。強くなりたいなら、果てなくこつこつ日課をこなすことが大事だ。

ものの数秒で終わった日課のあと部屋を見回す。

（やっぱり農奴と平民、それも村長宅だと生活のレベルが違うな）

すぐにやることがなくなってしまい暇になった。何もない異世界でリバーシが流行る理由が分かる気がするなどと考えているうちに眠くなってくる。アレンが寝ると、クレナもその横でもたれるように眠った。よく寝る2人だなとゲルダがそれを柔らかい目で見ている。

「おい、もう始まるみたいだぞ」

「ぱ、パパ？」

目をこすりながら周りを見回すと、ロダンが戻ってきていた。2時間ほど時間が過ぎている。

広間に向かうと、ざわざわとした声が聞こえてくる。すでにかなりの人が来ているようだ。騎士たちと村人、そしてその子供たちもいる。

（お？　村長の子供と……あの子は何だったっけ？　斧使いの才能がある子だ）

どうやら、騎士と村長とゲルダだけの宴会ではないようだ。村の有力者なのかそれなりにしっかりとした格好の村人もいる。

案内されたテーブルに座る。同じテーブルには騎士団長、村長、村長の奥さんと思われる女性と子供、あとは斧使いの子供と多分その親が座っている。テーブルは3つほど用意されており、一番の上座だ。他の2つの席に他の騎士や村人が陣取っている。

剣聖も来たことなのでと、宴会が始まる。村長や騎士団長が始まりの挨拶をしている。

どうやら、村の開拓をねぎらう言葉のようだが、アレンの耳には入っていない。

（お、モルモの実だ！　これは2つ、いや3つはママンに持って帰らねば）

アレンもクレナも大好きなモルモの実という果実がテーブルに置かれていることに気付いた。隙を見てお土産に持って帰ることにする。

思い思いに食事をする。騎士団たちも長旅でお腹が減っていたのか、がつがつと食べている。広場で会った時の殺気だった態度が嘘のようだ。

なお、副騎士団長はここにはいない。まだ、食事を摂れる状況にないのか、クレナと戦ったので気まずいのかは分からない。

(騎士団の雰囲気が変わったな。剣聖と分かったからかな。でも実際クレナが剣聖でなかったら、本当に処罰するつもりで来たんだろうけど)

アレンがそんなことを考えていると、騎士団長が村長に話しかける。

「それで、村長よ。村の開拓見事である。3年前も来たがずいぶん発展しているな」

「は、はい。村人皆で村の発展のために頑張って参りました」

ぺこぺことする村長。恰幅のいい、というか少々太り気味の体形だが、その子供はヒョロヒョロだ。体形は遺伝しなかったんだなとアレンは思った。

「それでな、10年もかけ頑張って村を作ってくれた村長にこういうことを言うのは申し訳ないが……」

「え?　なんでございましょうか?」

何かまずいことでもあったのかと村長は不安げな顔をする。

「もし剣聖が本物なら、この村はクレナ村にすると御当主様より聞いている」

「「「え?」」」

村の名前は開拓の功労者として村長の名前からつけられると聞いていたが、どうやら領主はクレナの名前にすると判断したようだ。騎士団長は申し訳ないと村長に頭を下げた。

（なんか最初に会った時より、腰が低いな。もともとこういう感じなのか？）

「そ、そうですね。領主様のご判断ですから」

特に反対はしない。反対したところで変わらないともいえるが。

（そうか、この村は剣聖が生まれた村ということになるのか）

開始早々であるが、どうしても最初に伝えておきたかったようだ。話をしている間にもどんどん料理が運ばれてくる。この世界に来てからというもの、野菜や肉を焼くか煮るかでしか食べたことのないアレンにとって、久々に手の込んだ調理のされた料理だ。モリモリ食べつつ、１つ、また１つとモルモの実を足元に隠すのであった。


「それとな、もう１つあるのだが」

また、騎士団長が話をする。

「今回、騎士と剣聖の子を戦わせた件については、申し訳なかった。御当主様のせいにするわけではないが、最近神経質になっておいでだな」

「え？」

どうやら、広場で行ったクレナと副騎士団長レイブランドの戦いについて、経緯を説明してくれるようだ。ゲルダもロダンも騎士団長の話を聞く。村長も聞いてほしいと念を押すので村長もよく耳を傾ける。

「実は３年ほど前になるが、とある伯爵領の御子息が剣聖となってな」

（剣聖が伯爵家に生まれた？　あれ？　男爵までじゃなかったっけ？　剣聖が生まれるのって）

アレンが元の世界でキャラ作成のために見た、身分と職業の関係について思い出す。剣聖は農奴、平民、男爵からしか生まれてこないはずだ。

騎士団長が話を進める。彼は剣聖と称えられ、王家に仕えたという。たしかに体格もよく、剣術の腕も申し分なかった。しかし、剣聖として力を発揮すべき機会に、それほどの力がなかった。現在、ドベルグという剣聖が他にいて、彼とドベルグとの力量差は歴然であったという。

「は、はあ」

ゲルダが何の話だという感じで相槌を打つ。

「それでな、再鑑定をさせたところ、剣聖ではなく剣士の才能であった。驚いて他の貴族も調べさせたところ、才能がないのにあると偽ったり、剣聖だの大魔導士だのと偽ったりした剣士や魔法使いもおってな。王国はずいぶん荒れた」

（なるほど、王国内の貴族に才能の粉飾をする者が大勢いたと）

怒った国王が、かなり重い処分を下したという話だ。剣聖と偽った伯爵の領地は没収になったらしい。

「今回は剣聖と聞いて、どうしても確認しろとな。教会も調べ、嘘の報告はなさそうであったのだが」

剣聖なら王家に報告しなくてはならない。しかし、ここ最近才能の粉飾による重い処罰が貴族の中で下されたばかりである。教会を調べたがどうも本当に剣聖だ。しかしそれでも心配という領主だ。そこで時間をかけ教会を調べ、3か月経った今、騎士団が本当に剣聖なのか調べるために派遣されたとのことだ。

これは、試すような真似をして申し訳なかったというゲルダやクレナへの謝罪も込めた説明だ。農奴に対してかなり丁寧に事情を説明していると感じる。

クレナを見る。

初めて見るような料理に興奮しているのか、一心不乱にモリモリと食べている。ほとんど話を聞いていない。

「そ、そうであったのですね」

「うむ、なので来年以降の鑑定の儀の結果についても、嘘偽りのないように報告をしてくれ。このような村を作った村長を処罰したくないのでな」

当然のことであるが、悪い報告もしっかり隠さず上げてくれと誤解のないように伝える騎士団長である。

「これからクレナはどうしたらよいのでしょうか？」

話が一段落ついたのでゲルダが尋ねる。剣聖となっても何をさせたら、したらいいのか分からない。

「ふむ、そうだな。当面はそのまま元気よく育ててくれ」

怒濤(どとう)のごとき勢いで料理を食べるクレナを見ながら騎士団長が答える。

「は、はい」

「そして、これからだが、12歳になったら学園に通ってもらう。教養も身に着けてもらわねばならぬのでな。卒業後は王家に仕えることになるであろう」

（お！　学園もあるのか!!）

「「王家」」

アレンは学園に反応したが、席にいる村長も含めて皆、王家に反応する。王家に仕えるとは国王の直属の配下になるということだ。

「学園ですか」

「うむ、学園都市だな。そこで有能な者は教養を身に着け訓練を積む」

簡単に学園について説明をしてくれる。そこは鑑定の儀で才能が認められた者が通う学園とのことだ。入学やら学生生活にはお金もかかるが、剣聖については領主が負担するらしい。

「がくえんにいったらきしになれるの!?」

「ば、馬鹿、ドゴラ」

話に割って入ったのは『斧使い』の才能があるとされたドゴラだ。大きな体格に芋のような顔、目はランランに輝いている。

「ん？　その子は」

「申し訳ありません。我が子のドゴラといいます。斧使いの才能があり、騎士になりたいといつも言っておりまして」

申し訳ないと言いながら、ガンガン我が子を前に出す。もちろんこの騎士団長のいる席に座っているのは、わが子を売り込むためにほかならない。

「斧使いか、ほうほう。騎士団が一番求めているのは槍使いであるが、斧使いも貴重であるな。もし、学園に入る際の入学試験でよい成績を修められるなら、授業料の援助をしているぞ」

(ほうほう、斧より槍ね。それにしても授業料の助成か)

奨学金のような制度がこの世界にもあることに驚く。その代わり卒業したら領内で働いて返すといったようなシステムかなとアレンは想像した。

「わかった!!」

ドゴラは話を聞いてもらえてうれしそうだ。

「まあ、そうだな。クレナが入学試験に落ちないように、もう少し先の話ではあるが教師を送ることになるだろう。しっかり勉学に励ませてほしい。ドゴラよ、お前も騎士を目指すなら一緒に勉強をしなさい」

「わかった!!」

どうやら才能があるだけでは学園には入れないようだ。剣聖であるクレナの教育が第一とはいえ、クレナの勉強の邪魔にならない程度に他の者も教師の授業を受けてよいと併せて言う。

もう少し敬語を使ってほしいのか、親がドゴラの頭をゴリゴリとしている。しかし、そんな様子と裏腹に顔はとてもうれしそうだ。ドゴラの仕官に向けての話を騎士団長としている。

「あれんもべんきょうするの?」

(ん?)

「な!?　くろかみはのうなしだろ。なんでべんきょうするんだよ。よわいやつはきしになれないんだよ」

「あれんはつよいんだよ！　いつもきしごっこしているんだから!!」

「え～しってるんだぞ。さいのうなしで、のうりょくもすっごいひくいんだろ？」

「そんなことないもん！　あれんはとてもつよいんだから。なんでもしってるし!!」

（おいおいやめろクレナ。なぜ火に油を注ぐ）

ドゴラがアレンのことを悪く言ったことに対して、クレナが頬を膨らませて怒る。クレナの大声で周囲の大人たちの目線が集まる。

そして、空気のように気配を消して飯を食っていたアレンに視線が向かう。

「そういえば、この黒髪の子は？」

騎士団長が問う。珍しい黒髪黒目だとは思っていたが、剣聖に比べれば重要ではないと考え、触れていなかったようだ。

「私の子です。騎士団長様」

ロダンが頭を下げる。宴会が始まってしばらく経つが、ロダンは騎士団長との会話に参加していない。騎士団長は誰何(すいか)する。

「この者は私の友人のロダンといいます」

騎士団長の様子を見て、ゲルダがロダンの紹介をする。すると、ロダンの名前を聞いて何かひっかかるかのように首をかしげたあと、思い出したように口を開いた。

「ろだん？　お前はボア狩りのロダンか？」

（え？　知っているの？　というか二つ名のようなものが聞こえたぞ）

黒髪の少年アレンから、騎士団長の意識がその親であるロダンに向かう。

「え、はい。ロダンといいます」

「おお！　これはすまなかった。なぜ名乗ってくれぬ。村の英雄に気付かず帰るところであったぞ!!」

急に態度が変わる騎士団長。

「え？　私のことを知っているので？」

「当然だ。御当主様も褒めておいでだ。この領は食料をいかに増やすかを最も大切にしている。村を興し、田畑を増やしたら、なぜか毎冬ボアの肉が獲れるようになったと御当主様もお喜びになっている」

冬になると加工された肉が開拓村から毎年運ばれてくるようになった。今では領主の街は、開拓村から届けられた肉が冬を知らせるとさえ言われている、と嬉しそうに話す騎士団長である。

可食部分が1体当たり1トンを超えるグレイトボアだが、その半分も村では消費されない。大部分は領主のいる街まで運ばれていくのだ。年に10頭近く狩られるグレイトボア。数トンのボアが貴重な冬の食料になっている。

「調べたら、ロダンとゲルダという者が農奴を先導して狩っているというではないか。見事である!!　これは私の言葉ではない。御当主様の言葉として受け取ってほしい」

特に何か報酬のようなものはないが、騎士団長に褒められたロダンである。広間に響くほどの声でロダンを称賛した。村人も皆会話を聞いている。

「あ、ありがとうございます」

ボアを狩り続けてきたことが報われたようで、ロダンは感極まったような顔をしている。そして、アレンもロダンが褒められたことを自分のことのように嬉しく感じた。

その後、ほどなくして宴会は終わり、帰宅の途に就いた。服の中にモルモの実を4つほど隠して持って帰ることに成功した。テレシアにロダンが褒められた話がしたくて、行きよりも足が少し軽かった。

第六話　事件

騎士団が帰ってから2か月ほど過ぎた頃、テレシアが3人目を妊娠した。妊娠が分かったばかりなので、年が明けての出産になると、やってきた村の助産師に言われた。

そういうわけで、テレシアの安静のために今はロダン1人で畑を耕している。

テレシアは3人目はどうしても自分が名前をつけたいと言っている。アレンもマッシュもロダンが名前を付けた。男の子が生まれたらロダンが、女の子が生まれたらテレシアが名前をつけるという約束があったようで、女の子ができたらなとロダンが答える。どうやら男の子ができたら魔獣から名付ける気満々のようだ。

繰り返し石をぶつけられ、丸く樹皮がめくれた木を背もたれにしてアレンは魔導書を見つめる。

魔導書には黄色の文字でこう書かれていた。

『合成のスキル経験値が10000／10000になりました。合成レベルが3になりました。召喚レベルが3になりました。魔導書の拡張機能がレベル2になりました。強化スキルを獲得しました。1件のお知らせが届いております』

「やった……やったぞ！　とうとう上がったぞ!!　長かった。というか情報が多すぎるな。どれから確認するかな」

合成のスキル経験値が１０００に達した瞬間に一気にログが流れた。

（かなりかかったな。合成のスキルレベルを上げられるようになってから、１年11か月か）

毎日魔力を使い生成と合成スキルを使い続けた成果である。６時間で魔力が全回復するので最低１日３回、たまに時間が合えば４回スキルを使用する、を繰り返してようやくスキルレベルを上げることができた。

ログに興味を引く文言がたくさんある。どれから見るかといえば、まずはステータスだ。魔導書のページを開き、１ページ目と２ページ目の表示を確認する。

【名　前】 アレン
【年　齢】 5
【職　業】 召喚士
【レベル】 1
【体　力】 20（40）+26
【魔　力】 0（20）
【攻撃力】 5（10）+26
【耐久力】 5（10）+6
【素早さ】 12（25）+10
【知　力】 15（30）+4
【幸　運】 12（25）
【スキル】 召喚〈3〉、生成〈3〉、合成〈3〉、強化〈1〉、拡張〈2〉、削除、剣術〈3〉、投擲〈3〉
【経験値】 0/1000
・スキルレベル
【召　喚】 3
【生　成】 3
【合　成】 3
【強　化】 1
・スキル経験値
【生　成】 8786/100000
【合　成】 0/100000
【強　化】 0/1000
・取得可能召喚獣
【　虫　】 FGH
【　獣　】 FGH
【　鳥　】 FG
【　－　】 F
・ホルダー
【　虫　】 G2枚、H2枚
【　獣　】 G13枚
【　鳥　】 G2枚
【　－　】

（おおお！　強化スキルが追加されているぞ!!　あとは、予想通りFランクの召喚獣が解放されたな。これは鳥Hの時みたいに合成して手に入れるまで【－】表記になっているのか。次は何だろうな！　竜とかがいいかも。竜欲しいよ。神龍召喚！）

スキルレベルが上がったことに興奮して若干テンションがおかしくなっているアレンだったが、一旦気持ちを落ち着かせて次に確認するものを考える。

（ふむ、Fランクの生成や合成は今ちょうど魔力が尽きたからな。これは夕食のあとか。それ以外はと）

パラパラと魔導書を開いていく。

（うは、カードを入れるホルダーが30個になってる!!）

拡張機能がレベル2になりましたという記述は召喚獣のカードを20枚から30枚に拡張したということだったようだ。これでかなり加護が増えるなと思う。

（さてと、今確認できるのはこれで全部かな。あとは久々に神からのお知らせだな）

魔導書の後方のページに1つ光っているものがある。どうやら毎日念じていたクレームがようやく届いたようだ。

（ふむ、とうとう謝罪する気になったのか。どれどれ）

『拝啓　アレン様

平素は格別の御愛顧を賜り厚く御礼申し上げます。

さて、本日は鑑定の儀の際、アレン様の職業が不鮮明に表示されました件につきまして、心よりお詫び申し上げます。

また、返答が遅くなり誠に申し訳ございませんでした。

まず、改善点でございますが、今後鑑定の儀が行われる際に、才能欄には『召喚士』と表示されます。また大教皇に対して、新職業が追加された旨、神託済みでございます。職業の内容につきましては、他職同様に詳細は伝えておりませんので、ご了承ください。

次に、全能力値がEランクになった点についての回答です。

御承知のとおり、現在、能力はステータス上昇値とレベルアップ速度の両方を勘案した結果になっております。レベルアップ、この世界では神の試練と表現しておりますが、試練の到達度についても人々に公開しておりません。そのため、試練の難易度であるモードについても公開しておりません。

その結果としまして、ステータス上昇値とレベルアップ速度の両方を勘案している仕様であるため、全能力値がEランクで変更はありません。何卒ご容赦ください。

しかし、アレン様のみステータスの上昇値が把握できないのは不公平です。

ステータス上昇値のみで鑑定した場合のアレン様の能力値をお送りします。また、この内容はメモ欄にも添付しておりますので、手紙の内容が消えたあとでも確認は可能でございます。なお、鑑定結果は、召喚獣の加護を勘案しておりません。

【名　前】　アレン
【体　力】　A
【魔　力】　S
【攻撃力】　C
【耐久力】　C
【素早さ】　A
【知　力】　S
【幸　運】　A
【才　能】　召喚士

今後も神界のスタッフ一同サービスを向上させる所存ですので、変わらぬご愛顧のほど、どうぞよろしくお願いいたします。

なお、本対応により、十分な謝罪と誠意を尽くしたつもりでございます。

今後、同様の苦情はご遠慮いただきますようよろしくお願いいたします。

創造神エルメアより』

最後まで読むと、手紙の内容が消える。たしかに魔導書のメモ欄にはアレンの能力値と才能が表示されている。

（ふむ、５か月間ひたすら改善を要求したかいがあったな。結局、今後も鑑定結果はオールEのまま か。それにしても神託済みなんて表現初めて見たな）

鑑定結果は、オールEで変更なし。しかし、召喚士については大教皇あてに神託したということが丁寧に書かれていた。

健一だった頃、ゲームの装備データが消えた時も同じように丁寧な通知がゲーム配信会社から来たことを思い出す。

お知らせが長文で丁寧な表現だからといって、強気に苦情を言い続けるのは良くないと思う。相手は神。存在を抹消なんてことをしてくるかもしれない。

（ふむふむ、能力値はなんとなくクレナの剣聖を後衛にした感じだな。ＳＡＢＣの数は剣聖と同じくらいか。なるほど）

魔導書にメモしていたクレナの能力値と自分の能力値を比べてみる。現実世界で確認した剣聖の能力は星３つだった。加護なしでも星３つの職業程度の能力はあるということだ。

（レベルアップは神の試練を乗り越えるだったか）

以前、グレイトボアを狩り続けているロダンに、レベルアップの体験について聞いたことがある。たしか、神の試練を乗り越え、力が上がる、というようなことを言っていた。

ステータスの検証も十分にできたので、あとは強化に合成、新しい召喚獣の生成だ。アレンは魔力が回復する夕食後に続きを行うことにした。

夕食後、身重のテレシアの代わりに後片付けや洗い物を済ませ、

「にいに、あそぼ」

今度はマッシュの相手だ。30分ほど遊んであげるとマッシュは眠ってしまった。布団をかけてあげると、ようやく自分の時間ができた。

とりあえず、日が沈む前に強化をすませることにアレンは決めた。

(強化!)

とりあえず、念じてみる。すると、魔導書の表紙に銀の文字が表示される。

『どのカードを強化しますか?』

(お? 魔力が足りませんって出なかったな。前回みたいに使えないかもと思ったが)

合成のスキルを入手した時に、魔力が足りないため3歳まで待ったことを思い出す。

(じゃあ、えっと虫H強化!)

するとホルダーに入っていた虫Hのカードが1枚、アレンの目の前に浮かび、金色に輝き出した。

(おお!!!)

感動して思わず声が出そうになるが、口を押さえて我慢する。光がやむとカードの色が変わっていた。

(どれどれ、おお!! カードの絵の余白の部分が金ぴかになっているぞ!!!)

バッタの絵の余白部分が白色から金色に変わっている。そして余白下部に文字が書かれている。

『耐久力＋10、素早さ＋10』

（なるほど召喚獣のステータスを強化できるのか。ランクの高い召喚獣を使役することだけが召喚士ではないと）

強化されたバッタのカードを見るが、特に見た目は変わっていないように思える。

（ってことは、デンカの大きさが変わったりするんだろうか。試しに召喚してみるか！　召喚！）

強化した虫Hを召喚すると、淡く光を放つバッタが現れる。

「なるほど、サイズは変わらないけど光ることで強化されていることが分かるってことか！」

「もう、アレン、マッシュもう寝なさい……って」

「ふぁ！」

どうやらアレンの声に気付いたようだ。テレシアがなかなか寝ない子供を注意しに部屋に入ってくる。

バッタと目が合うテレシア。

「きゃあああああ！　虫いいいいいい!!　もう何で子供部屋にこの虫いるの！！！」

強化しても関係なく踏みつぶされる虫Hの召喚獣は、光る泡となって儚（はかな）く消えていった。

「えっと、おやすみなさい……」

アレンは何事もなかったかのように、平静を装いながら顔まで布団に潜り込むのだった。

＊　＊　＊

10月になり、アレンはとうとう6歳になった。健一だった頃のことは魔導書にメモしているものの、最近は自分がアレンなのか健一なのか分からなくなる時がある。

6歳になったことでステータスも上昇し、魔力も10から12に増えた。スキル経験値の上昇速度は最大魔力量に大きく依存するため、大きな進歩だ。

Fランクの召喚獣については分析が始まったばかりでまだ完全に考察できていないし、まだ【二】となっている召喚獣の正体も分からない。

当初は翌日にでもFランクの生成や合成をしたかったが、強化がかなり有用なので性能についてしっかり調べてからにすることにしたのだ。

強化のスキルについて記録したメモを見返す。

・消費魔力は10
・効果はステータス2つを＋10に増やす
・増えるステータスは加護になっているステータス
・召喚獣のランクが違っても効果は変わらない
・召喚とカード化を繰り返しても強化の効果は消えない
・合成したら強化の効果は消える
・強化しても加護の数値は変わらない

（どうやらホルダーに貯めている召喚獣は余裕があれば強化しておけばいいみたいだな）

もし召喚獣で戦うことになったら、強化した召喚獣を使った方がいいに決まっている。

今は午前中だ。アレンは樽の中にいる。皆のボロ服を樽の中で、素足で踏んで洗っている。これもなかなかの肉体労働である。しかし、何も考えずにできるため、召喚スキルの検証など考察タイムにはもってこいだ。

アレンの家では近くの共有水くみ場から、ロダンが毎朝水を汲んでくる。水を流す際は家の側にある細い用水路を使う。アレンは使い終わった樽の水を流し、庭先に洗った服を干す。

（おお！　アルバヘロンが飛んでいるな。もう秋だ。そろそろ父さんは狩りに行く時期か）

アレンの身長より少し高い、物干し竿として使っている棒に洗い物を干していると、鳥の影が視界の端に映る。洗濯物越しにアルバヘロンが悠々と飛んでいくのが見える。

秋は他にもアルバヘロンの半分くらいの大きさのタンチョウのような鳥も飛んでいる。季節性の渡り鳥だろう。季節の変化を感じる。

（さて、魔力も回復しているし、Ｆランクの検証を進めるぞ）

強化の検証がほぼほぼ終わり、Ｆランクのための生成レベル３と合成レベル３の検証に入っていく。今のところ分かっていることを魔導書にメモしていく。

・生成レベル３の消費魔力は10

・合成レベル３の消費魔力は５（レベル１から変更なし）
・虫Ｆ１枚と獣Ｆ１体を合成すると鳥Ｆ

「あとは【＿】を見つけるだけか」

まだ合成のパターンを発見できていない。生成と合成を繰り返しながら【＿】を探しているが、すでに何日もかかっている。

（生成できるのは虫と獣だけで、鳥は必ず合成しないといけない謎ルールだな。虫Ｆ獣Ｆ、獣Ｆ鳥Ｆのパターンはやったから、次は虫Ｆ鳥Ｆのパターンだ。これで決まってくれよ。そうでないとランクが違う組み合わせを探していかないといけないからな）

虫Ｆ獣Ｆ、獣Ｆ鳥Ｆを合成した際は、凹みの左に置いたカードの召喚獣が合成された。明らかな失敗である。今度こそという思いで、ドキドキしながら魔導書の合成ページを開く。

虫Ｆと鳥Ｆのカードをカードがすっぽりはまる凹みに入れる。

（合成虫Ｆ、鳥Ｆ！）

叫ぶように念じると魔導書の表紙が輝く。どうやら合成に成功したことが表示されたようだ。しかし、表紙を見ずとも合成ページを見れば結果が分かる。

「おおお！　新しいカードができた!!」

思わず声に出してしまう。口を閉じ、できたカードを手に取る。

（なんだこれ……草だって？）

新たに生成されたカードには草Fと書かれている。

（召喚獣なのに草って……まぁ虫もいるし今更か）

リンゴのような見た目だが顔があり、枝のような細い手足がある。頭にはヘタが伸びていて、そこに葉っぱが一枚生えている。

（要するに植物系ってことか。とりあえず、名前を決めてと。これで獣、虫、鳥、草の4種類のFランク召喚獣の生成と合成が全てできたな）

・虫F（ヒル）のステータス
【種　類】虫
【ランク】F
【名　前】チュー
【体　力】15
【魔　力】0
【攻撃力】13
【耐久力】20
【素早さ】20
【知　力】13
【幸　運】11
【加　護】耐久力5、素早さ5
【特　技】吸い付く

・獣F（犬）のステータス
【種　類】獣
【ランク】F
【名　前】ポチ
【体　力】20
【魔　力】0
【攻撃力】20
【耐久力】10
【素早さ】15
【知　力】18
【幸　運】11
【加　護】体力5、攻撃力5
【特　技】噛みつく

・鳥F（鳩）のステータス
【種　類】鳥
【ランク】F
【名　前】ポッポ
【体　力】11
【魔　力】0
【攻撃力】13
【耐久力】12
【素早さ】20
【知　力】20
【幸　運】14
【加　護】素早さ5、知力5
【特　技】伝達

・草F（リンゴ）のステータス
【種　類】草
【ランク】F
【名　前】アッポー
【体　力】14
【魔　力】20
【攻撃力】12
【耐久力】15
【素早さ】10
【知　力】13
【幸　運】20
【加　護】魔力5、幸運5
【特　技】アロマ

（獣Fのポチの特技『噛みつく』は初の攻撃系スキルだな。当初イメージしていたような召喚獣らしい特技がやっと出たな。というか、そんなことどうでも良くなるような召喚獣がいるぞ！）

４体の召喚獣が新たに召喚できるようになった。どの召喚獣も気になることが多い。検証はこれからになるだろう。しかし、何よりも、アレンが待ちに待った加護を持つ召喚獣が現れたことに感激する。

草Fの召喚獣を手の震えを抑えて手に取る。

（や、やったFランクにしてとうとう魔力増加の加護を持った召喚獣が出てきたぞ！！！）

リンゴに手足が生えた、かなりファニーな見た目の召喚獣だ。アレンは神界の会議室でいくつかのデザイン案をデスクに広げて議論する様子を想像する。創造神がこのリンゴを選ぶ様子はかなりシュールだ。

だが見た目など、この加護による最大魔力が5増える点を考えればどうでもいいこと。今最も必要なものと言える。

今想定している懸念で1つ大きなものがある。それは恐らく次の召喚レベル4に上げるには、約30万のスキル経験値が必要であるということ。

召喚レベル2にするには、生成のスキル経験値が1000必要だった。

召喚レベル3にするには、生成のスキル経験値が10000と合成のスキル経験値が11000必要だった。

これは、どうも全ての召喚に関わるスキルを上げたら召喚レベルが上がると考えてよい状況である。

なぜなら生成レベルが3になり、そして合成レベルが3になった瞬間に召喚レベルが3になった。

ここから分かることは、召喚レベル4にするには30万のスキル経験値が必要ということだ。

頭の中で計算しながら魔導書にメモをとる。

・生成のスキル経験値を10万弱稼ぐ
・合成のスキル経験値を10万稼ぐ
・強化のスキル経験値を11万1千稼ぐ

６歳の最大魔力12で１日３回確実に魔力を消費し、スキルを稼いだ場合、30万稼ぐのに20年以上かかる。当然歳を重ねれば最大魔力は増えていくが、それでも10年以上かかる計算になる。その10年20年の期間を、草Ｆカードが短縮してくれる。

（あとは何枚草カードを持つかだな）

最大30枚のカードをホルダーに入れておける。力は恐らくその辺の村人よりはあるだろう。洗濯をしていても力が足りず困ることはない。

（とりあえず獣Ｆは10枚くらいいるかな。何かあった時のために力は必要だ。騎士に押さえつけられたこともあったし。他のカードは厳選して残りは草Ｆを最大数持ってことにするか）

レベル上げと現状の生活に支障がないバランスを考える必要がある。

（草Ｆのカードの性能も見ておくか。アッポー召喚）

草Ｆのカードが光る泡となって消えていく。そして、草Ｆの召喚獣が現れた。顔のあるリンゴが枝のような手足で器用に立っている。

（ふむ、リンゴだな。手足はあるがあまり動かないと。まあリンゴだからな。特技は『アロマ』か。特技も見ておこう。アッポー特技使って）

草Ｆの召喚獣に特技を指示する。するとモコモコとアッポーが埋まり始めた。吸い込まれるように地面にめり込んでいく。

（ん？　なんだなんだ!?　地面に埋まって何を……って、は？　いきなり木が生えてきたぞ!?）

草Fの召喚獣が完全に地面に埋まるやいなや、そこからニョキニョキと木が生え始めた。1メートルほどの苗木程度の木だ。匂いを嗅いでみると、エッセンシャルオイルのような良い匂いが鼻をくすぐる。なんだか気分が落ち着く。

（え？　これだけ？　確かにいい匂いだけど。こんなのを10枚以上持つのか）

草Fは加護以外役に立たないのかなとアレンは思う。

その日の夕方。クレナとの『騎士ごっこ』も終わり、アレンは家の中にいる。夕食の準備をしながら、カードの構成をどうするか考えている。

「あの人遅いわね」

いつもなら、とっくに畑から戻ってくる時間であるが、まだ戻ってこない。

さらに1時間が経過する。

マッシュもいるので、先に夕食を摂ることにした。しかし、それでも帰ってこない。18時の鐘が鳴った。マッシュと遊ぶ。マッシュも疲れてそろそろ眠りに就く頃だ。

「ただいま」

「あら、遅かったわね」

「ああ」

ロダンがようやく帰ってきた。何やら難しい顔をしている。

「どうしたの？　遅かったわね」

遅めの夕食を摂るロダンに、テレシアが遅れた理由を尋ねる。アレンは子供部屋にいるが、何があったのかと聞き耳を立てる。

「いや、村長宅に呼ばれてな」

「そうなの」

「今度のボア狩りに平民を何人か入れてほしいって言われたんだ」

「そうなの？」

テレシアは、それの何が問題なのかよく分からないという顔をしている。

「いや、何も問題はない。別に今まで一緒にやっていた奴らが減るわけじゃないからな。若いので4、5人ばかり行きたい奴がいるから入れてくれって頼まれたんだよ」

何も問題がないと言い聞かせるようにロダンは話す。そこで話は終わり、いつもの夫婦の会話に戻ったのを確認して、アレンは眠りに就くのだった。

＊　＊　＊

バシャ
水甕に水を溜める音で目覚める。
「おはよ、パパ」
「お、起きたか」

この世界に来てからなかなか早く起きられなかったが、最近になってようやく目覚まし時計もなしに6時に起きることができるようになった。ロダンが朝の日課を行う。

「はい、あなた」

「ありがとう」

テレシアも起きている。ロダンに麻袋を渡す。干し肉と干し芋、そして水の入った皮袋がその中に入っている。背中で袈裟懸けにする。

囲炉裏のある居間には普段見ない2メートルほどの棒がある。先端には大きく太い刃が取り付けてある。ボアを倒すために作られた槍だ。昨晩、問題がないか念入りに確認していた。狩りの前日に武器屋から借りてきたものである。

ロダンが槍を手に取る。

「では、行ってくる」

「遅くなるの？」

「今日は新入りもいるからな。近場の狩場にする予定だ。そんなに遅くならないぞ」

そう言って、もうずいぶん寒くなった中、出かけるのであった。

(ボア狩りか。いつか行ってみたいな。レベルも上げたいし)

転生して6年が経つが、アレンはレベル1のままだ。魔獣がいる村の外には出ることができないためだ。農奴が村の外に出るには村長の許可が必要である。しかし許可を求めても基本的に許可は下りないという話を聞いた。今回のボア狩りのような村の活動に必要なこと以外では基本的に許可は下りない。農奴は移動にも制限がある。

　ロダンを見送ったあとは、ノルマの石投げを行う。

（石投げは次のスキルまで１００万回も石を投げないといけないってことで、確定でいいかな。もう前回上がってから20万回投げてるけど上がらんし）

　投げに投げ続けて丸くなった石を、それでも投げ続ける。雨の日も、風の日も投げ続ける。ロダンもテレシアも毎日のように投げるとは思ってもいなかった。ロダンがゲルダに相談したところ、俺の娘は家でも毎日騎士ごっこしているぞ！　と言われてそういうものかと思うようにした。

（これは、通常スキルは俺には合わないな。時間当たりの効果が薄すぎる）

　剣術も投擲もスキルレベルは３だ。無から上げ続けた場合だと、スキルレベル０から１にするのに１万回、１から２に同じく１万回、２から３に10万回、その後10倍ずつ増えていくはずだ。

　この調子だと人生をかけて取り組んでも５にするのも厳しく感じる。恐らく４が限界だろう。スキルレベルが上がると倍に倍にと威力が上がるなど、絶大な効果が見込まれるならスキル上げもする価値があるが、そこまでの威力上昇は期待できそうにない。

（たしかに威力はスキルがなかった頃より上がっているみたいだな。体感だけどスキルレベル３で倍くらいになってそうだ）

　もちろんダメージ表示のようなものはないので、あくまでも体感だが、何もスキルがない頃より２倍ほどの威力が出ている気がする。

（やはり、俺は召喚スキルを極めた方がいいな。剣や石は何かあった時の護身用にほどほどにして

おこう。草Ｆもいい香りだけじゃなかったしな）

目の前に生える１メートルほどの木を見る。エッセンシャルオイルのような芳香がする。一切の雑味のない心が落ち着く香りだ。ずっと嗅いでいられる。

魔導書のメモ機能を見る。

（ふむ、やはり魔力回復時間が６時間から５時間に短縮されているな）

草Ｆの木を庭先に生やしたところ、召喚スキルの消費によるスキル経験値獲得の回数が３回から４回に増えた。

６時間置きにスキル経験値獲得を５年間続けてきた。６時間置きなので、深夜に１回、早朝に１回、昼過ぎに１回、夜に１回と、１日だけなら４回のスキル経験値獲得は可能である。しかし、この方法だと２日目は必ず３回以下になる。

それが、草Ｆの特技アロマによる木を生やしたところ、４回が３日連続できた。

（５回は厳しいのか。４時間はありえないと）

どこまで短縮されたか検証したが、４時間ではなく５時間で確定だ。これは、スキル経験値獲得の加速になりそうである。

（これでアッポーの効果は全部かな）

魔導書のメモを見ながら、草Ｆの検証結果をまとめる。

・いい匂いがして、ぐっすり寝られる

・魔力回復時間が5時間に短縮
・一度スキルを使用するとカードも召喚獣も消滅する（木になる）

他の召喚獣と違うのは、特技を使えるのは1度だけ。1度使うと召喚獣にもカードにもできないということだ。完全に木になる。もちろん他の人にも見える。触れる。増えていく。

「アレ～ン、そろそろご飯よ～」

「うん、ママ！」

Fランクが解放されたが、なかなか全てを検証しきれていない。たとえば、獣Fの『嚙みつく』など、人に嚙みつかせるわけにはいかないし、自分が嚙みつかれるわけにもいかないので威力の検証が難しい。


「にいに、も～だめ～」

「マッシュ、分かった分かった」

2時間以上1人で外にいたため、家に入るなり抱き着いてくるマッシュ。マッシュもあと2か月かそこらで3歳になる。あまり1人で庭にいるとぐずる。

（石投げは毎日1時間以上投げても報われないな。次にスキルが上がるの5年以上先だしな。マッシュもいるし、そろそろ止め時か）

何かマッシュともできることはないかなと考えながら、ふかし芋を食べるのであった。

「あれん、きょうもたのしかった!!　なんかつよくなった?」

「まあね」

（全然敵わないけどな。剣聖強すぎだわ。く、くやちい！）

午後の騎士ごっこが終わった。クレナは3年間変わらず駆けるように自分の家に帰る。たまに泊まって行ってもいいという許可が下りた時だけアレンの家でお泊まり会をしている。

アレンは30枚までホルダーにストックできるようになってから、ストックが全て埋まるまでカードを増やした。検証や魔力増加を行いつつも、力もそれなりに上げたのである。

現在のカード編成はこうだ。

・獣Ｆ11枚
・虫Ｆ２枚
・鳥Ｆ２枚
・草Ｆ15枚

おかげで加護による攻撃力の増加は55にまでなった。3年間毎日一緒に騎士ごっこをしているクレナはアレンの変化に気づいたようだ。

なお、Ｆランクの検証が終わったあと、スキル経験値を稼ぐリソースは主に強化に使っている。

手持ちのカードを強化しながら、スキルレベルを一日も早く上げるためだ。

（強化のスキルレベル2はもうちょいだな。明日にも上がりそうだ）

草Fのおかげですごい勢いでスキル経験値が入ってくることに喜びを感じる。

「あれ、あの人遅いわね」

アレンも手伝いながら夕食の準備をしていると、隣でテレシアが呟く。確かに帰りが遅い。いつもの狩りならそろそろ帰ってくる時間だ。それに、ロダンは近場で狩りをすると言っていたはず。

「うん、パパ遅いね」

狩りで獲物を倒したお祝いにささやかながら豪勢な食事にしようと思っていたが、中々帰ってこない。マッシュはそこまで待てないので、今日は先に夕食を済ませてしまう。

カーン
カーン
カーン
さらに1時間が経過する。午後6時を知らせる鐘が鳴る。

「まだかしら」

さすがに不安になってきた。マッシュが寝たので、テレシアがいる居間にやってくる。

「アレン、あなたは待ってなくていいのよ。パパが狩りから帰るのが遅くなったこと、前にもあったでしょ」

「でも、今日は早く帰ってくるって言ったよ」

「そうね、アレンはパパ思いのいい子ね」

頭を撫でられる。

さらに2時間が経過する。外は完全に真っ暗である。

「あら、帰ってきたかしら」

家の外で声が聞こえる。土間から外を窺うテレシア。アレンも一緒に外を窺う。

真っ暗な世界にポツンと灯りが見える。松明のようだ。声が聞こえたがずいぶん遠いのか灯りはとても小さい。

(父さん遅かったな。でも無事帰ってきてよかった)

灯りが近づいてくる。

灯りが2つになる。

(え？　1人じゃないの？)

灯りが3つになる。4つになる。どんどん近づいてくる中、最初1つだと思っていた灯りが4つから5つになり、とうとう10を超えた。

叫び声が聞こえてくる。何だか胸騒ぎがする。横を見るとテレシアも同じだ。

すぐそこまで来たら、ゲルダの声がよく聞こえてきた。

「ロダン！　家だぞ!!　帰ってこられたぞ！！！」

ゲルダの叫ぶような声に反応し、テレシアが無意識に灯りの下に駆け出す。アレンもだ。

テレシアの足が止まる。そこには信じられない光景が広がっていた。体が震えている。

「え？　パパ？」

　そこには何人もの男たちに担架のようなもので運ばれるロダンがいた。松明のかがり火がロダンを照らす。麻のぼろ布には、既に黒く固まった血が大量についていた。

第七話　アレンの決意

「あ、あなた？　嘘でしょ？　ろ、ロダン、そ、そんなあああ！！！」

　棒と布で作った簡易な担架に乗せられたロダンが血だらけになって帰ってきた。駆け寄るテレシア。ロダンは目を閉じて動かない。テレシアは目を開けて、起き上がってと泣き叫ぶ。しかし、ロダンは目覚めない。

「大丈夫だ、テレシア。薬草を使ったからな」

「え？　嘘、こ、こんな……」

　ゲルダに対して、なぜそんな気休めを言うのという顔をするテレシア。真っ黒に染まった服は、とても助かりそうな怪我には見えない。

「本当なんだ。ミュラーゼの花を使ったんだ」

「あ？　え？　嘘、そんなの買えるはずが……」

　農奴にはとても買えない薬のようだ。本当だとテレシアに言い聞かせながら、目覚めないロダンをゆっくり家の中に入れる。テレシアと2人の寝室に寝かされるロダン。運んできた男たちは20人ほどいる。どうやら、狩りに参加した農奴全員のようだ。

「おい、ベスとボドロはすまねえが水を汲んできてくれ」

「「へい」」

気が気でないテレシアの代わりに、ゲルダが指示を出す。どうやら、お湯を作るようだ。アレンは居間に行って火を熾し始める。

（なんで、こんなことに）

何が何だか分からないが、自分のできることをする。

「お前らあとはもう大丈夫だから肉を貰いに行け。こっちは大丈夫だからな」

「「な!?」」

なぜそんなことを言うんだという男たちの声が響く。騒動で目覚めたマッシュが驚いて泣き始める。知らない男が大勢押しかけている状態である。テレシアが抱きしめ、安心させようとする。

「分かっただろ。こんなにいたら、逆に迷惑なんだ。あとは俺がやっとくから家に帰れ」

「「分かったよ」」

「それとな、分かっていると思うが、早まったことをするなよ」

「な!?　平民の野郎のせいでこうなったんじゃねえのか！　ゲルダさんもそう思うだろ!!　皆でやっちまおうぜ！！！」

水を汲んできたベスが信じられないと大きな声で叫ぶ。皆、そうだそうだというふうに鼻息を荒くする。外のかがり火で、壁に立てかけた男たちの槍が妖しく光る。マッシュがまた驚いて大きな声で泣き出す。

「おい、ベス。この件は俺が持つ。だから肉を貰って家に帰れ。返事しろ、分かったな?」

「わ、分かったよ……」

低く強い言葉であった。ベスとは違う意味で怒気を感じる。ゲルダも別に平静ではない。ベスと仲間の農奴たちはその様子に圧倒され、素直に返事をする。邪魔したなと、元来た道を帰っていく男たち。最終的にゲルダが血に染まった服をはぎ取る。

テレシアとゲルダ以外は皆帰った。

「!?」

ロダンの腹の傷の跡を見てテレシアに衝撃が走る。一度大きな怪我を負い、裂けた腹を無理やり溶接したかのような傷の跡だ。

「言っただろ、ミュラーゼの花の効果は本当だったんだ。薬屋がたまたま持っていて本当に運が良かった」

そんなことを言いながら、ゲルダも一緒になってロダンの体を温めたお湯で絞ったぼろ布で綺麗にする。テレシアも少し落ち着いたのか、ロダンの胸が呼吸で小さく上下していることに気付く。

「でも、そんな貴重な薬草をどうして?」

「……騎士がこの前やってきた時に金貨を貰ったんだ。少しは残しておいて正解だったぜ」

そこに泣きつかれてやっと眠ったマッシュを、子供部屋の布団に寝かせてきたアレンが尋ねる。

「何があったの?　平民がやったって本当?」

テレシアとゲルダがアレンの様子に驚く。普段はこんな口調で話す子ではないのにと2人は思った。アレンは大事な父が傷つけられたことへの怒りから、鋭い目でゲルダを見る。

「少し長くなる。すまないが水をくれ」

アレンが水甕から木のコップに水を汲んであげる。どうやらかなり喉が渇いていたのか、ゲルダは一気に飲み干した。

「何年か前から村長に言われていたんだよ。平民もボア狩りに入れてほしいってな」

ずっと20人くらいの農奴でやってきたボア狩りだ。それに対して、平民はあまりよく思っていなかったという話だ。ボア狩りの報酬は肉塊だ。10キログラムにもなるかなり大きな肉塊を貰える。解体した者にも報酬として、その3分の1程度の肉が貰える。解体には50人ほどが参加し、この解体をするのも農奴だ。

農奴が倒し、農奴が解体し、農奴がボアの肉を食らう。平民の自分らのところにやってくるのは、薪やら塩やらどうしてもという必需品と交換でしか回ってこない。それもほんの一部だ。どうしても欲しければ村長から買わなければいけない。しかし、Cランクの肉は平民では気軽に買えるものではない。ほとんどは、そのまま加工され、領主のいる街まで運ばれていく。

「だから平民はボアの肉が欲しい。村長としても平民にもボア狩りを広めたかったが、名乗り出る者はいなかったんだ」

村長は行かせたい。平民は肉が欲しいが行けない。狩りに行くということは、魔獣と戦わなくてはいけない。農奴が平気で倒しているかと言えばそういうわけではない。実はこの10年で何人も死んでいるという話をする。それでも狩りをする。

そんな危ない狩りを何のためにするのかは言うまでもない。目の前に狩りをする理由があるからだ。それは家族のためだ。

「じゃあ、なんで今回は平民も行くことになったの？」

アレンが聞く。

「……農奴の中に英雄が現れたからかな」

農奴の中から、剣聖が出てきた。そして、村の有力者の前で騎士団長が称えたのは、村長でもなければ、宴会に参加している村の有力者でもなかった。領主の言葉を借りてまで褒めたたえられたのはロダンであった。宴会後、その話が村中に広まったという話だ。

「村長に今月の頭にロダンと一緒に呼ばれてな。5人ほど行きたい若者がいるから一緒に連れていってくれと。まあほとんど命令だったな」

村長の命令だからと訓練をした。10日ほど前の話であるが、何度か全員集まって、倒し方を教えた。しかし、農奴がトップの集団の中に入るのに抵抗があった平民の若者で、態度もあまりよくなかった。それでもロダンは粘り強く訓練をした。

そして、今日を迎える。作戦通り、訓練通りだった。

グレイトボアの狩り方については、何度もロダンに聞いた。とてもシンプルである。誘い出して、囲い込んで、皆で槍を使い仕留めるというものだ。

「誘い出すのも、暴れるボアのとどめを刺すのも経験がいるからな。平民どもを囲い込み役にしたんだ」

一番楽な役をやらせた。しかし、失敗したという話だ。壁役が魔獣を目の前にして、ビビって動けなくなった。壁は崩壊し、ボアとの乱戦に突入した。

「ロダンが、ボアの鼻先の角で刺されてよ。現在に至るわけだ」

結局作戦もへったくれもない状況だった。仕留めはしたが、ロダンが重傷を負った。

話はこれくらいだと言ってゲルダは帰る。ゲルダの妻や娘たちも心配しながら待っている。

ゲルダが出ていって静かになるアレンの家。テレシアがずっと目を開けないロダンの手を握る。

テレシアにもう寝なさいと言われてアレンも寝る。

次の朝、ゲルダが大きな肉を持ってやってきた。これはロダンの取り分だと言い、肉を置く。巨大な肉塊を見て、ロダンがどれだけ命を懸けていたのかを改めて知る。テレシアは土間に膝をつき泣き崩れた。

「ロダンはまだ目覚めないのか？」

テレシアの涙には触れず、ゲルダは空になった水瓶に水を汲んでいく。

「安心しろ、冬は絶対越させてやるからな。安心して子供を産むといい」

寒い冬もお腹の子も何とかするとゲルダは言う。

「え、あ、ありが……」

その時である。

「こ、ここは？」

ロダンが目覚めた。ここがどこかも分からないような表情をしている。

「ろ、ロダン!!」

ロダンを抱きしめるテレシアである。ロダンはまだ完全に傷がふさがっていないのか、うめき声を上げる。マッシュも「パパ！　パパ！」と言って抱き着く。

泣きながら抱き合う三人を見て、アレンの胸に痛みが走る。

(お、俺は何をしていたんだ)

アレンは思う。正直農奴に生まれることなど、どうでもよかった。選択肢が農奴しかなかったから農奴になっただけだ。王子でも旅人でもよかった。なんでもよかった。健一だった頃、アレンはたくさんのゲームをしてきた。7、8歳の頃からゲームをしてきた。それこそ、主人公の親が何であるかでゲームを選んだことは一度もない。その後のゲームの楽しみ方には影響しないからだ。

しかし、農奴として必死に生きるロダンとテレシアの間に自分は生まれてきた。弟もおり、テレシアのお腹には新たな命が宿っている。

家族を見つめるアレンの表情からゆっくりと幼さが消えていく。この世界で自分にやることがあるという強い思いが湧き上がってくる。

何かがアレンの中で目覚めた。6歳にして初めて真に転生したかのような、この世界に自らの足で立ったような気がする。

「おう、起きたかロダン」

ゲルダが少し苦しそうなロダンを見ながら言う。

「ゲルダか、俺は生きていたのか?」

「ああ、運が良かったな。大丈夫そうか?」

「ああ」

立ち上がろうとするロダンである。腹に激痛が走るのか、もう一度布団に座る。どうやらまだ、完全には傷が癒えていないようだ。

「しゃあねえな、ボア狩りの方はこっちでやっとくから安心しろ。それとな、お前の家族は冬を越すまで面倒見てやるから、それまでに治すんだな」

ゲルダが、昔からの友人が、ぶっきらぼうながらも優しさのこもった言葉を放つ。

「そ、そうかすまねえな」

「違うよ、父さん」

「ん?　父さん?」

ロダンが初めて耳にする言葉に反応する。どこか様子が違う。テレシアも不思議そうにアレンを見る。

「家のことは僕に任せておいて。ゆっくり休んで体を回復させて」

「え?　ああ、ありがたいが、ゲルダの言うことを……」

ロダンは最後まで言えなかった。それだけの覚悟がアレンの瞳にこもっていたのである。

「この家は絶対に僕が守るから」

6歳になった秋の終わりのことである。アレンはこの日を境に本格的に村で活動を始めることになる。不幸な事件をきっかけに、この日はアレンが目覚めた日となった。

＊＊＊

翌朝のこと。アレンは起きて居間に向かう。

「おはよ、母さん」

「おはよ、アレン」

昨日から、パパママ呼びは卒業し、父さん母さんと呼ぶようにした。土間に向かい、取っ手のついた木桶を2つ持って、外に出る。もう10月も下旬に入る頃。朝はとても寒い。

共同水くみ場に向かう。共同水くみ場は、農家が飲み水などに使うため、村にいくつも掘られている井戸である。そんなに遠くはない。

「おはようございます」

「お、ロダンところの倅(せがれ)か、おはよう」

もうすでに4、5人ほどの行列ができている。アレンが後ろに並ぶ。前の人がやっているのを見て、縄を引いて井戸から水をくみ上げるやり方を理解する。遠くから見たことはあるが、間近で見るのはこれが初めてである。

なぜ子供がここにいるのかと怪訝(けげん)そうな村人もいたが、ロダンが大怪我をしたことを思い出し、同情するような目を向ける。

順番が来た。井戸に取り付けてある桶から水を掬うため、縄を引く。

バシャ
何でもないように2つの木桶を満タンにしていく。大人たちはその様子を見ている。

「おいおい、坊主、そんなに水を入れたら持って帰れねえぞ」

「え？　ご心配ありがとうございます」

そう言って、片方30リットルほど入った木桶を両手に持って帰宅する。大人たちはそれを呆然とした顔で見送った。

（やはり、父さんは力があるんだな。桶の大きさも他の人より大きいしな）

そんなことを考えながら、家まで帰り、水甕の古い水を用水路に流す。元あった場所に水甕を戻し、胸より高い位置からドボドボと木桶の水を移し替えていく。

「……」

テレシアはその様子を見つつも、何も言えない。

「母さん、今日は昼過ぎにゲルダさんが芋の収穫の仕方を教えてくれるんだけど、何か準備しておくものある？」

「そ、そうね」

お腹が膨らみ始めたテレシアはロダンの看病とマッシュの世話があるので、ゲルダから芋の収穫方法を習うのだ。

昨日、アレンは家のことは自分がやると宣言した。それは既に手伝っている家事に加え、畑仕事もするということである。ロダンが毎朝やっていた水甕の水替えもその一環だ。

昨日はロダンとテレシアにゲルダまで一緒になって、まだ6歳だからと諭された。しかしアレンの意志はとても固く、これは言って聞かせるより、実際やらせてみてどれだけ大変で無理なことか分からせた方が、本人のためになるという結論に至った。

テレシアが朝食をロダンのいる部屋に持っていく。とても狭い家であるが、ロダンはまだ自分から居間に行くことができない。甲斐甲斐しく、テレシアが食事を摂らせる。

食事を終え、後片付けをして、洗濯をする。ここ最近、洗濯が日課になった。3歳の頃から3年間続けた石投げももうやめてしまった。

昼食を終えたあとにゲルダがやってくる。午前中は自分の畑の仕事があるので、午後から来た。

「アレン、芋の収穫をするからこの籠を持つんだ」

すぐに諦めさせるつもりなのか、若干厳しめの言い方である。

「はい、ゲルダさん」

何となくその意図が伝わり、真面目に指示を聞く。そのまま畑に向かう。

アレンの家に隣接する畑は基本的にロダンの畑である。

(4、5面の畑があぜ道で分かれているのか。たしか小麦と芋と豆、葉野菜と、こう見るとかなり広いな)

1人で管理するには広めの畑だ。

(やはり、レベルが結構上がっているんだろうな。ボアを結構狩ってきた結果か)

初回版限定
封入
購入者特典

特別書き下ろし。

既存の職業じゃつまらない

※『ヘルモード～やり込み好きのゲーマーは廃設定の異世界で無双する～ 1』をお読みになったあとにご覧ください。

「ふう、危なかったですね」

男は宙に浮くタブレットのような画面を見ながら安堵した。

歳は20代後半くらいに見える。上半身には何も身につけておらず、下半身はゆったりとした物を着ており、靴は草履のような物を履いている。

男はギリシアの神殿のような大理石の床と等間隔に配置した柱のある部屋にいる。

「エルメア様、彼は無事にこの世界に転生できたのですか?」

「ええ、もちろんです。メルス、これを見てください」

エルメアとは創造神エルメアのことだ。

そして、ここは神界である。

創造神エルメアはくせ毛の強い10代後半の男、メルスに声を掛ける。

このメルスも人間ではなく、創造神エルメアの部下であり天使だ。

創造神エルメアは宙に浮く画面を見るように伝える。

「ああ、適任の転生者を発見することに成功したのですね。って、え? 召喚士? なんですか?」

何かやり切った感のある創造神エルメアの態度に、どれどれと天使メルスが宙に浮く画面を見ると、画面に表示された「召喚士」と言うあまり聞きなれない単語に疑問符を浮かべた。

「転生させようとした男が、魔王を選びそうになってね。急遽、召喚士という職業を作ったのですよ」

「作ったのですよって、どうするんですか? そもそも召喚士ってなんですか?」

天使メルスはまくし立てるように創造神エルメアを問い詰める。

「今、調べているけど、どうも魔獣のようなものを召喚し、使役させたり戦わせる能力のようですね。なるほど、なるほど」

創造神エルメアは、天使メルスの問い詰めなど意に介さない態度で、宙に浮くタブレットのような画面を使って召喚士について調べる。

「それは精霊使いに似ていますね」

「精霊使いですか。なるほど」

天使メルスの言葉にエルメアは意味深な表情で頷く。

「どうしたんですか?」

「いや、既存の職業じゃつまらないですね」

「つまらないって。新しい職業をもしかして1から作るつもりですか」

「そうですね。成長の理も含めて1から作りましょうか。健一という男には、召喚士はテスト期間であると注意メッセージを伝えていますし問題はないでしょう。1年でよろしくお願いしますね」

「え?」

天使メルスは疑問の声を上げる。

何か重大なことを告げられたような気がする。

「え?」

創造神エルメアが天使メルスの疑問に疑問の声を上げる。

「わ、私が作るのですか? たった1年で新しい職業を?」

正気ですかとエルメアに体全身を使って訴える。

「もちろんです。ああ、もちろん1人で作る必要はないですよ。最近信仰を失っている神々の部下なら手が空いているでしょう」

その辺りの者に協力させたら1年で作れますよと伝える。

「手が空いている部下って、創造神とあろうお方がそんなことを言うと怒られますよ」


創造神にはあるまじきことだと天使メルスは言う。

「人々の信仰は常にもらえるわけではありません。信仰を失った神々にもいい薬になったでしょう。ですので、構わず手が空いている部下に手伝わせてください」

何かあれば創造神である自らが手伝いに出向きますよと言い加える。

「分かりました。もろもろ、細かいところは設定が飛びそうですが、大筋の設定ができたらご報告します」

「お願いしますよ」

そう言うと天使メルスは創造神のいる部屋を後にする。


それから1年と少し経過する。


「お疲れ様です。不具合もなく順調に使われているようですね」

創造神エルメアに天使メルスが喜びながら伝える。

宙に浮く画面には、小さな子供が必死にバッタを動かそうとしている映像が映し出されている。

「やはり、入念に分析するようですね」

魔導書を使えるようになってからの1年、親の目を盗むようにスキルの分析に勤しむ赤子の様子を創造神エルメアは見てきた。

「そうですね。この1年、召喚士のスキルが使えないぞと神界に苦情申告を必死に送っていたようですが、使えるようになって満足したのか夢中でスキルを行使しているようです」

苦情申告を受けながら、召喚士の設定に注力しましたと天使メルスは報告する。

「なるほど、最初はあまり使えるスキルはないでしょうが、これからということですね」

「はい、まだ全ての設定が出来ておりません。職業というのは世界の理に影響します。今回は8つ星の職業ということもありますので慎重に慎重を期さないといけません」

「しかし、大丈夫なのでしょうか？　ほぼ毎日、このアレンと言う子供はスキルを使用しています。1年かそこらでスキルのレベルが上がると思いますよ」

創造神エルメアは宙に浮く画面でアレンの様子を見てきたが、適格にスキルレベルを上げるように行動しているように思えた。分析は全てレベルアップやスキルの把握に注力している。

このままでは新たなスキルの設定ができる前にスキルレベルが上がってしまうだろう。

創造神エルメアの言葉を聞き、天使メルスは思わずよろめきながら、本当ですかと宙に浮くタブレット上の画面を見る。

「まだ時間はありますので、スキルレベルが上がった時の設定も完成させます」

「お願いしますね。この速度なら1年かそこらでスキルレベル2になりそうです」

「創造神エルメア様」

「え？　なんでしょう？」

「どういった方をこの世界に招いたのですか？　1歳からスキルを完全に理解して、スキルレベルを上げようとするなんてこれまで聞いたことがないのですが？」

「それはやり込み好きの方を呼んだに決まっているでしょう」

何を聞くのですかと創造神エルメアは澄ました顔で答えたのであった。

アレンが生まれる前からロダンはグレイトボアというCランクの魔獣を狩っている。きっとレベルもアップして、ただの村人より力があるのだろう。

当然、現実世界のトラクター的なもので管理する畑ほど広くはない。しかし、鍬や鋤などを使って耕すこの文明において、一家で管理するにはかなりの広さだ。

父が日々世話をしてきた畑の1つに入る。もう萎れた茎が地面に張っている。

「こうやって、引っこ抜いて芋を出すんだ」

アレンがしみじみと感慨深く畑に入っていると、ゲルダが作業の説明をしてくれる。ガタイのいいムキムキのゲルダが片手で萎れた茎を力強く引っこ抜く。大小さまざまな芋が出てくる。ゲルダもロダン同様、ボア狩りによってかなり力がある。

今掘り出してきたこの芋は、味や見た目はサツマイモに近い。甘みがありマッシュの大好物である。

「こうですね」

「おう、結構根が張っているからな。思いっきりやれ」

ゲルダ同様に片手で握り、引っこ抜こうとする。

「お、おいおい片手じゃ抜け……」

最後まで言い切る前にゲルダ同様に力ずくで芋を一気に引っこ抜いた。

「芋は全部籠に入れるのですか？」

「お、おう、家に帰って選り分けるんだ。ちいせえのは来年の種芋だな」

両手にそれぞれ別の茎を持って、ガンガン引っこ抜く。土をふるって落とし籠に入れていく。それを繰り返しているうちに籠がどんどんいっぱいになる。

(全部の芋を掘るのに1日じゃ終わらないな。芋掘りばかりもしてられないけど)

「これは、庭先に持っていくんですか?」

「あ? ああ、そうだ。アレンは力があるんだな」

「はい、父さんの子ですから」

これだけ掘っても、まだまだ芋は地面に埋まっている。この芋は年間を通してアレンの家の主食となる。

土間に入りきらない分は庭先の一角に貯めることになる。アレンの家の庭はボロボロの塀に囲まれているが狭くはない。収穫した作物を置いておいたり、クレナと騎士ごっこができたりするくらいの広さはある。

籠いっぱいに芋を入れた。籠が大きかったため、6歳の子供より重い。それを両手で握り持ち上げる。ゲルダが両目を見開き、息を呑む。

ロダンもテレシアもゲルダも、アレンにまったく力がないとは思っていない。通常の子供よりある方だとも思っている。クレナとの騎士ごっこでは子供とは思えない動きを見せていたし、普段の家事の様子からもその力の片鱗は見えていた。

しかし見えていたのはその片鱗でしかなかった。耕され、あぜ道より柔らかくなった地面に小さな足をめり込ませながら歩く。

（軽いな。やはり攻撃力を上げておいて良かった）

もともと魔力を上げるために草Fに偏らせていたホルダーのカードだが、現在は獣の方を多めにしている。農業モードのカード配分だ。

アレンはもうステータスを抑えることも隠すこともやめた。全力で家事や畑仕事をすることにした。身ごもった母や幼い弟がいる中そんなことを言っていられない。近所に剣聖もいるし、少々目立ったところで、才能なし判定の農奴だし大丈夫だろうとアレンは考えたのだ。

（畑仕事がある以上、草カード偏重はしばらく厳しいか。しっかりカードの配分は調整しないとな。それに）

畑の一角を見る。

「あの畑も父さんが管理する畑ですか？」

籠いっぱいに積んだ芋を運びながら、草がアレンの身長まで伸びた畑を見る。

「ああ、そうだ。来年は雑草抜いて耕すはずだぞ」

そこは今年手をつけていない休耕地だ。

（ほうほう、やはり場所的に父さんの畑か。草も枯れているし、広さもそこそこあっていい感じじか）

家の庭の一角に芋を固めて置いていると、ちょうど誰かがアレンの家にやってきた。

「すみませんの、ロダンはいるかね？」

「ああ？　村長じゃねえか」

デボジ村長がやってきた。鑑定の儀や宴会で、近くで何度か見たので顔を覚えた。そんな村長に対して、ゲルダがかなり怒気のある声で反応する。

「おお、ゲルダか。ロダンの意識が戻ったと聞いてな。ほれ、お前も来るんだ」

「は、はい」

村長は1人ではなかった。1人の青年を連れてきていたようだ。歳で言うと15歳くらいか。アレンは見たことがない。

門からずいと入ってくる。躊躇わずに入ってくる感じは村長と農奴の身分差のせいだなと思う。

アレンとゲルダが見つめる中、村長が玄関に近づく。

「これは村長いかがしましたか？」

テレシアが土間から出てくるが、何か声がいつもと違うことに気付く。アレンが初めて聞く声色かもしれない。

（母さん怒っているな。まあ村長が平民を入れろと言わなければ、父さんはあんな目に遭わなかったしな）

「ロダンが意識を戻したと聞いたからな。大怪我を負った見舞いに来た」

そう言って、青年が持ってきた小さな樽と、いくばくかの食料を見せる。

「奥にいます」

どうやら、帰れとは言わないようだ。ロダンのいる2人の寝室に案内する。

（なんか、この青年震えているな）

村長とともに入ってきた青年は青い顔をして不安そうに目を泳がせている。

「あなた、村長が見舞いに来たわよ」

「ん？　ああ」

青年が居間にお見舞いの品を置いて、寝室に向かう。布団の上で身を起こしたロダンがその様子を見ている。

「お、俺のせいでこんなことに。すみませんでした!!」

床に座った青年は頭を深く下げて謝罪をした。どうやら大怪我の原因となった平民の青年のようである。

「あ？　そうだな。まだやる気があるなら次から気をつけろ。皆命を懸けているんだ」

「え？　あ、はい」

青年にとって予想外の答えだった。一瞬素の顔に戻る。

じゃあ、そういうことで養生してくれと言って村長は帰る。平民の青年が1人では来られないかと付き合って一緒に来たようだ。2人は土間を抜け帰っていく。

アレンとゲルダは芋掘りがあるので、その様子を見届け、畑に戻った。

「ゲルダさん、あの人が？」

「ん？　ああそうだな」

あの時の詳しい様子を教えてくれる。壁役にした新人の平民が腰を抜かして乱戦になったと聞いたが、その時、怯えて腰を抜かした青年にボアが迫ったそうだ。

「ロダンは、あいつをかばって大怪我したんだ。ああ、分かっていると思うが人に言うなよ。あいつはそういうこと言われるの好きじゃねえんでな」

あぜ道を歩いていると何人かの農奴とすれ違う。意識を取り戻したことをどこかで聞いたのか、手には何か持っている。見舞いに行く人たちだ。

その光景がとても誇らしく思えたアレンであった。

＊＊＊

「今日はちょっと昼から出かけてくる」

「え？　そうなの？　あんまり遅くなったら駄目よ」

「うん、夕方前には帰るから」

芋掘りは全て終えて、庭には大量の芋がある。これから、大小に選り分けて、種芋を除いた6割を村長に納める。収穫の時期は結構庭を圧迫する。

徴税については、年に数回決まった時期に定期的に荷馬車に乗った者がやってくる。次来るのは12月上旬であるのでそれまでに選り分けておけばよい。

午前中やることに、芋の選別が増えた。農民化が進む。

芋の選別が終わったあとの作業もゲルダから聞いている。畑にまだ生えている茎や根を取り除く作業があるとのことだ。そうしないと来年の春に新しく植える際の邪魔になる。あとは用水路が埋まっていないか調べ、均一の深さにする作業があるとのことだ。ロダンに割り振られた畑に接する用水路の管理をする。
（この辺は、合間にやっていくか。それにしてもようやくカードの準備が整ったな）
現在のカード編成はこうだ。

・獣Ｆ16枚
・虫Ｇ３枚
・虫Ｆ２枚
・鳥Ｆ２枚
・草Ｆ７枚

（カードの調整も終わったし、強化レベルもひとまず2まで上がったな）
力をつけて畑仕事がしやすくなるように、草カードを減らし獣Ｆカードを増やした。そして、カードの編成が終わったので、強化レベル２に上げるべく魔力を消費し続けた。強化レベル２の効果も概ね把握できた。魔導書のメモを見る。

強化レベル２
・消費魔力は10
・効果は加護対象のステータス２つを＋20する

(これで、生成以外のスキルは取得時の消費魔力からレベルが上がっても変わらないってことが確定したな。合成は5、強化は10で固定と)

そして、強化のレベルが1から2になることで、召喚獣のステータス強化が＋10から＋20になった。手持ちのカードは全て強化レベル2で強化済みである。

今後は、強化レベル3にまず上げてから、生成、合成、強化の3スキルがレベル4になるまで均等にスキル経験値を稼いでいく予定だ。

午前中の芋の選り分けの途中で昼食になる。まだロダンは寝室から出てこられないが、少しずつ良くなってきた。もしかしたら草Fで作った木を、両親の寝室側に生やしたのも回復を助けているかもしれない。

昼食を終え、アレンはもう一度庭に出る。今はロダンもテレシアも家にいるので、マッシュも寂しがらず大人しい。

大小いくつかある籠の中で、良さげな大きさの籠を木の前まで持ってくると、落ちている石ころをおもむろに籠の中に入れていく。何度も繰り返し投げ続け、角が取れた野球ボールほどの大きさの石だ。木刀は腰ひもに差す。

そのまま籠を持って外に出る。あぜ道を進みながら、ゲルダに聞いた休耕地に向かう。

休耕地にたどり着くと、そこはアレンの身長より高い雑草が生い茂っている。何も手入れをしておらず、伸びに伸びた雑草は、乾燥して枯れている。アレンはそのまま雑草の中に入っていく。

途中で籠を置くと、さらに奥へと雑草をかき分けながら進んでいく。

（まずはこの休耕地がどんな感じか調べないとな）

高く伸びた雑草が、この休耕地の大きさを不明にしている。大体の大きさを把握するため、行ったり来たりかき分けて進む。

（この辺が中心か）

休耕地の大体の中心が分かった。するとアレンはその中心から雑草を踏み始める。どんどん踏みしだいていく。乾燥した雑草が踏まれ、パキパキとした音が聞こえる中黙々と続ける。

すると、直径10メートルほどの、昔流行ったミステリーサークルのような円状の空間ができた。

（まあ、こんな感じか）

アレンは出来立てのミステリーサークルから元の雑草の中に戻り、籠から無造作に石ころを取り出して地面に置いていく。そして木刀を握りしめる。

（ピョンタ召喚）

虫Gの召喚獣がミステリーサークルのような空間の中心に召喚される。ウシガエルほどの大きさのカエルである。

（よし、挑発しろ）

『ゲコゲコ』

虫Gのピョンタが赤青黄色に点滅して、飛び跳ねる。アレン自身は雑草の中で息を殺し、様子を窺う。

そしてそのまま10分が経過する。

（ふむ、思ったようりうまくいかないな）

アレンは木刀を持ったまま天を見る。そこには大小様々な鳥がまばらに上空を飛んでいる。

（空に鳥は飛んでいるんだがな。鳥の数が少ないのか、挑発は空まで効果がないのか）

これから冬になる。越冬には薪がどうしても必要だ。今までは毎年ロダンがグレイトボアの肉を売って、冬を暖かく過ごすための薪を買ってきていた。家には幼い弟もいる。当然アレンも6歳でそこまで寒さに強くはない。

1体捕まえる度に10キログラムの肉を貰えて、毎年10体ほど捕まえていたが、その半分ほどは薪代に消費される。

しかし、ロダンは今年の冬はボア狩りに行けない。重傷を負いながらもなんとか倒した1回分の肉と、村長が見舞いに置いていった僅かながらの食料。そして、ボア狩りを共にしてきた農奴の仲間たちからも見舞いの品を貰っている。しかし、グレイトボアの肉100キログラムに比べてしまうと、十分な量の薪を買えそうには思えない。

だからこそ、テレシアのお腹の新しい命と家族を守るために、アレンは鳥を捕まえようとしているのだ。

（まあ、アルバヘロンみたいな魔獣はともかく、その辺のタンチョウっぽい鳥でも可食部分が2キログラムはあるだろう。50羽くらい捕まえられたらと簡単に思っていたんだけど）

空には北に渡っていくアルバヘロンのような魔獣の鳥もいる。しかし、魔獣を捕まえる気はない。

大型のタンチョウのような鳥もこの季節には飛んでいる。その辺りを目標に決め、虫Gのピョンタに挑発させ罠を仕掛けている。

しかし一向に鳥が現れる様子もないまま、一時間が経過する。

(1匹じゃ効果ないか。念のために3枚のカードを作っておいて正解だったたな)

さらに2体目の虫Gを召喚する。2体目の虫Gも1体目と同じ場所で飛び跳ねながら挑発する。

さらに1時間が経過する。

(くそ~2体のピョンタでも厳しいのか。というか空までの距離が遠すぎておびき寄せるのは難しいかもな。挑発の効果範囲も分からないし)

カーン

カーン

カーン

3時を告げる鐘が鳴る。

(もう3時か。いつもなら騎士ごっこの時間だけど、クレナは大人しくしているかな)

ロダンが大怪我をしてから、クレナと騎士ごっこをしていない。家のことがあるからしばらくは遊べないと伝えているのだ。クレナは一瞬さみしげな表情をしたが、わかったと答えた。この2日、クレナはアレンの家に来ていない。

(よし、さらに1体増やして3体にするぞ。これで全部出したな)

『ゲコゲコ』

『ゲコゲコ』

『ゲコゲコ』

3体の虫Gのピョンタが休耕地にできた円い空間でバラバラに飛び跳ねる。壊れた信号機のように赤青緑の点滅を繰り返す。木刀を握り待機しているが、一向に変化がない。

(むむ、取らぬ狸の皮算用だったか。いや諦めるのは早いぞ。もう少し虫Gのカードの枚数を増やして明日挑戦してみるかな)

その時である。

上空から一気に急降下する物体がいた。諦めかけて、気を抜いたアレンの目の前に現れた大きな影は、鋭いカギ爪のような足で虫Gの1体に襲いかかった。引き裂かれた虫Gが光る泡となって消える。

『ギャアアアアアス！！！』

円い空間の中央に舞い降りたそれは、威嚇するかのように両翼が4メートルにもなる翼を広げ、大きな鳴き声を上げた。

アルバヘロンが上空から舞い降りてきたのである。

毎年秋から冬にかけて、南から北へと飛んでいくアルバヘロン。開拓村に生まれて6年になるがアレンは村から出たことはない。この魔獣は世界の広さと季節の流れを教えてくれていた。

アレンの名は、天を翔けるアルバヘロンのように自由に生きられるようにという父の願いが込められている。

『ギャアアアアアス！！！』

そのアルバヘロンが目の前に降り立った。どうやら虫Gの特技である挑発は魔獣をおびき寄せることができるようだ。素の状態は分からないが、挑発されて激高しているように見える。

両翼の端から端まで4メートルほど、足から頭まで2メートルを超える大きさ。アレンの身長の2倍はありそうだ。羽毛は胴体の部分は白く、翼の先になるにつれて青黒く染まっていく。

叫び声をあげるアルバヘロンを見つめながら、アレンは雑草の中で姿勢を低くして身を隠していた。

（ふぁ!?　野鳥を捕まえようとしたらアルバヘロンが降りてきたぞ！）

突然の邂逅に動揺しつつも、次にとる行動を悩むことはなかった。あるいはこのまま身を隠していればそのまま飛び立ってどこかに行ってくれるかもしれないのに。

それはもしかしたら、家で待つ家族の顔が脳裏に浮かんだからかもしれない。もしくは、魔獣を見たら戦うというゲーマーの本能によるものかもしれない。

やることは1つだった。地面に置いていた野球ボールほどの石ころを握りしめる。

挑発をし続けている2体目の虫Gに食らいつくアルバヘロン。虫Gが消える様子に気を取られているところへ、渾身の力を込めて石ころを投げる。

カードの強化と投擲レベルによって大人が投げる数倍もの速度になった石ころは、吸い込まれるようにアルバヘロンの顔面に向かう。

ゴシャッ

『グギャアアアアス!?』

顔面に激突した石ころが右目を潰す。思わぬところから攻撃されたことへの驚きと、片目を失った痛みでアルバヘロンが鳴き叫ぶ。

続けざまにもう1つ石ころを拾い、渾身の力を込めて投げる。今度は長い首に当たり、首は大きくたわむ。頭は大きく揺れる。

2度の投擲によって、アルバヘロンの足がおぼつかなくなる。

(かなり効いているな！　おっしゃ、貰ったぞ！　初魔獣勝った!!)

これで止めだと、木刀を握りしめ、アルバヘロンの前に躍り出る。一気に距離を詰め、飛び上がるように、その首目掛けて木刀を振るう。

アレンが全体重を乗せて振るった木刀によって、首が大きく曲がる。さらに押し込む。引き倒したい。

しかし、アルバヘロンは確かにダメージを受けていたが、死にかけてはいなかった。首に力を込め、全体重を乗せたアレンを吹き飛ばしたのである。力は健在であった。

「な!?」

アレンは雑草の中を転がりながら、予想外の状況に動揺する。

(や、やばい。ポチたち援護しろ!!)

15枚の強化済みの獣Fのカードが一気に魔導書から出てくる。それらが一斉に光り始め、すぐさま召喚獣化した。

『『ワン!!』』

獣Fは秋田犬と同程度の大きさで、薄茶色の犬である。吠えながらアルバヘロンを取り囲んでいく。

(嚙みつけポチたち!!)

獣Fは特技である嚙みつきの命令を受け、足や翼、首元に飛びかかる。

強化された獣Fに全身を嚙みつかれ、大きな声で鳴くアルバヘロン。しかし、ダメージは受けているが、致命傷ではないようだ。その爬虫類のような足で獣Fを蹴り上げていく。

『ギャアアアアス！！！』

アルバヘロンは地面ではそこまで素早い動きはできないものの、その力はかなりある。蹴り上げられた獣Fは草むらの茂みよりさらに遠くまで舞う。

(く、このままだとじり貧だぞ！)

1体、また1体とその大きなくちばしで嚙まれ、または大きなカギ爪のある足でやられていく。

召喚獣が光る泡になる度に加護の力が抜けていくので、慌てて獣Fを生成し、強化してカードから召喚する。1体の魔力消費は20になる。しかし、魔力は47しかない。2体も召喚したら魔力が尽きてしまった。

(くっ、Dランク魔獣強すぎる。レベル1では勝てなかったか！)

諦めようとしたその時である。

アルバヘロンの大きな足がアレンを襲う。思わず木刀を盾に防ぐが、威力は殺せなかった。後方に吹き飛ばされる。

それだけでは終わらなかった。休耕地の雑草の上を転げるアレンを追撃するように大きな足で地面に押さえつける。そして、アルバヘロンのくちばしがアレンの顔面を襲う。慌てて、木刀を横にして噛まれるのを防ぐ。

（ぐ、やばい。し、死ぬぞこれは）

この時初めて死を予感した。強化した獣Fが全身を噛んでいるが、ものともせずアレンを食らおうとするアルバヘロン。アレンより力がある。ゆっくりだが、くちばしが顔に近づいてくる。くちばしに生えたギザギザの歯、そして喉の奥までよく見える。

頬にアルバヘロンのくちばしの先が当たる。頬が切れ、血が流れる。両腕で必死に握った木刀がしなり、もうすぐ折れそうだ。死がどんどん近づいてくる。

（どうする？　考えろ！　俺!!）

この時ほど、自分が前世で何万時間もゲームをしてきたことに感謝したことはない。数多(あまた)のゲームに膨大な時間を捧げたことで得たものがある。それは経験だ。その膨大に蓄積された経験のおかげで、スキルや技、魔法の名前を見たら、それがどのような効果をもたらすのか大体予想がつく。

走馬灯がやってくる暇もなく、アレンは必死に叫ぶ。

「チュー!!　出てこい！！！」

地面に押さえつけられたまま、アレンは強化済みの虫Fを召喚した。虫Fはヒルの形をしている。

海にいる大きなナマコのようなヒルである。

「吸い付け、チュー！！！」

『チュー！！』

鳴き声を上げると、虫Fがナマコ状態から筋肉を収縮させてバレーボールのような塊になる。そして、今にもアレンを食らおうとするアルバヘロンの首元に飛び跳ねる。

『ギャアアアス！！！』

首に吸い付かれ、振り払おうとするアルバヘロン。口を接合部分にして、ぴたりと吸い付いて離れない虫F。その隙に何とかアルバヘロンの足から解放された。

吸い付いている虫Fの体が強く、そして青く点滅する。

（おお！　何か吸っているぞ。やはりエナジードレイン的な特技だったか）

アレンの予想は当たっていた。『噛みつく』同様に検証が済んでいなかった虫Fの特技『吸い付く』だ。

体力なのか攻撃力なのか、何を吸っているかは分からないが、さらにもう1体の虫Fを召喚する。

2体目の虫Fが太ももに吸い付き、青く点滅する。

虫Fを振り払われる前に、再度、木刀を振るう。獣Fも噛みつき加勢する。攻防が再開された。

足蹴りがアレンに向かう。木刀を盾に耐えるが、さっき地面に押さえつけていた時ほどの威力は感じられない。足を振り払い、木刀を首元に叩き込む。そのまま引き倒す。

（これは確実にさっきより力が弱まっているな。今度は引き倒せたぞ）

『吸い付く』のおかげで力の弱まったアルバヘロンに体重をかけて地面に背面から倒した。

そのまま、全体重を乗せた木刀を首に押しつけて、窒息死させようとする。そのまま数分が経過すると、魔導書が現れ、淡く光った。

（お、何かログが流れたぞ）

『アルバヘロンを1体倒しました。経験値100を取得しました』

銀の文字で討伐結果と経験値の取得を示すログが流れた。

「おお！　勝った、勝ったぞ!!」

目の前には地に伏したアルバヘロンがいる。

初めての魔獣の討伐だ。まだ健一だった頃――7歳か、8歳の頃の記憶が蘇る。初めてプレイしたRPGの記憶。

（想像した以上の達成感だ。ゲームの主人公が生まれ育った町の外で初めて魔物と戦う時の気持ちが分かった気がする。まだ村から出ていないけど）

小銭でこん棒みたいなのを買って頑張って町の周りでレベルを上げ、体力を削られたら宿に帰ってを繰り返したゲームの思い出が蘇る。

（それにしても、Dランク魔獣はかなり強いんだな。しかも経験値1000稼ぐには10体倒さないとレベルが上がらないと。まあ、レベルも1だし、召喚獣のランクもFだからな）

【経験値】　100／1000

取得した経験値の確認や戦闘の分析を進めながら、全ての召喚獣をカードに戻し、石ころも籠に戻す。

籠を片手に持ち、木刀を腰ひもに差し、アルバヘロンを持ち上げる。なるべく体を傷つけずに持って帰りたいが、足や翼の端が地面にこすれる。アレンが小さすぎるのだ。

アルバヘロンを背負って、帰路に就く。

玄関に行くと、庭先に少女がたたずんでいる。クレナだ。

(あれ？　今日は遊べないって言ってたんだけど)

「あ、あれんどうしたの!?」

顔や体に引っかき傷や、草で切れたのかいくつかの出血があるアレンに驚く。慌てて家の中にいるロダンやテレシアに報告に行く。

「ちょ、え？　あ、アレン!!」

テレシアが抱き着いてくる。大怪我をしていないかべたべたと体を触って確かめる。

「怪我はないよ、母さん。アルバヘロンを捕まえたんだ」

アレンは、背中のアルバヘロンを見せて、アルバヘロンを捕まえたことを報告する。

こうしてアルバヘロンとの戦いが終わったのである。この戦いが、召喚士としてのアレンの初戦となった。

第八話　アルバヘロン狩り

　テレシアはアレンに深い傷がないことを確認し、ひとまず安堵する。アレンは背中に担いでいたアルバヘロンを土間にゆっくりと置いた。翼を広げなければ大人1人より少し大きい程度だ。大きい家ではないので、足の部分が玄関からはみ出ている。

「アレン、どうしたの!?」

「空から降りてきたから捕まえたよ、母さん」

（嘘はついていない気がする）

「あれんすごーい！」

　クレナがにこにこしながら褒めてくれる。アルバヘロンには驚かない。

「まんま、こわあああい」

　マッシュはアルバヘロンを見て泣き出し、テレシアの背中に隠れる。

（ふむ、マッシュは怖がりだからな。マッシュよ強き男に育つのだ。それにしても、重さは20キログラム以上あるかな。可食部分は10キログラムくらいか。羽根も使えそうだな。魔獣だから魔石もあるのか。ぐへへ、この辺は売っちゃおうかな）

アルバヘロンの素材について、皮算用をする。大人より大きい魔獣を見ても食材と素材にしか見えない。

奥の方で「何だ、何があったんだ！」という声がする。どうやら奥で寝ていたロダンもこの騒ぎに気付いたようだ。テレシアが事情を説明する。

それを聞いたロダンは「そんな馬鹿な」と言いながら寝室から首を出した。土間と寝室の間には段差があり死角になっているのか、アルバヘロンが見えない。頭を摑んで見せてあげる。

「あ、アルバヘロンだ。アレン、お前が捕まえたのか。石と木刀だけでか？」

「え？　うん」

テレシアやクレナとは視点が違う。石でつぶれた右目。首も何度も攻撃を受けて曲がっている。どうやって倒したのか、倒せたのか分析している。

もっと近くで見たいようだ。ロダンは体を起こし、引きずるようにして土間に向かう。

「な!?　父さん、安静にしていてよ」

アレンが慌てて、土間から居間に上がる。

「おいおい、何してんだ？」

そこにやってきたのはゲルダである。

（ん？　なんでこのタイミングでゲルダさんが来るんだ？　今日は来る予定でもなかったし、それでいうとクレナも来る予定なかったんだけど、もしや）

ロダンが目覚めた日からアレンはクレナと遊んでいない。最初はしぶしぶ納得したクレナだが、

2日、3日と経つうちに我慢ができなくなって飛び出したというわけだ。

もっと言えば、アレンと遊べなくなった分、いつも以上にゲルダは遊びに付き合わされたことだろう。農作業よりきついクレナの遊びである。ついに音を上げたゲルダが、クレナを外に解き放ったに違いない。アレンがじっとゲルダを見ているが、目を合わせようとしない。どうやら故意にクレナを取り逃がしたのだろう。確信犯だ。

「ぱぱ、あれんがつかまえたの！　すごいんだよ!!」

アレンの推察はよそに、急にやってきたゲルダにアレンの成果を褒めるクレナ。ゲルダがマジかよと言いながら、捕らえたアルバヘロンをしげしげと見る。そのあとロダンを見る。

「マジなようだな。それにしても、無理するなよ。寝ていろ。ロダン、あとは俺がやっとくがいいか？」

「あ？　そうだな。すまんが頼まれてくれるか」

（ん？　何だ？　捌き方を教えてくれるのか？　それは助かる）

「じゃあ、行くぞ、アレン」

「え？　どこに」

「村長宅だよ。このアルバヘロンを渡さないといけないからな」

「え？　渡す？」

（まじ？　魔獣は村長のものってこと？）

ちょっと来いと言われて外に出る。アルバヘロンを握って外に出るゲルダについていく。

「あと血抜きをしねえと食えなくなるぞ」

土間にあった鉈で首を切り、血をどぼどぼと家の側の用水路に流していく。

「これは、村長のものってことですか？」

「そうだ。農奴は魔獣を捕まえても、全て領主のものなんだ。そして、俺らのものになるのは６割納めた残りになるな」

（マジか。６割の徴税ルールは、農作物だけじゃないのか。勝手に捕まえた魔獣も徴収されるのか）

どうやら角の生えたウサギ程度なら見逃してくれるが、Ｄランクの魔獣になるとそうはいかず、きっちり徴税されるとのことである。角の生えたウサギは最低ランクのＥランクの魔獣である。

ショックを受ける。

「しかしだ、今回のロダンの怪我は責任の一端が村長にある。交渉する余地はあるぞ。せっかくのアレンの初獲物だ。俺ががっつり交渉してやるよ」

ロダンが怪我をした原因はもとを辿れば平民をボア狩りに参加させた村長にもあるといえる。その負い目もあるので、多少の無理でも通せるのではないか、というわけだ。

「そうだったんですね、じゃあ、こんな感じで交渉してほしいです」

アレンが交渉内容についてゲルダに提案をする。ふむふむ、なるほどと言いながらゲルダが頷く。

ゲルダが背中にアルバヘロンを担ぎ、アレンとともに村長宅に向かう。クレナの家も同じ方向なので連れて帰る。

「ねえねえ、あしたはあそべるの!?」

（ふむ、芋も掘り終えたし、午後は遊んでも罰は当たらないか）
クレナがドキドキしながら回答を待っている。ゲルダもなぜかドキドキしながら回答を待ってい
る。なお最近では遊びの終わりは４時だが、始まりは１時であったり２時であったりする。６歳に
なり、昼寝の時間が減って遊ぶ時間が増えた。
「そうだね、明日は大丈夫かな。おいで」
「わーい！」
クレナが飛び上がりながら喜ぶ。その横でなぜかゲルダが胸を撫でおろす。剣聖を育てるのは大
変らしい。
クレナを家に帰し、村長宅に歩みを進める。
住宅街に入ると、大きなアルバヘロンに視線が集中するが、そのままどんどん村長宅に向かって
いく。
「村長はいるか？」
村長の家の扉をノックし、出てきた者に用件を伝えると中に案内される。アルバヘロンを担いだ
ゲルダとともに中に入っていく。
「おお！　これは立派なアルバヘロンだな。どうした？」
前回、騎士が来た時の宴会で使った広間にアルバヘロンが置かれる。村長と恐らく身内の者であ
ろうか。２人で対応をしてくれる。
「ああ。ロダンところの倅がたまたま降りたところを捕まえてな。こうやって持ってきたわけよ」

ゲルダと村長宅に来る途中でアレンと打ち合わせた内容を、ゲルダは説明する。

「なるほどなるほど」

「それでよ、ロダンが狩りに行けねえしよ。こいつの羽根全部納めるからあと貰ってもいいよな？」

「は!?」

体に生えた羽根はペンや装飾の原材料になるとのことである。なので、アルバヘロンに限らず、鳥を捕まえたら羽根を捨てたりしないとのことだ。

「あんだよ？　それくらいいいだろ」

「いや、さすがにそれでは少ないというか……」

広間に沈黙が漂う。ゲルダも村長を睨んで、折れるのを待っているが、どうやら羽根だけでは厳しいようだ。

「しゃあねえな。じゃあ魔石も納めるよ。それでどうだ。あ～あ、ロダンところ家族４人いるからな。肉は食べさせてあげたいぜ。誰かが無茶言うから大怪我して今年は狩りに行けねえしよ」

「な!?　納める肉をもっと増やせというのは領主様の御命令だ。お前さんも分かるだろ」

（ん？　領主がもっと肉を納めてほしいから、村長は狩りに行ける人を増やしたいってことなのか？）

「ああ、そうだな。それでどうなんだ？　羽根と魔石だって言っているんだが？」

「そ、そうじゃな。まあ、ロダンには世話になっているからな。それでよいぞ」

　ゲルダがアレンをチラッと見る。初めは羽根だけを提示し、あとから魔石も追加するという駆け引きはアレンの発案だ。最初は明らかに小さいところから交渉を始め、妥協させる。

「村長ありがとうございます!!」

　アレンが笑顔で答える。

「うむうむ。ロダンみたいに大きくなるのだぞ」

「じゃあ、今後も捕まえたら羽根と魔石だけでいいってこと？」

「え？　それは」

　アレンが決めたかったのはここだ。アレンはまだまだアルバヘロンを捕まえるつもりでいる。今回決まった肉やレバーなどの内臓を全て農奴のものにするのは、通常納める6割より少ない。村長が渋る。

「な!?　おいおい、別に次捕まえても同じでいいだろ。次捕まえられたらな」

　ゲルダも加勢する。

「そ、そうだな。次捕まえられたらな。同じでいいぞ」

「ありがとう！　肉持ってくるの大変だけど。12月の徴税の時でいい？」

ついでに納め方も決めておく。今回のように丸々1体を村長宅に持ってくるのは大変なのだ。

「え？　まあそうだな。それでいいぞ、ロダンの倅よ」

　渋ってみたものの、どうせ次などないと思ったのか、村長が二つ返事で了承してくれる。

　芋を納めるための荷馬車が12月上旬にやってくる。その時ついでに羽根と魔石を納めるということで決まった。

暗くなる前に帰ろうぜと急いで帰路に就く2人。帰路の途中、さすがロダンの倅だと何度も褒められるアレンであった。

＊＊＊

アレンは1人、休耕地の中心でアルバヘロンを押さえ込んでいる。

「やばい、2体も降りてくるとは思わなかった。死ぬかと思ったぜ。まあ召喚獣は1体もやられていないから完全試合だったな」

思わず独り言を言ってしまう。

ゲルダとともに村長宅へ行った日から、3日に1度のペースでアルバヘロンを狩り続けている。どうやら上空にアルバヘロンが飛んでいる状態で3体の虫Gが挑発すれば、激怒して地面に降りてくるようだ。

虫Gが1体や2体では降りてこないし、上空に飛んでいないと降りてこない。また、対象は魔獣限定と考えられる。今のところ、タンチョウのような魔獣ではない鳥が上空にいても降りてきたことがない。アルバヘロン狩りのセオリーを魔導書のメモに書き出す。

・空にアルバヘロンが飛んでくるまで待つ

・首を木刀で押さえつけて止めを刺す
・石を投げ弱ったところで、獣Ｆ16体で囲みつつ引き倒す
・虫Ｆ２体による『吸い付く』
・降りてきたら、やられる前に虫Ｇ３体をカードに変える
・虫Ｇ３体による挑発

初戦では苦戦したものの、召喚獣の特技を把握できてからの２戦目以降は無傷で勝った。いわゆる勝ちパターンというやつである。

そして、今日に関しては、なんと２体同時に降りてきたのである。

（もう少し虫Ｆのチューを増やすかな。事故ったら怖いし）

そうこうしているうちに魔導書が淡く光る。木刀で首を押さえ込んでいたら、止めを刺せたのだ。

「やった、レベルが上がった!!」

さらに大きな声で独り言を言ってしまう。魔導書には銀の倒しましたの文字のあとに、黄色の文字が続いていた。

『アルバヘロンを1体倒しました。経験値１００を取得しました』

『経験値が１０００／１０００になりました。レベルが２になりました。体力が25上がりました。魔力が40上がりました。攻撃力が14上がりました。耐久力が14上がりました。素早さが26上がりました。知力が40上がりました。幸運が26上がりました』

（や、やばい、めっさ上がった。さすが剣聖に並ぶ能力値だな。それにしてもSのステータスとCのステータスじゃ上昇値がずいぶん違う。なるほどなるほど）

ステータスがどうなったか確認する。

【名　前】 アレン
【年　齢】 6
【職　業】 召喚士
【レベル】 2
【体　力】 39（65）+80
【魔　力】 36（60）+35
【攻撃力】 14（24）+80
【耐久力】 14（24）+16
【素早さ】 30（51）+26
【知　力】 42（70）+10
【幸　運】 30（51）+35
【スキル】 召喚〈3〉、生成〈3〉、合成〈3〉、強化〈2〉、拡張〈2〉、削除、剣術〈3〉、投擲〈3〉
【経験値】 0/2000
・スキルレベル
【召　喚】 3
【生　成】 3
【合　成】 3
【強　化】 2
・スキル経験値
【生　成】 11933/100000
【合　成】 2610/100000
【強　化】 1480/10000
・取得可能召喚獣
【　虫　】 FGH
【　獣　】 FGH
【　鳥　】 FG
【　草　】 F
・ホルダー
【　虫　】 F2枚、G3枚
【　獣　】 F16枚
【　鳥　】 F2枚
【　草　】 F7枚

（なるほど、レベルアップすると体力と魔力が全快するのか）

召喚スキルのレベルアップ時は、いつも魔力を消耗している状態なので、魔力が全回復しているのは新鮮である。

（増えたステータスは（）内に加算されて０・６掛けか。そのままレベルアップ分が増えたりはし

ないと。このあたりはシビアだな)

魔導書を見ながらステータスの増加分を確認する。

(6年かけてようやくレベルアップしたな。この世界では、レベルアップのことを神の与えた試練を乗り越えるとか、達成するっていうんだったっけか)

レベルが上がったことで思い出す。ロダンは常人よりずいぶん力持ちだ。水くみ場から自宅の水甕まで運ぶ用の桶もかなり大きい。恐らく何十体とグレイトボアを狩ってきてレベルが上がっているのだろう。

どうしたら父さんみたいに強くなれるのか聞いたことがある。そしたら、人には神が試練を与えており、その試練を乗り越えると、神が力をお与えになるとのことである。この世界では神への信仰でもってレベルアップを解釈しているようだ。

(おっといけない。そろそろやってくるから。急いで戻らないと)

慌てて2体目のアルバヘロンを先に倒した1体目のアルバヘロンに重ねるように置き、まとめて抱えて持って帰る。あまり時間がない。

「ただいま!」

「!?　おかえり」

驚かないように返事をするテレシアである。今日もアレンがアルバヘロンを捕まえてきた。それも今日は2体である。

「今日も捕まえてきたのか」

土間にいるロダンからも声がかかる。

「うん、父さん。って大丈夫？」

ロダンはこの1か月でずいぶん良くなってきた。座っていることも、立っていることもできるようになった。ただあまり長いこと立っていたり、移動したりするとお腹に痛みを感じるようだ。今は座って刈り取った小麦の藁を棒で叩いている。こうして叩いて柔らかくして、それから編んで草鞋（わらじ）や冬靴を作る。

結構大きめなこん棒で叩くので、ロダンの傷が開かないかアレンは心配する。

「ああ、アレンにばかりなんでもさせるわけには……」

ロダンがアレンの顔を見て固まる。何かの変化に気付いたようだ。

「え？　父さん？」

「いやなんでもない。気のせいだ」

（お？　何だ何だ？）

その時である。

カーン
カーン
カーン
「ああ！　いけない、クレナが来る前に干しておかないと」

そう言ってアレンがアルバヘロンを担いだまま外の細い用水路に向かう。ここにはアルバヘロンの血抜きをするための、物干し台のようなものが取り付けてある。家にある棒や板を使って作った簡素なものだ。これを使って、アルバヘロンを逆さまに吊るし、首を切って血を抜く。血は用水路を流れていく。

「あれーん」

クレナが木刀を握りしめて元気に走ってくる。

「やあ、クレナ。ちょっと待ってね。今終わるから」

クレナとは毎日遊んでいる。だいたい13時過ぎから16時の間までだ。しかし、3日に1回は狩りがあるから15時の鐘が鳴ってから来てと伝えている。それまでに捕まえて、用水路の上に吊るしておくのである。

2体のアルバヘロンの作業をしているとクレナがやってくる。

「あれんすごい！　きょうは2たいつかまえたんだ!!」

キラキラした目で作業を見つめる。クレナは魔獣に対して恐怖心がない。かなり怖がりのマッシュに見習わせたいなと思いながら2体の血抜きまでの作業を手早く終わらせる。

収穫物で少し狭くなった庭で騎士ごっこを始める。マッシュは家の窓からその様子を見ている。マッシュが外に出るのは来年の春からという話である。もうすぐ3歳だ。

(とりあえず、10体のノルマが終わったぞ)

1体を解体したら1回分のボア狩りの報酬並みの肉塊が手に入った。10体なので、これで冬は越せそうである。あとは干し肉にして薪などと交換する作業がある。

（来月になるとアルバヘロンが飛ばなくなるから今月中はなるべく多めに狩らないとな。次のレベルまで20体か。今年中にレベル３は難しいかな）

「隙あり」

ごっこ中も考え事をしていたら、コツンと頭を叩かれる。

「いたた」

「もうっ！　ぼーとしたらだめ!!」

アレンの心ここにあらずな様子に対し頰を膨らませるクレナ。ごめんよと頭を摩（さす）りながら謝るアレンであった。

＊　＊　＊

クレナとの騎士ごっこは16時過ぎには終わった。そろそろ日が沈むのが早くなってくるため、クレナは走って帰る。

お腹が大きくなっていくテレシアの手伝いをしながら夕食を作る。夕食を作り終えた頃、しっかり血が抜けていることを確認して、土間にアルバヘロンを移動させる。さすがに吊るしたまま庭先に一晩放置するのはどうかなというわけだ。

アレンがアルバヘロンを捕まえているという話は周囲に住んでいる農奴たちにも知られている。10体もの数を討伐し、家の前に吊っているのだから無理もないだろう。水くみ場で捕まえるコツを教えてくれと農奴から言われたこともあるが、降りてきたら捕まえる以上の説明はしていない。

他の人に狩りをしている瞬間を見せないようにするため、休耕地の草の生い茂る中で狩りをしているのである。当然枯れた雑草なので、中に人が入ってくるとカサカサと物音がする。誰かが休耕地に入ってくるような物音がしたら狩りは中止にしようと思うが、今のところそういうことはない。

「アレンが狩ったアルバヘロンはこれで10体目か」

「うん、父さん」

囲炉裏を囲んで夕食を食べていると、ロダンがアレンに話しかけてくる。

「すごいな」

どうやら、かなり気になっているようだ。人並み外れた力で農作業や水くみをする。かなり広い畑だったはずなのにたった2日で芋掘りを終わらせる。そして当たり前のようにアルバヘロンを狩ってくる。昔から賢い子だと思っていたが、最近はそれ以上の力を見せている。

テレシアを見る。少し不安そうにしている。何も言ってこないがかなり気になっている様子である。もう一度ロダンを見る。

「マッシュが寝たら、父さん母さんに少し話があるんだ」

横で必死に食べるマッシュを見ながら言う。

「分かった」

ロダンはアレンのその言葉だけで何か察したようだ。アレンとしても、そろそろ頃合いだと思っている。なぜ人よりも力があるのかについて話をしようと考えていたのだ。

最近では家に両親がいるので、アレンが家にいなくても、ぐずったりしないマッシュである。少し遊んであげるとすぐに眠りに就く。

マッシュに布団をかけて居間に戻ると、ロダンとテレシアが座っている。ずっと待っていたようだ。アレンもいつもの場所に座る。

「私は、アレンはアレンと思っているわ」

話が始まる前に、テレシアは何を聞いてもアレンへの思いは変わらないということを伝える。

「ありがとう。少し長くなるけどいいかな」

「ああ」

ロダンが返事をする。

「実は1歳の頃にお告げが来たんだ」

「「お告げ?」」

「そう、神様からのお告げなんだ」

「「!?」」

「アレンよ。お前に知恵と力を与えると」

「「力?」」

「うん、人より賢くなって力があるみたいな。そんな感じだった」

「ふむ」

「そして、100人をもってしても達成せぬかもしれぬ試練をお前に与えよう、与えた知恵と力でもって試練を乗り越えなさいと」

「『100人!?』」

ロダンがレベルアップのことを、試練を乗り越えると言っていた。それに合わせた表現にした。

「そんな……100人いても達成できない試練なんて、神様はなんてことをアレンに……」

テレシアが絶句する。

「そうか。今日その試練を1つ乗り越えたということだな」

「え？」

しかし、ロダンは話の内容に得心がいったようだ。ロダンがアレンの頰に触れる。

「気付いていないかもしれないが、昼飯までここに傷があったんだぞ」

頰には、初めてアルバヘロンと戦った際に受けた傷があった。組み敷かれた際に、くちばしの先で頰を切られていたのである。それが今はない。アレンは気付いていなかった。

（え？　レベルアップしたら体力も全回復する。それは古傷とかも含めて全回復するってことか）

初めて知った事実である。アレンは思い出す。ロダンが重傷を負った時、他の農奴たちは全力でグレイトボアを倒そうとした。倒せばロダンが試練を乗り越え、完治する可能性があると考えたのだ。

「たぶん、初めて試練を乗り越えたんだと思う。力が湧いてきたから」

「そうか。神のお告げだったのか。神は名を名乗っていたか？」

この世界にはいくつもの神がいる。どの神がアレンに試練を与えているのかと聞いているのだ。

「え？　えっとエルメアと言ってたかな」

「そ、創造神か。あまり呼び捨てにしたらいけないぞ。エルメア様だな」

「分かった。人前では様付けするよ」

「そ、そうだな……」

信仰心の欠片もない。

「じゃあ、鑑定の儀のことは何だった？」

鑑定の儀でアレンに才能はなく能力は全てEだと鑑定を受けた。ロダンはそれをずっと不思議に思っていた。とても才能がないとは思えないし、能力が低いとも思えないよくできた息子だ。

「それに関しては、2か月前に改めてエルメアからお告げがあったよ」

「さ、最近だな!?」

「能力については、お前の成長速度、試練を乗り越える速度を勘案した結果だから誤りはないって。才能については、新たな才能だから鑑定しきれなかったって言っていた。実際の才能については聞いていないかな」

「そ、そうだったのか」

アレンは、召喚士については言わないでおこうと考えていた。魔獣を何もないところから呼び寄せ、使役する才能である。もしかしたら、何らかの誤解を生むかもしれない。ロダンもテレシアも初めて聞くことになる才能だ。

もう少し時機を見て、改めて告白する機会を設けてゆっくり話そうと思う。

今は、神から課された１００人いても達成できないほどの試練がアレンにはある、その試練を乗り越えるため、知恵と力を与えられている、という説明にとどめておく。賢さと力について説明するためだ。

もちろん転生についても説明をしていない。転生した当初から、前世の記憶があることは隠しておくことにしている。黒目黒髪が転生の証であるなら、村の人の驚きようから考えると転生者自体がかなり少ない、もしくはいない可能性もある。狭い村の中ゆえの反応かもしれないと思っていたが、騎士団長もジロジロ見ていたことを考えると、村だけの話とはいえないだろう。

テレシアがアレンを抱きしめてくる。

テレシアの脳内に木の皮がめくれるまで石を投げ続けたアレンの姿が浮かぶ。そして、今は家族のためにアルバヘロンと戦っている。１人でずっと神の試練と戦っていたのかと思うと、テレシアは胸が痛んだ。

「も、もう少し早く聞きたかったわ」

「そうだぞ、もう少し早く聞きたかった。お前の父だからな。そうか、お前が賢かったのは神から知恵を与えられていたからなのか」

「ごめん、母さん、父さん。話すのが遅くなってしまった。僕はこの試練を乗り越えようと思っているんだ」

テレシアの瞳に動揺の色が浮かぶ。かわいい我が子が修羅の道を歩もうとしている。１００人いても乗り越えられない試練の道を。

「……そうか、そうだな。お前に創造神様が与えた試練だ。神は乗り越えられぬ試練を与えないだろう。困ったことがあれば何でも父さん母さんに頼りなさい」

しかし、ロダンは賛同する。ずっとボア狩りに携わってきたロダンにとっては、テレシアよりも神の試練が身近であった。

「ありがとう」

「この話は他の人に話したか？」

「ううん、クレナにも話していないよ」

「そうか。創造神様は絶対だ。あまり他言しないようにな」

神の声を自分だけが聞いたと言うと、それをよく思わない人がいるという。

（まあ、両親だから聞いてくれたけど。他人が聞いたら証拠もないし、神を騙っていると思われかねないしな）

「うん」

「ただな」

「え？」

「ゲルダには少し自慢してもいいか？」

「……」

「駄目なのか？」

「いやいいけど」

「そうかそうか。あいつめ、剣聖剣聖って喜んでいるからな。俺の子だって凄いところがあるってことを分からせないとな」

どうやら、親友の娘が優秀だったことになんだかんだ嫉妬していたようである。父の人間味のある姿にアレンはほほえましい気持ちになった。

第九話　武器屋の息子ドゴラ

空からゆっくり雪が降る。12月に入った。空にはもうアルバヘロンはいない。もう渡りきってしまった。

あれからアレンはアルバヘロンを狩り続けて、16体を倒した。アルバヘロンは全て解体し、先日芋と一緒に徴税された。

徴税は村の者が行うが、別に村長がするわけではない。村長に話した通り、きっちり魔石と羽根のみ渡した。噂は届いているようで本当にこんなに捕まえたのかと驚いていた。

現在庭では150キログラムほどの肉を干し肉に加工中である。最初の方に狩った肉はいい具合に干しあがっている。

「アレン準備はできたか?」

「はい、ゲルダさん」

今日は、村の住宅街に買い出しに行く。買うものは薪と塩だ。

寒い冬には薪がたくさんいる。今までなら、10月から何度かボアの肉を手に入れ、その一部を売りながら薪を買っていたので、薪はいつもそれなりにあった。しかし、ロダンが大怪我を負って、この2か月薪を買えていない。

塩も同じ状況で底をつきそうだ。薪は木こりが村の周りから刈るから売っていないことはないが、塩は行商人が余所から運んでくる。行商人の来訪が少ない年には塩の価格が高騰することもある。ある程度の貯蔵が必要なのだ。

今日は、ゲルダに買い方を教わる予定である。荷馬車のようなものは持っていないので、荷物は背負子で運ぶことになる。今はアルバヘロンの1キログラムの肉塊を10個ほど背負っている。これを売って薪や塩の買い物をする。

出かけるアレンに手を振り送り出すテレシア。横にはロダンもいる。

大怪我を負って1か月半、ずいぶんよくなったロダンである。立って歩けるようになったが、買い出しには往復2時間ほど歩かないといけない。特に帰りは荷物を持つ必要がある。そこまでは回復しきれていないのでアレンが行くことにした。もうロダンはアレンが買い物に行くと言っても駄目だと言わず、ゲルダを一緒に行かせる。

アレンの告白については、ゲルダの耳にも入っているが、接し方はあまり変わらない。何となくただ者ではないと思っていたようで、普通にゲルダの中で受け入れられたようだ。

「あれから平民もボア狩りに行っているんですか？」

「ああ？　何だよ急に」

畑作業の指導など、あれこれお世話になっているので、両親に対してより丁寧な口調になる。

「あれからどうなったか気になって」

村の中心地まで1時間もあるので、話しながら行く。ゲルダは大雑把で単純な性格なので何でも教えてくれる。

「そうだな、平民はあれから来てないな。村長も何も言ってこねえし。まあ今年は俺ら農奴だけで行くことになるだろうな」

「そうなんですね」

「ああ」

(ふむふむ、ビビってもうボア狩りに参加しない感じか)

「農奴と平民って何が違うのかな？　農奴から平民ってどうやってなれるの？」

実は本当に聞きたかったことはこれである。

「あん？　何だよ急に。ロダンから聞けよ」

「だって、そういうのを親に聞くと気まずいじゃないですか？」

両親に農奴やめたいから平民になる方法を教えてくれと聞くようなものである。それを農奴の両親に聞くと両親がショックを受けるかもしれない。家族を農奴から脱出させるために知りたかったが、聞ける人がいなかった。

ったくよっと言いながらもゲルダが歩きながら教えてくれる。

農奴と平民の違いは、税金が違う。農奴は魔獣の収獲も、農作物の収穫も全て6割納税である。しかし平民は6割納税がない。その代わりに人頭税がかかる。金額にして大人金貨3枚、子供金貨1枚である。これを平民は毎年払わないといけないとのことである。

（なるほど、両親と俺とマッシュの４人に対して人頭税がかかるってことか。４人で金貨８枚毎年払わないといけないのか。子供が来年生まれてくるから、そしたらまた人頭税が増えると）

「そうなんですね。平民になる方法はあるんですか？」

「たしか、金貨10枚納める必要があるな。あとは領主が褒美で平民にしたって話もあるらしい。本当かどうか知らんがな」

（むう、大人も子供も関係なく金貨10枚ならロダン一家は金貨50枚か）

「ありがとうございます。こんなことをアレンが聞いてきたって言ったらだめですよ」

「そんなこと言わねえよ」

ゲルダに頭をぐりぐりされる。

そうこうするうちにお店がいくつか並ぶ一角にたどり着く。村の商業地区だ。

「まずは、塩だ。分かっていると思うが薪は最後だ。重いからな」

「はい」

ウエスタン風の扉から店に入る。塩やら香料やらがカウンターの奥に置いてある。高価なのか、店先には出していない。

「肉と塩を交換してくれ」

交渉も何もなく、用件を伝える。どの肉をどれくらいだ、見せてみろと、ぶっきらぼうに対応する店主。

ゲルダも今日はアレンの案内役だけではなく、一緒に買い出しに来ている。グレイトボアの肉だと言いながら、肉をカウンターに置く。すると店主がはかりのようなものを使って重さをはかる。

「12杯だ」

「それでいい」

ぶっきらぼうな会話が続く。ゲルダが小さな木箱のようなものを渡すと、受け取った店主が大匙ほどの大きさの木のスプーンを12回、塩の入っているツボから掬い木箱に入れていく。

「ほらよ、確認しろ」

ゲルダが木箱に入った塩を軽く振り、中身を確認している。そのあと小指を使い、塩を少し舐める。

「たしかに」

木箱の蓋を閉じて紐で縛り、懐にしまう。

ゲルダが終わったので、アレンも同じように肉と交換する。

「アルバヘロンの肉です」

アルバヘロンの肉塊5個、5キログラムほどをカウンターに置く。普段耳にしない肉だったので、少しばかり反応したが、黙々とはかり始める店主である。断ったりしないのかなと思いながら待っている。

「10杯だ」

「ボアより安いんですね」

「あ？　一緒だ」

一緒らしい。肉の量がゲルダより少なかったからだった。それでお願いしますと木箱を渡す。入れられた塩をゲルダと同じように確認する。紐で縛り、懐に入らないので、腰ひもに括り付ける。

次はと、八百屋に向かう。ここでは主に果物を買う。小麦や豆、芋などは基本的に農奴同士で物々交換する。しかし、果物を育てている農奴がいない。どうやら商人がどこかの街や村から売りに運んでくるらしい。

ゲルダが干し肉1塊と、モルモの実4つを交換する。アレンも同じようにアルバヘロンの肉1塊とモルモの実4つを交換する。ここの店主のおばちゃんはかなり愛想がよかった。塩対応は塩屋だからかと、くだらないことを考える。

（それにしても、Cランクのボアの肉と、Dランクのアルバヘロンの肉は同じ価値なのか？）

ランクが高ければ、肉も高くなるだろうと思って、安く見積もられた時のために多めに肉を持ってきていたが、どうやら同じ価値だったようだ。

この村では豚や鶏を見たことがない。畜産はきっとしていないのだろう。荷馬車に馬がいるだけである。肉というだけで貴重なのかもと考察していると、最後の薪屋に着く。

一応ここまでの道中の店の場所や店員の態度、塩やモルモの実の価値など魔導書にメモを忘れない。次からは1人で行くためだ。寒い時期はこれから3か月続く。薪は3か月分買わないといけないが、今日1日で何日分も持って帰れない。

薪屋は倉庫の前に人が立っているような感じだ。倉庫の入り口から奥が見えるが、薪が野積みになって大量にある。

ゲルダが先にボアの肉と交換したあと、肉1塊渡すと4束の薪を渡される。この1束が重さ15キログラムほどあり、1日分の薪だ。1日中燃やすと1日持たない。日がある日中はなるべく節約する必要がある。

長さ1メートルの薪の束を4つ、来る時持ってきた背負子に括り付けていく。薪屋の店主もぶっきらぼうだがさすがに心配している。4つで60キログラムだ。おいおい無茶するなと店主が近づいてくるが、アレンが平気な顔をして背負うと唖然とした顔で立ち止まった。

そんな店主を気にもせず、アレンはゲルダと店を出ていった。こうして、村での買い出しの方法を知ったアレンであった。

＊　＊　＊

4日分の薪を確保した2日後。今日も買い出しに村の住宅街に向かっていた。午後にはクレナが来るので、2日から3日に一度午前中に買い出しに行こうと考えている。

16体捕まえたアルバヘロンの肉の用途については、完全にロダンやテレシアから任せられている。前回もモルモの実に交換してきたが何も言ってこなかった。マッシュが喜んで食べていた。テレシアにはお腹の子のためにもなるべくいろんな栄養を摂ってほしいと思う。

アルバヘロンの肉塊10個で10キログラムを背負子に載せ、少し厚めの小麦の藁で編んだ靴を履いていく。冬場は草履(ぞうり)だとさすがに寒い。それでも溶けた雪が靴の中に入ってくる。ぼろぼろの麻布もそうだが、結構寒い。

1時間かけて商業地区にたどり着く。商業地区と言っても村の中で何軒か店が固まっているだけだ。

（今日は、ゲルダさんいないいし、少し調べ物をするかな）

2回目ということもあり、今日は1人で来ている。

塩屋に入る。前回も買ったが、あれだけじゃまだ足りない。塩もある程度ストックが必要だ。

ぶっきらぼうな店主に肉5キログラムほど渡す。前回同様、無言のままはかりで重さを測る。無言で様子を見ていると、前回と同じ答えが返ってくる。

「10杯だ」

「それでお願いします」

木箱を渡すと、大匙を使って塩を入れてくれる。

「ありがとうございます。これは買うとおいくらですか？」

「あ？　銀貨5枚だ」

（ほうほう、なるほど）

次に八百屋に行く。前回同様、薪屋は荷物になるので最後だ。

「この肉と果物を交換してください」

「あいよ、どれにする」

（果物って何種類かあるな）

普段食べない黄色の桃のような果物を指さす。

「これは？」

「これは高いよ。ポポの実だと1個だね」

（うは！　ポポ高すぎ。いつもどおりモルモの実にするか）

マッシュのためと言いながら甘党なアレン。今回も果物を買う。

「そうなんですね。買うといくらになるんですか？」

愛想がいいのか色々教えてくれる。前回の買い出しの情報と合わせてある程度の価値が分かってきた。今分かっている情報を魔導書にまとめる。


【左記のものが同じ価値である】
・アルバヘロンの肉1塊（約1キログラム）
・塩2杯（約30グラム）
・モルモの実4個
・ポポの実1個
・薪4日分（約60キログラム）

塩や果物は行商人を介しているので、かなり割高に感じる。八百屋の店主は硬貨についても教えてくれた。先ほどのメモの横に忘れずにメモする。

【左記のものが同じ価値である】
・金貨1枚
・銀貨100枚
・銅貨1000枚
・鉄貨10000枚

アレンは相場や貨幣価値を調べようとしている。家族全員を平民にするためだ。ゲルダの話だと金貨50枚が必要らしい。

アルバヘロンの肉約1キログラムは銀貨1枚と塩屋の話で分かった。アルバヘロンから肉10キログラム取れるので、金貨50枚稼ぐために必要な討伐数を計算する。

（アルバヘロンならたった500体討伐するだけでいいのか。来年は10月から狩りまくれば数年で金貨50枚くらい達成するかな）

アレンは健一だった頃、ゲームでは常に魔獣を狩り続けていた。やり込み好きの健一にとって、500体などすぐ達成できると思っている。ゲームによっては1時間当たりの魔獣の討伐数が万を超えるものもある。

ある程度の相場が分かったので、次に薪屋を目指すと、道中に薬屋と武器屋が見える。

薬屋と思われる店の中に、薬草らしきものが見える。先日も見かけたが、ゲルダもいるので寄り道できなかった。そういえばと、中に入る。

「すみません」

「はい、いらっしゃい」

色々な草や根が店の中に飾られている。店の奥にはかなり年配のお婆さんがいる。

「魔力を回復する薬はありますか？」

「あん？　冷やかしは困るよ。そんな高価なものは置いていないさね」

ここには傷薬や解熱剤などの薬草しかないとのことである。

「そうですか」

（なるほど、魔力回復薬はあるが高価だと。ある程度稼げるようになるまでは買えないか）

アルバヘロンとの初戦では、多くの召喚獣が倒された。加護も召喚獣が倒されれば消える。強敵相手に召喚獣が倒されると、ピンチがピンチを呼ぶように弱体化するのが召喚士だ。できれば魔力回復薬があればと思って確認しに来た。

あれこれ物色していても追い出さない。金を持ってなさそうなボロ服を着た6歳の少年にもかかわらず、である。

（あまり追い出さないな。それでいうと塩屋も八百屋も薪屋もそうだけど）

恐らく店を開いているのは平民と思われるが、農奴に対して排他的ではない。

「傷薬はどれですか？」

「あん、その辺だよ」

ぶっきらぼうに教えてくれる。この世界はぶっきらぼうが多いのかなと思いながら、言われた場所の乾燥した薬草らしき草を見る。

(なるほど、メモってそういえば絵もいけるんだっけ?)

魔導書で試したことがない。乾燥した薬草の形をメモに写し取るよう念じる。すると。鉛筆で描いた絵のように魔導書に転写される。

(おお!　できた!!　何でもやってみるものだな)

検証結果用、仮説用、日記用、現実世界の記憶用といくつかの用途に分けている魔導書のメモ機能であるが、ここに写実用を加えようと思う。念のため1つずつ薬草の描写を記録していく。

今は農奴のため移動制限があり村から出ることはできないが、自由に移動ができるようになったら薬草も探しに行けるようになる。

どれが薬草かメモを見ながら調べることができるぞと考えていると、ふとロダンの命を救った薬草を思い出す。

「そういえば、ミュラーゼの花ってあるんですか?」

「な!?　そんなのないよ。あってもまけないからね!!」

急に態度が悪くなる薬屋の店主。え?　なぜ?　と驚く。

「す、すみません」

「あーいや、すまないね。あの時はひどい目にあったからね」

「そうなんですか。もしかしてひと月半ほど前の話ですか?」

（え？　父さんがミュラーゼの花で助かったって話だよね。何かあったの？）

ゲルダからは、ロダンのために薬屋でミュラーゼの花を買って使ったとしか聞いていない。

薬屋の店主から、ひと月半ほど前の話を聞く。

夕方前にゲルダという男が店に駆け込んできた。男は一番効く傷薬を売ってくれと物凄い剣幕で言う。薬屋はミュラーゼの花を出し、金貨５枚だと値段を告げた。すると男は必死の表情でこう返す。金貨３枚で売ってほしい、金は明日払う、と。

薬屋の目には、男の風体はとても金貨３枚も持っているようには見えなかった。

「もし、明日金貨３枚持ってこなかったら、奴隷に売られてでも払うって言われたさね」

親友の命を救ってほしいと、店の中で土下座をし、懇願し続けられたという。結局薬屋が根負けして金貨３枚、後日後払いで良いという話になったらしい。実際翌日には、たしかに金貨３枚を持ってきたそうだ。

「領主様の街に行けば金貨５枚なら余裕で売れるからね。行商人が今度来たら売ろうと思ったのにとんだ損をしてしまったよ」

損をした、損をしたと悪態をつく店主。そうだったんですかと答える。今は売れてなくなったが、あっても買うなら金貨５枚だよと念を押される。

話はそれだけだよと言われる。

背負子を下ろして、アルバヘロンの肉を１塊とり、カウンターに置く。

「ん？　どの薬草と交換するんだい？」

「いえ、それはお渡しします」

「あ？　どういうことだい？」

何を言っているのか分からないという顔をする薬屋の店主である。皺の多い婆さんであるが、さらに眉間に皺が寄る。

「あなたがまけてくれたおかげで、助かったのは私の父です。これはお礼です。本当にありがとうございました」

え？　という顔をする店主に対して、深々と頭を下げ、お礼を言う。

その後、買い出しに来る度に肉塊を持っていくようになったが、3回目にはもういいよと言われてしまった。


薬屋で聞いたロダンとゲルダの友情譚を噛み締めながら、商業地区を散策していく。

（隣は武器屋か？）

予定にはなかったが、薬屋の隣にある武器屋にも入ることにした。

「すみません」

「……」

どうやら返事がない系の店だ。奥の方にどこかで見たことある顔の店主がいる。

（あれ？　あの人は斧使いの子供の父親じゃなかったかな）

宴会で同じ席だった、斧使いの子の父だ。武器屋の店主だったらしい。どうやら店に入ってきた少年がアレンだと気付いているようで、じっとこちらを見ている。

しかし特に何も言うつもりはないようなので、アレンは気にせず店内を物色することにした。

（武器屋と思ったが、金物屋か。鍋や出刃包丁もあるな）

開拓村を卒業したばかりの小さな村だ。きっと武器だけじゃなく手広くやっているのだろう。田舎のコンビニが野菜などを売っているのと同じだろう。

（急ぎではないんだけど、そろそろ木刀を卒業したいな）

今回店に入った理由はアルバヘロン討伐用の武器のグレードアップだ。木刀ではたまに折れたりする。予備の木刀も念のために持って臨んではいるが、折れてからでは間に合わないため、折れたら腕で首を押さえつけて倒している。

「この短刀はいくらですか？」

「……銀貨50枚だ」

ぶっきらぼうだが答えてくれるようだ。

この黒髪の少年の父がロダンであることはこの村のほとんど全員が知っている。

そしてロダンが農奴のまとめ役であることも、当然武器屋の店主も知っている。開拓初期の頃からゲルダとともに村の開拓とボア狩りを先導しているロダンは農夫のまとめ役ともいえる人間であり、村での存在感も大きい。村の人口の7割が農夫だと考えると、その存在の大きさが分かるだろう。

本来であれば、ボロ服を着た6歳の少年が武器の値段を聞いてきたら、冷やかし以外には思われないかもしれないが、ロダンの影響もあってか質問に答えてくれている。

（なるほど、一番安そうな短刀で銀貨50枚、アルバヘロン5体分か）

「ちなみにこの木刀くらいの鉄の棒だといくらくらいになりますか？」

腰ひもに差した木刀を指してアレンが聞く。

「まあ、銀貨20枚くらいだな」

（結構な値段だな）

刃物でない鉄の棒でもアルバヘロン2体分の値段だ。

できれば買って装備を良くしたいが、自己満足のために武器を良くするのは良くない。アルバヘロンの肉は家族のためになるべく使いたい。

諦めて武器屋をあとにする。

（さて、薪を買って帰るか。市場調査もだいたい終わったしな）

2日前にも来た薪屋に行く。

「お、あの時の坊主だな。今日も薪か」

「はい、この肉と交換してください」

どうやら前回の印象が強かったようで、薪屋の店主も覚えていたようだ。4日分の薪60キログラムと交換して、背負子に括り付けていく。

薪を軽々と持ち上げる様子に「やっぱりすげーな」と改めて感心する薪屋の主人に礼をしつつ、アレンは店を後にする。自分の体重の数倍の薪を担いで帰り道を進む。今は午前中の10時前、結構な人だかりから注目される。

周囲の目は気にせずに歩いていると、行く手の先に見覚えのあるジャガイモ顔の少年ドゴラがいる。

「あ、ほんとうにいやがった！　なにしにこのへんにきてんだ！　くろかみ！」

父親である武器屋の店主からアレンが来ていることを聞いたのだろう。このあたりはドゴラの縄張りなのか因縁をつけてくる。

「ん？　薪を買いに来ただけだ」

そう言って、進行方向に立っているドゴラの横を通ろうとする。アレンは売られた喧嘩を買うつもりはない。

「おい！　むしすんなよ。にげんのか!!」

そんなアレンの態度が気に食わなかったようだ。胸を平手で突き飛ばされる。数歩後退して、薪のバランスを取る。

「ん？　何をするんだ？」

「ここはとおさねえよ。おれのこぶんになったらとおしてやるぞ」

アレンに子分になれと言うドゴラである。無抵抗なアレンの態度に勝利を確信しているのかニヤニヤが止まらないようだ。

それを聞いたアレンは無表情のまま、通行人の邪魔にならないように背負子を道の端に置く。

アレンは健一だったゲーマーの頃の記憶を思い出す。

当時健一はネットゲーマーの間でそれなりに有名だった。会社員のはずなのにネトゲ廃人だと掲示板で晒されることもしばしばあった。ネトゲ廃人とは、そのゲームに人生を捧げた者だけが貰える称号だ。諸説あるが、会社員など生活の基盤があり、社会に接している人間にはこの称号は与えられない。

当時の健一のプレイスタイルはシンプルだ。より強くなるため、レベルと装備を鍛え、より強い敵を倒す。不必要なアイテム収集や生産職には興味がない。季節もののイベントも無視だ。

となると、当然対人戦にも興味はない。対人戦をいくらやっても経験値は入らないので、強くはなれない。健一の戦うべき相手はモンスターであり、他のプレイヤーではないのだ。

しかし、ネットで晒されるほどの有名人になると有名税が発生する。

狩りに出ていると、プレイヤーキラーと呼ばれる、他プレイヤーを襲うことを生業(なりわい)とするプレイヤーから襲われることがある。愉快犯であったり、装備の剝ぎ取りが目的であったり。

そんな時はどうしたかというと、相手が中学生だろうと主婦だろうとネカマであろうと、狩りの邪魔をする者は全て倒してきた。

「お、こぶんになるのか？」

背負子を下ろすのを見たドゴラが言う。

「なわけないだろ」

そう言って、腰ひもから木刀を抜いた。両手で握り、剣先を胸の高さまで上げる。

「な!?」

丸腰のドゴラが怯む。まさか木刀を抜いてくるとは思っていなかったようだ。

「どうした？　かかってこい」

「ひ、ひきょうだぞ!!」

「戦場でも同じことを言うのか？　斧使いの騎士よ」

３年もクレナの騎士ごっこに付き合ってきた結果、騎士風の口調が板についていた。自然に出てくる。きっとクレナのおかげだ。

「ぐ!?」

「待っていてやるから、何でもいいから武器を持ってこい。斧使いの騎士ドゴラよ」

「な!?　にげんなよ!!」

すごい勢いで走り去るドゴラ。そしてすごい勢いで戻ってくる。手には何か大きなものが握られている。

武器屋にあったのか、大きなすりこ木のような丸い棒を持ってきたようだ。ドゴラはアレンに向き直ってそれを両手で構える。

「どうした、来ないのか？」

「ぬ、うおおおお！！！」

挑発され、激高したのか、ドゴラとの騎士ごっこが始まった。力任せに丸い棒を振るうドゴラ。

それを丁寧に木刀で受ける。

このアレンとドゴラの騎士ごっこをかなりの人が見ているが、みな静観している。

（斧使いか。俺がやっていたゲームでは斧戦士って呼ばれていたな。さて、騎士ごっこを始めたけどどうするかな）

何も考えずに始めてしまった。さすがにゲームではないので流血沙汰にはしない。どうしたものかと終わり方を考えながら、ドゴラの丸い棒を受け続ける。

「はあはあ、どうしたかかってこないのか!!」

受けるだけのアレンを挑発するドゴラである。ではと少し力を込めてドゴラの丸い棒に木刀を合わせていく。

12月に入り、アルバヘロンの狩りは終わった。農作業もほぼ終わって、そこまで力は必要としなくなった。ロダンも回復しつつある。

そのため、獣Ｆから草Ｆに変更した。魔力を増やしスキル経験値を増やすためだ。それでもドゴラより、そしてその辺の大人よりもはるかに力がある。

「ぐは！」

棒で受けたにもかかわらずドゴラは吹き飛ばされる。くそっと言いながら立ち上がろうとする鼻先にアレンは木刀を突き付ける。

「まだ続けるか」

「ぐ！」

どうやら参ったようだ。息も切れゼイゼイ言っている。睨みつつも立ち上がろうともしないので、道端に置いていた背負子を背負う。

「おい、斧使いの騎士ドゴラよ」

「な、なんだよ？」

「2日後の今頃にまた買い物に来るからな」

「な!?」

そう言って立ち上がろうとしないドゴラを後目に帰路に就くアレンであった。

＊＊＊

年が明け、春も過ぎ、今は残暑が厳しい9月の上旬だ。来月には7歳になる。

強い日差しが降り注ぐ中、アレンはクレナの家の庭先にいる。

「つぎはおれがあいてだ、あれん」

「おう、かかってこい、ドゴラ」

ドゴラがアレンに声をかける。大きなこん棒を握りしめ、アレンに向かってくる。

「く、なんであたんないんだ」

「何度も言っているだろ。動きを予想するんだ」

「わかっているよ！」

何をやっているかというと騎士ごっこだ。なぜこうなったかは去年の12月まで遡る。

ドゴラに喧嘩を売られた2日後、買い出しが終わると、意気込んだドゴラが待っていた。すりこ木は持ちづらかったのか、武器もこん棒のようなものに改良されている。

リベンジを狙うドゴラだったが、結局アレンの完勝で終わる。また2日後だと今度はドゴラが言う。

それがほぼ1か月、12月が終わるまで続いた。

しかしその頃には2日に1度というペースで買い出しに来たということもあり、薪も塩も十分な在庫になった。

1月からはこんなに買い出しに来ないぞと言うと、「にげんのか！」と言われる。

そこでアレンはクレナに相談し、ドゴラを騎士ごっこに交ぜることにした。クレナは遊び仲間が増えることを喜び快諾した。

翌日、ドゴラにまた戦いたいならクレナの家でやろうと伝えると「わかった！」と即答され、それからは毎日のようにクレナの家へ通うようになった。

集合場所をアレンの家にしなかったのは、クレナの家の方が住宅街に近いからだ。そして今に至るというわけである。

「たあ！　きしぺろむす！　それでおわりか！」

「うう……、やああ!!」

視線の端でクレナと村長の息子ペロムスが騎士ごっこをしている。ペロムスとドゴラは友人だったらしく、誘われて一緒に来ているのだ。騎士団との宴会で、騎士団長と同じテーブルにドゴラがいたのは、ドゴラとペロムスの交友関係があったからということらしい。

ペロムスは将来商人になるのにと、騎士ごっこにはかなり消極的である。ドゴラに無理やり連れてこられている感が半端ないと感じる。

それでも、2日から3日に一度は、ドゴラと一緒に来る。村長も動いているようだ。将来王家に仕える予定の剣聖クレナとの騎士ごっこだ。仲良く遊んできなさいと力強く送られている。逃げ場はないようだ。

この騎士ごっこに参加しているのはもう1人いる。

去年の12月に3歳になったマッシュである。テレシアから外出の許可が下りた。庭の外へもアレンと一緒になら出ても良いとのこと。クレナの家に騎士ごっこの場所が変わってから、ほぼ毎日ついてくる。

そういうわけでここには5人いる。アレン、クレナ、マッシュ、ドゴラ、ペロムスだ。

「マッシュ、やるよ」

「うん！　にいに!!」

マッシュの得物はかなり長い。剣ではなく槍を模している。

最初はアレンがマッシュ用に作った小ぶりの木刀を使っていたが、ある時「にいにのけんでやりたい」とマッシュにねだられ、アレンが使っている木刀を渡した。マッシュが使っている木刀の倍の長さはある。身の丈ほどの木刀を持つマッシュを心配しながら見守っていると、アレンは気付いた。先ほどよりも動きが良くなっていることに。

マッシュは剣よりも槍が合っていたのだ。それからはアレンが作った槍状の武器を使っている。

「やあ！」

「いいぞ、マッシュ」

（これが才能か。２年後の鑑定の儀が楽しみだな）

鋭い動きで突いてくる。槍のスキルレベルが上がっていくのか、どんどんマッシュの動きが良くなっていく。マッシュの５歳の鑑定の儀が楽しみだ。きっとマッシュにふさわしい才能が判定されると信じている。

カーン
カーン
カーン
「あ、なんだよ。もうおわりか～」

「ドゴラ、かえろう」

15時の鐘が鳴る。ドゴラとペロムスはこの鐘の音とともにいつも帰る。いつも12時の鐘の音とともに遊びに来ているので、２時間ほどの騎士ごっこだ。またなと言って去っていく。

２人が帰ったあと、もう少し騎士ごっこをして、アレンとマッシュも家に帰る。最初の頃は騎士ごっこでヘトヘトになったマッシュがおんぶをせがんできたが、最近は自分で歩いて帰れるようになったようだ。弟の成長をうれしく思う。

「「ただいま」」

「おかえり、アレン、マッシュ」

テレシアが土間から返事をする。夕食の準備を始めているようだ。背中には2月に生まれた妹がおり、その様子を見てアレンがすかさず夕食の準備を手伝い始める。

テレシアは無事、女児を産んだ。3人目の子供だ。

男の子が生まれたらロダンが、女の子が生まれたらテレシアが名前をつけるという取り決めが夫婦の間にある。女児が生まれてやっとテレシアが名前をつけることができた。

妹はミュラと名付けられた。

ロダンの命を救ったミュラーゼの花という薬草からとった名前だ。女の子が生まれたらこの名前にしようと決めていたらしい。

名前のセンスはテレシアの方があるなと思う。アレン、そしてマッシュも、魔物から名前をつけられている。

アレンの由来になったアルバヘロンはもはや馴染み深いが、マッシュの由来となった魔獣については、これまで見たことがない。今まで知る機会のない魔獣であった。

マーダーガルシュについては買い出しの際にゲルダから聞いたのだ。

なんでも塩や果物が村に来なくなる原因の1つにマーダーガルシュという魔獣の存在があるらしい。

マーダーガルシュは単独で行動し、縄張りも決まった巣も持たず移動を続ける。風貌はどうも巨大な狼のようだ。大きさはグレイトボアの倍くらいあるらしいが、ゲルダも見たことはないと言っていた。

そのマーダーガルシュが街や村を結ぶ街道に現れ、その場所に居着く場合がある。こうなったら商人や旅人は隣村や街に行くことをやめるのだという。相手はＢランクの魔獣だ。簡単に倒せる魔獣ではない。

たまにひと月以上居着いてしまい物流がストップすることもある。その時は、討伐に騎士団の派遣を要請するのだという。

この村ではないが、昔、騎士団を呼んだことがあり、その時のことが強く記憶に残っているとゲルダは話していた。なお、討伐隊がやってくる前にどこかに行ってしまったので、討伐はできなかったそうだ。

ずいぶん迷惑な魔獣のようだ。あまり、愛されるタイプの魔獣ではないなと聞いた時に思った。疲れたのか居間でごろごろするマッシュを見ながら、マーダーガルシュと違って皆から愛されて育ってほしいと願う。

「ただいま」

ロダンはもう完全に元気になり、春から農業に復帰した。今では朝の水くみも再開し、一日中農作業をしている。

アレンもロダンに習いながら、春先から農作業を行っている。しかし、午前中の数時間だ。１日畑仕事をしようとしたら、子供は外で遊ぶべきだとなぜかゲルダに言われた。その時掴まれた両肩が痛かったことを今でも覚えている。

午前中は、家事に畑仕事、昼からは騎士ごっこと、とても忙しい毎日を送っている。

囲炉裏を囲みながら皆で夕食を摂る。ミュラは離乳食が少しずつ始まったばかりだ。よだれを垂らしながら食べている。マッシュもいい運動をして腹が減っていたようだ。蒸かした芋をモリモリ食べている。

「今日は遅かったわね」

テレシアがロダンに話しかける。

以前のこともあり、ロダンの帰りが遅いとテレシアが心配するので、いつもはロダンはあまり遅くならないようにしている。今日は久しぶりに帰りが遅かった。

「ああ、ちょっと村長に呼ばれてな」

ロダンは眉間に皺を寄せながら村長とのことを話した。

村長に呼ばれたというロダンの言葉を聞いて、テレシアの顔に怒りと不安が浮かぶ。去年ロダンが大怪我をした時も、同じように村長に呼ばれていたからだ。

「な、何て言われたの!?」

テレシアは思わず問い詰めるように聞く。

スープのお椀と木のスプーンを握ったままロダンは固まる。なかなか言葉が出ないようだ。沈黙が生まれる。

しばらく沈黙が続いた後、ようやくロダンはその重い口を開いた。

「納めるボアの肉を2年で倍の20体にしてほしいと言われた。そのために、平民も農奴ももっと狩りに参加できるようにしてほしいと」

「な!? え! そんな!! きょ、去年も！！！」

テレシアの不安は的中した。動揺したテレシアが思わず大きな声を出すと、驚いたミュラが泣き出した。

テレシアは慌ててミュラをあやし出す。

「父さん、ミュラもマッシュも寝かさないといけないから、話の続きはあとで聞いていいかな？」

「え？」

ロダンとテレシアはアレンの様子に驚いた。まるで何事もなかったかのように平然としてスプーンを口に運んでいる。アレンの態度に2人も少し落ち着きを取り戻し、食事を再開した。

アレンは食事を終えるとマッシュとミュラを寝かしつける。寝入ったことを確認し、居間に戻るとロダンもテレシアも下を向いている。

木のコップに入った白湯はもうぬるくなってしまった。テレシアが不安そうに両手でコップを握りしめ水面を揺らす。

「それで、父さん。話の続きを聞いてもいいかな」

「そうだな」

ロダンが詳細について話し始める。ゲルダとともに村長宅へ赴くと、ボアの肉を2年で倍の数にしてほしいという話をされたようだ。しかも、これは村長からの依頼ではなく、領主からの命だということらしい。

領主からは、もう何年も前からグレイトボアの狩り数を増やせないかと打診をされていたらしい。

その言葉は村長からロダンとゲルダにも伝わっていた。

そうした話が出る度に、それは厳しいとロダンたちは断っていた。成り手は少なく、狩りに行く20人の農奴はいつも同じ人である。去年、平民を受け入れたように、新たな成り手を断っているわけではない。農奴にも家族がいる。ボアの肉塊が命の対価では安いと思う農奴も多い。家族も反対をする。

「じゃあ、今回も断ったのよね？」

毎年断ってきたのなら、今回も断れるのではないかとテレシアは言う。

「それがな、2年後の成果の前に、まず今年のうちに15体討伐できなければ領内から農奴を募集すると領主様が言っているらしいんだ」

領主はどうしてもボアの数を増やしたいようだ。農奴を領内からかき集めてでも狩りに参加できる数を増やす。そして、捕まえるボアの数を増やしていくという考えだ。

領内ならまだまだ狩りをしたい農奴は多いと踏んでいるのだろう。

「え？　村の農奴を増やすってこと？」

「そうだ、村の農奴を増やす。1人に割り当てた土地は少なくなるかもしれないし、もしかしたら狩りに行かない農奴からは土地を奪うかもしれない」

農奴は土地を持てない。土地を持つ権利がない。領主の判断一つで、親の代から引き継いで耕してきた土地も奪われてしまうかもしれない。

「そ、そんな！」

ショックを受けるテレシア。アレンはなぜロダンが暗い顔をしていたのかを理解した。

「ゲルダとはな、もう少し狩りの頻度を上げようって話になった。明日皆を集めて話をしようと思う」

狩りの頻度を増やすことで討伐数を上げる。ロダンはこれ以外には方法がないだろうと話した。

「それだと、来年、再来年とボアの討伐目標を増やされたら、結局農奴を受け入れる形になるかもしれないね」

ここにきて、ずっと話を聞いてきたアレンが口を挟む。

「無理に頻度を増やすと、狩りに行くのを諦める参加者も増えるんじゃないかな」

今まで10日に一度という間隔で狩りを行ってきたのにも理由がある。狩りの負担と生活を天秤にかけてのことだ。回数が増えれば報酬の肉も増えるが、その分危険になる。

「なっ……まぁ、そうなるだろうな」

ロダンは冷静に分析するアレンに思わず驚いたが、内心では同じことを懸念していたらしい。

「そのためには、結局狩りの参加者を増やさないといけないよ」

「ああ、そのとおりだ。だが、去年増やして失敗した。新たに参加したいという者がいるかも分からないし、いたとしても狩りが難しくなるだろうな」

ロダンはアレンの言葉に真面目に返す。

アレンはロダンが重傷を負ったあと、畑を耕し、家事をこなし、弟の面倒を見てきた。家族が無事に冬を越すために必死でアルバヘロンを捕まえていた。そうして家族を支えていたアレンに対して、ロダンはただの子供ではなく、対等な人間として接している。

アレンは2人の顔を見回したあと、口を開いた。

「僕には創造神エルメアに与えられた知恵がある」

(ここで、昔話した設定を口にすることになるとはな。まあ、その方が信用されるか)

「!?」

ロダンとテレシアは驚き目を見開く。2人はある日の告白を思い出す。アレンに与えられた大きな試練と、それを乗り越えるための力を。

「僕に今回の件、解決させてくれないかな。何とかできそうな気がするんだ」

アレンは今回の問題を、神より与えられた知恵でもって解決を図ると宣言したのであった。


その翌日のこと。アレンはロダンとともに、ゲルダを自宅へ呼んだ。この話はゲルダがいなければ進まない。ロダンとゲルダ、2人がボア狩りのリーダーだからだ。

「アレン、ボア狩りの参加者を安全に増やせるって本当か?」

ゲルダはロダンほど信用していないようだ。一度も狩りに参加したことのない者の、ましてや6歳の子供の提案である。

「絶対に安全とは言えないよ」

(狩りに絶対はない)

ゲルダに対する口調は最近両親に対してのものと同じになった。あまり丁寧な言葉で話しかけるなと言われたのだ。

「「な!?」」

ロダンとゲルダがやっぱり無理なのかという顔をする。

「だけど、2人が考えたやり方より安全に増やすことができると思うよ。そもそも大事な壁役を新人にさせるなんてありえないよ」

(レベルの低いやわらか豆腐防御の新人が、壁役をするって)

アレンは健一だった頃、自らのゲームのキャラクターを強くするため、数多の時間を狩りに費やしてきた。それは数万時間にもおよぶ。1人で狩りをするソロ狩り、2人で狩りをするペア狩り。狩り場所を移動する移動狩り。数多の狩り方をしてきた。場所や経験値効率によって狩り方を変えてきた。

ボア狩りは、狩場まで連れてきて、壁役が押さえて、仕留めるという簡単な手法だ。ゲームでは釣り狩りや待ち狩りと言われる手法である。

新人を入れての狩りも当然経験がある。どうすれば安全に新人を育てられるかについても無数の経験が蓄積されている。

「ああ?　もっといい方法があるってことか?」

「もちろんある。今から説明するから、それと」

「ん?　それと何だ?」

「次の狩りは僕も参加するから」

アレンがボア狩りに参加することを告げる。アレンは新人を入れてもより安全な狩りの仕方を2人に提案するのであった。

第十話　ボア狩り

10月になり、アレンは7歳になった。

「じゃあ行ってくる」

「行ってくるね、母さん」

「気をつけてね、ロダン、アレン」

ロダンとテレシアが出かける前のキスをする。そのあとテレシアがアレンを抱きしめる。結構しっかり抱きしめられる。今生の別れのようだ。

ロダンが槍を握りしめ、いつもの狩り用の食料などが入った袋を背負う。袈裟懸けに背負った荷物は、今日はアレンの分も入っているので、いつもより少し大きめだ。

ボア狩りに関するアレンの提案はロダンとゲルダに受け入れられた。今日はその提案を実施する日なのだ。ついにアレンはボア狩りの現場へと赴くことになる。ゲルダとも合流する。ミチルダに抱かれたリリィとクレナが横にいる。

「あーれーん！　わたしもいきた～い!!」

クレナがアレンの腕を握ってくる。クレナも一緒にボア狩りに行きたいようだ。ゲルダが困ったなという顔をしている。

「ははは、もう少し大きくなったらね」

「え〜あれんだけ〜〜」

「僕も見学だけだから」

アレンは頬を膨らませるクレナを宥めながら、頭をポンポンする。

今回のボア狩りではアレンは見学だけで狩りには参加しない。

アレンの提案はロダンもゲルダも呑んでくれた。しかし、狩りは駄目だと言う。小一時間かけて必死に説得したが、ロダンは駄目だ、絶対に駄目だと引かない。

なら見学だけならいいかとアレンは言うが、それでもロダンは首を縦に振らない。提案した作戦の確認のためにどうしても必要だと根気よく説得して、結局離れたところから見学するなら良いということで話がついた。

その後、いつになったら参加を許可してもらえるのかという話もした。ロダンはせめて10歳を超えなければ許さないと言う。アレンは7歳も10歳も同じだろうと思った。

農奴の子供が家の手伝いを始めるのがだいたい10歳くらいということらしい。

なお、この異世界の成人は15歳からだ。

(あと3年も参加できないのか。グレイトボアの経験値が欲しいぞ。何とかしなくては)

アレンにとっては経験値が全てである。10月に入ったのでアルバヘロンの狩りも再開する予定だが、グレイトボアの経験値も手に入れたい。見学と言いつつ何とかできないかと考える。

（ふむ、カードの調整もいい感じだな）

一応今日は見学だけだが、アルバヘロン戦も控えているので、カードの調整を狩り仕様に変更した。

7歳になり、括弧内の0・6倍から0・7倍に増えたステータスを何度も見る。

【名　前】　アレン
【年　齢】　7
【職　業】　召喚士
【レベル】　2
【体　力】　45（65）+75
【魔　力】　42（60）+35
【攻撃力】　16（24）+75
【耐久力】　16（24）+18
【素早さ】　35（51）+28
【知　力】　49（70）+10
【幸　運】　35（51）+35
【スキル】　召喚〈3〉、生成〈3〉、合成〈3〉、強化〈3〉、拡張〈2〉、削除、剣術〈3〉、投擲〈3〉
【経験値】　600/2000
・スキルレベル
【召　喚】　3
【生　成】　3
【合　成】　3
【強　化】　3
・スキル経験値
【生　成】　51418/100000
【合　成】　51410/100000
【強　化】　51400/100000
・取得可能召喚獣
【　虫　】　FGH
【　獣　】　FGH
【　鳥　】　FG
【　草　】　F
・ホルダー
【　虫　】　F3枚、G3枚
【　獣　】　F15枚
【　鳥　】　F2枚
【　草　】　F7枚

強化のレベルは3になり、その後も日々魔力消費を行い、スキル経験値を稼いできた。来年には召喚レベル4に届くだろう。

強化レベル3の効果は、加護になる2つのステータスが50も増えるというものだった。召喚獣たちの戦闘力も順調に成長している。集会所の広場を抜けると、門の前に人だかりができている。今日のボア狩りの仲間たちだ。皆槍を握っている。

「おお来た来た！」という声が聞こえる。皆がアレンを見ている。本当に来た、という声も聞こえるものの、ロダンやゲルダに反対の声を上げるものはいない。

ロダンが見学をしても良いと許可をし、ゲルダもそれに同意した。2人を信頼する農奴たちがその選択に文句を言うことはない。

そして、アレンも人並み以上の力をこの1年間示してきた。水くみや薪の買い出しを見ていた農奴も多い。レベルという概念があり、それによって人の力が数倍にも数十倍にもなるこの世界だからこそ、アレンの存在は受け入れられたようだ。

「全員集まったら行くぞ。今日は新人が2人いるからな。気合を入れろ!!」

「「「おお!!」」」

ロダンの掛け声に皆が返事をする。1年ぶりに帰ってきたボア狩りのリーダーの姿を見て、目頭が熱くなる者も多い。

まだ全員揃っていないので待つ。2人の新人は既に来ている。2人とも平民だ。去年参加した5人のうちの2人との話だ。槍を持ち、集合場所で待機している。

今まで10体だったボアの討伐数を増やす方法は2つある。

狩りの頻度を上げるか、狩りの団体を増やすかだ。

狩りの頻度が上がれば、当然狩れるグレイトボアも増える。そして、狩りの人数を増やし、同じくらいの規模の団体を２つ作れば、２倍のボアを狩れるようになる。

その両方において必要なことは、新規のボア狩りの担い手を増やすことだ。

（まずは、この２人が問題なく狩りできることを示さないとな。人を増やしていくのはそれからだ）

最初は２人から始める。そこから回数を重ね、少しずつボア狩りの参加者を増やしていく。

「揃ったな、行くぞ!!」

「「「おおお！！！」」」

今度はゲルダが掛け声を上げる。皆の威勢のある返事とともに、門の外へ向かう。

（農奴に生まれて７年。とうとう村から出るのか）

今回、アレンも外出許可を村長からとってある。ロダンとゲルダから求められたら、村長も断れないのである。今回の狩りに必要だと言ったら、怪訝な顔はされたようだ。

「おお!!」

思わず、声が出る。

数メートル先の木の門を抜けると、そこは村の外だ。門の先はあまり整備されていないがはっきりと道だと分かる。去年来た騎士団もここから来たのだろう。

世界の広がりに見入ってしまう。

「アレン、行くぞ。こっちだ」

ロダンが、固まって動かなくなったアレンに声をかける。

どうやらこの道は使わないようだ。門を抜け、回り込むように林を目指す。うっそうとした林が少し遠くの方に見える。

（これから3時間ほど歩いて、第一の狩場に着くんだっけ）

今日は一番近い狩場で新人を参加させた狩りのリベンジだ。そこまで結構距離がある。

歩きながら、ロダンやゲルダに聞いた狩り方について再確認していると、1人の青年がロダンに寄っていく。

「今日は頑張ります！」

（あれ、どこかで見たな）

どうやら平民の新人参加者の1人のようである。

「ああ、まあ今回はそんなに踏ん張らなくていいはずだからな」

ロダンがあまり力むなよと言う。

（ああ、去年見舞いに来ていた青年だ。今年も参加したのか）

ロダンが村長に新人を2人募集するように依頼したところ、彼が手を上げたようだ。前回の失敗があったからこそ、今度こそ力になりたいと思ったのだろう。彼のリベンジを、ほかの農奴たちも快く受け入れてくれたらしい。

新人2人にアレンを加えた計23人の男たちが、グレイトボアのいる狩場を目指すのであった。

狩場を目指して、林の中へと入っていく。

（それにしても、捕まえるボアの数を増やせって）

林を進みながらアレンは考える。なぜこんなにボアの数に拘るのかと。何年も前から参加者を増やしてほしいと言っていたことを考えると、何か大きな理由があるはずだ。

クレナに会いに来た騎士団長の言葉を思い出す。騎士団長は言っていた、この領は食料を増やすことに最も重きを置いていると。

ひたすら歩くだけの道中、ボア狩りを領主が推し進める理由を考える。主だった理由を３つほど考えつく。

理由１　領内に主だった産業がないから食料増加に力を入れている
理由２　棚ぼたでボアが取れるようになったから、もっと徴税を増やしたい
理由３　領内、もしくは王国内で食料が不足している

（どれも考えられるけど、単純に１とか２かな。３だと、村に果物を売りに来る行商人もいることだし、食料が足りないわけではなさそうなんだが）

アレンの思考がここにきて少し変化したことに、アレン自身はまだ気づいていない。それはきっと、転生７年目にして初めて村の外に出て、視野が広がったからだろう。

「よし、着いたぞ!!」

ロダンの声で皆が歩みを止める。

このあたりは少し広く木が生えていない。20人が狩りをしても十分な広さである。

数時間歩いてようやく一息つけるようになった。皆思い思いに持ってきた荷物から干し芋を食らい水筒に入った水を飲む。

「ペケジ、今日はどうするんだ？」

ゲルダがペケジという名前の男を呼ぶ。干し芋をかじる男がやってくる。

どこからボアを連れてくるのか、地面に棒で図を描きながらもう一度入念に相談する。アレンも一緒にその話を聞いている。

狩りのメンバーは3班に分かれることになる。だからリーダーも3人だ。ロダン、ゲルダ、そしてもう1人のリーダーがペケジである。

ペケジの班の行動が生死を分ける。

「今日は、北を攻めるようにするからよ」

ペケジの返事を聞き、ゲルダがボアが来る方向を確認する。

ペケジの班はボアを1体連れてくることが役目である。

アレンが健一だった頃にやっていたゲームでは『釣り役』と呼んでいた役目だ。目当ての敵を味方のいる陣近くまで連れてくるのが仕事である。

3班の中では最も人数が少なく、ペケジを含む3人で担当をする。じゃあ行ってくると言って3人が棒きれを握りしめ、林の中に消えていく。槍ではなく、アレンが持っている木刀のような棒きれだ。これを使って『釣り』をする。

ボアはこの林の中に点在しているが1体でいるわけではない。1体から3体でいるという話だ。

見つけたボアが1体だけならば問題はない。しかし3体まとめて連れてきてしまえば、受けきれず全滅し狩りが失敗に終わる。

1体だけ連れてこられるよう誘導しつつ、残り2体まで釣れたら林の中で撒かないといけない。

3人で連携して、1体のボアだけを連れてくる。

林の中には結構なボアがいるとのことで、わりと早く釣れる。時間もかからないという話だ。

秋になると、村の近くのこの林はグレイトボアが増える。

(この林の先に白竜山脈があるんだっけ。何か関係があるのかな)

なぜ、秋になるとボアが林へやってくるのか確認したかったが、ロダンもゲルダも詳しくは分からないらしい。

分かっているのは、この林を抜けると、その先に白竜山脈という白竜の住まう山脈があるということだけだ。ボアはもともとその山脈の麓に生息していて、秋になると餌を求めてこの林にやってきているのではないか、という説があるとロダンは話した。

(山脈が見えないな。結構遠くにあるのかな。木が邪魔で遠くは見えないけど)

「来たぞおおおおおおお！！！」

アレンの思考を遮るように、ペケジが林から駆け抜けてくる。残り2人は帰ってこない。どうやらボアは3体いたようで、2体は林の中に撒いている途中のようだ。

『グモオオオオォォオオオオ！！！』

ズウウウン！！！

グレイトボアがやってきた。ペケジを押しつぶそうとする。ペケジが大木を盾にしてそれを躱す。

大木に体を打ち付け、減速した隙に仲間の下へ駆けていく。

ここからは俺らに任せろと待ち構えるのはゲルダだ。ゲルダの班が次の仕事を行う。ここには11人ほどいる。一番人数の多い班だ。

ペケジがゲルダの下に駆けていき、そのままゲルダの班の中を一気に突っ切っていく。

ペケジの後方からはボアが全力疾走で襲ってくる。大きな牙と鼻先から頭にかけて生えた無数の角。体高が3メートルを超える巨体を揺らし、よだれをまき散らしながら突っ込んでくる。

（やっべ、すげえ迫力だ。これはビビるの分かるぞ。これでCランクの魔獣かよ）

ゲルダのさらに後方から見学する。ここまでボアの踏みしだく地響きが伝わり。その迫力に圧倒される。

「来いやあああああ！！！　皆、歯を食いしばれ！！！！」

「「「おおおおおお！！！！！」」」

『グモオオオオォォオオオオ！！！！』

ゲルダの班は囲み役である。突進するボアを槍1つで受け止めるのだ。あまり長い槍だと衝撃で折れてしまう。2メートルほどの長さしかなく、槍先が大きくなったものを使っている。ボア狩りのために改良された槍だ。

ボアがすごい勢いで突っ込んでくる。

「「うおおおおおおお！！！！」」

必死に受け止めるゲルダの班。踏ん張りがきかないと、牙や角で刺される。11人が1つになってボアの突進を止める。農奴たちは歯を食いしばる。

「おっし、止めたぞ！　囲い込め!!　ロダン出番だぞ！！！」

ゲルダの班が大きな頭を囲い込むようにボアを槍先で押さえつけていく。

「任せろ!!　行くぞ皆！！！」

「「おおおおお！！！」」

ロダンの班は6人である。左右に3人ずつに分かれてボアの横から止めを刺す。

狙うはボアの首である。首の血管を狙う。ボアは頭がでかく硬い。背中も硬い外皮に覆われている。倒すためには比較的柔らかい首元に深く槍を突き立て、急所を刺す必要がある。

陣が整ったボア狩りである。20人がそれぞれの役目を果たした。10年以上かけて練り上げた連携だ。

(よし、話で聞いた通りの状況になったな。これなら行けるか)

「じゃあ、そろそろお願いします」

「わ、分かった」

「行ってくる」

ここにきてようやく平民が動く。新人の平民は槍を持っている。アレンのいたところから、止めを刺そうと奮闘する塊に向かっていく。

ゲルダの後方にたどり着く。

「「行きます!!」」

「おう、俺らを狙うなよ！！！」

誤って刺さないように掛け声を出す平民である。ゲルダたちの壁の後ろから槍で刺す。

今回アレンの行った作戦はとても単純だ。２メートルという短い槍を使う農奴たちに対して、今回平民に用意したのは４メートル。倍の長さの槍である。これを使い、ボアを囲い込んで後方から戦う。

作戦は釣り班がボアを１体釣って、囲み班が押さえ込んで、止めを刺す班が倒すという作戦である。どこに新人を入れても運が悪ければ死んでしまう。

アレンは言った。そもそもどこかの班に入れるのが間違いである。後方から刺すだけでよいと。

新人の平民も必死に刺していたところ、ボアが一際大きな雄たけびを上げる。どうやら急所の喉元を貫いたようだ。深々と刺さり鮮血が噴き出す。力が入らないのか、動きもゆっくりになり、とうとう体を横にして倒れる。巨体が倒れ地響きを立てる。

（おお！　無事倒せたぞ!!）

完全に倒せたか確認しているところ、平民ら２人が叫ぶ。

「あああああ！　こ、越えたああああああああ!!」

「ち、力がああああ、神様ありがとうございます!!」

どうやら、レベルアップしたようである。神の試練を乗り越えたと絶叫している。槍を握りしめる手を見ながらワナワナさせている。

（ほう、やはり後方から槍でつつくだけでレベルが上がったか。ノーマルモードだからな。結構上がったんじゃないのか？　どれどれ）

自分にも経験値入ったかと確認する。魔導書の表紙を見るが、何もログが流れていない。

（くっ！　やっぱり、ここで突っ立っているだけでは経験値は入らないのか）

予想はしていたが、本当に経験値が入らないのかとがっかりする。作戦はうまくいったものの、自分に経験値が入らないことを残念がる。

こうして、アレンの作戦によるボア狩りの新人育成が始まるのであった。

＊＊＊

無事に新人を入れてグレイトボアを狩れた日の数日後。アレンは水汲みに向かっていた。

朝6時の鐘とともに家を出たが、既に農奴たちの行列ができている。

「おはようございます！」

大きな声で挨拶をする。皆を振り向かせることが大事だ。

「お！　ロダンところの倅か。おはよう」

そのうちの何人かは見覚えのある人たちだ。狩りに出かけた農奴である。

「明日も坊主は来るのか？」

別の農奴からさらに声がかかる。

「そうですね、毎回行きますよ。誰か父にアレンにも槍持たせてやれって言ってくださいよ」

父が狩りに参加させてくれなくて困っていますよ、という不満そうな顔をする。

「いや、そんなこと言ったら俺たちがロダンさんにやられちまうぜ」

水くみ場で笑いが起きる。そこに羨ましそうに話に参加する農奴がいる。

「いいよな、お前らは狩りに参加できて」

「何言っているんだ。お前も解体ばっかやってないで来いよ。明日も新たに新人２人入れるって聞いたぞ」

ロダンさんのところは倅が見学に来ているぞと付け加える。

「俺んところは、かみさんの腹が大きいからな。無茶をして１人にするわけにはいかねえんだよ」

長槍式（アレン命名）の新人育成１回目は成功という形で終わった。その結果を受けて、１回目の新人は残しつつ、新たに２名募集するのである。２名ずつ新たな参加者を増やしていき、レベルアップさせていく。

アレンの作戦により安全性は上がったとはいえ、それでも参加できない人もいる。ボア狩りは命懸けだ。

アレンも身の丈が３メートルを超えるグレイトボアを見ている。無事に帰ってくる保証などない。

「たしかにそうだな。今年は６日に一度狩りをするらしいぜ。また、参加したくなったら声かけてくれや」

「ああ、分かったよ。かみさんのために肉は必要だからな。うちは畑が小さいから解体が増えるだけでも助かるよ」

（ほうほう）

それを聞いて、解体だけの農奴に声をかける。

「すみません、おじさん、おじさん」

「おじさんって歳じゃないんだけど、何だい？」

「ちょっと手伝ってほしいことがあるんですけど」

実は、これが水汲みに来た目的だ。朝9時に家に来てくださいと言って、水を入れた桶を持って帰るのであった。

そして9時である。朝に声をかけた農奴が1人、アレンの家に来る。

「あ、こんにちは！　来てくれてありがとうございます」

「うん、別にいいよ。それで頼みたいことって何だい？」

そう言う農奴は用水路に吊るされたものに目が行く。

「ああ、それはさっき捕まえたものだから」

アルバヘロンが2体吊るされている。まだ首から血がしたたり落ちているアルバヘロンの死体に若干引いている。こっちに来てと言って案内する。

「こ、これは……」

そこにあったのは無数のアルバヘロンである。

アレンは10月に入って、アルバヘロン狩りを再開した。11月までは畑仕事ではなく、アルバヘロン狩りに集中するとロダンには伝えてある。ロダンからは特に問題ないと言われた。アレンの手伝いは助かってはいるが、当てにはしていない。

午後は騎士ごっこのため、午前中に1体から多くて3体のアルバヘロンを毎日捕まえている。なお、休耕地は常にロダンの畑のどこかにある。去年の休耕地は畑になったので別の休耕地を使っている。

去年方法は確立したので、問題なくアルバヘロンは狩れる。しかし、解体が追い付かない。1体また1体と解体できずに貯まっていく。

ロダンにも解体をお願いしようかとも思ったが、畑の仕事に加え、手が空いたら新たな新人の育成があるため家にいない。ロダンはアレン以上に忙しい。

そして、現在に至る。この5日間で捕まえたアルバヘロン12体のうち解体が済んでいるのは5体しかない。残り7体の解体を手伝ってもらおうと思った。

「なるほど、解体を手伝ってほしいと」

アレンの話は分かったようだ。

「1体ごとに肉塊2個お渡しします」

「え？　いいのかい？　そんなに貰って」

アレンは全然問題ないと返す。

先日、住宅街にある肉屋に、肉の買取りについて相談した。金貨50枚を稼ぐためだ。お金を稼ぐためなので、塩屋や薪屋ではなく、肉屋に買取りを依頼した。

その時、肉屋に言われたのが、解体からなら4割、買取りだけなら2割の肉を貰うとのことだ。物々交換と違って手数料を取られる。取らないと肉屋の儲けにならない。

そうした理由もあり、同じ農奴で肉に困っている人に解体を手伝ってもらうことにした。報酬も肉屋と同じ2割だ。解体まで済ませたほうが、住宅街まで持っていきやすいという理由もある。

（お金に替えようと思ったら1体銀貨6枚なのか。もしくは自力で解体して銀貨8枚か）

レベル上げもあるので解体は外注した方がいい。

アレンが健一だった頃も、ひたすらレベル上げをし、手に入ったアイテムは即換金していた。手に入ったアイテムを使って調合したり、武器を生成したりなどしてこなかった。狩り一筋だ。必要なアイテムがあれば、職人系の遊び方をしている人から買えばいいのである。

「ああ、このアルバヘロンは美味しい肝臓が取れるんです。5体解体してくれたら1個あげますよ」

「ほ、本当！」

足の早い内臓は売れない。家族で食べる分を確保し、クレナやドゴラ、ペロムスの家に分けてもなお余る。それなら解体を手伝った人に分けようとアレンは考えたのである。

喜び快諾してくれた農奴に、アレンは解体の方法を説明するのであった。

＊　＊　＊

日が変わった翌日。今日はボア狩りの日だ。今は林の中の狩場にいる。狩場は前回と同じ場所である。場所を変えないのは新人がいるからで、林の奥に入って突然グレイトボアに出くわすという危険を避けるためである。

釣り班が先行して林を進むため、危険はそこまでない。釣り役3人だけ林の中に入っていき、残りは狩場である待ちポイントで待機している。

新しく入ってきた2人はかなり心配そうだ。どちらも平民である。新規の参加呼びかけは農奴にも行っており、予約待ちが何人もいるとのことだ。どうやら、前回の狩りで参加した新人2人が無傷だった上に、神の試練を乗り越えた喜びから、言いふらして回ったのが効果的だったようだ。

前回同様アレンも狩りに同行している。なお、アレンは討伐に参加していないため、報酬はない。また、新人の証である長槍隊は今日4名になったが、報酬は討伐した人の半分ほどだ。この報酬の分配もアレン案だ。

2メートル槍は10キログラム、4メートル槍は5キログラム、解体だけは3キログラムというように、役割の危険度に合わせて分配している。

新人たちは今はレベル上げに専念しているが、ある程度討伐を経験させたら、それぞれに合った特性の班に移動するという計画である。

3つの班の役目である、釣り、囲い込み、止めを刺すでは、それぞれ求められるステータスが違う。

釣りは素早さ、囲い込みは耐久力、止めを刺すのは攻撃力である。

アレンはこの３つの班に分けて狩りをすると聞いた時、鑑定の儀を思い出した。皆恐らく才能なしで、能力値ＣからＥで判定されたはずである。

当然レベルアップした時はＣの方がＥよりステータスが大きく上昇する。そして、能力値は人によってバラバラだ。自分を含めた32人の鑑定の儀のデータではかなりランダムだった。

素早さがＣ判定の者は釣り班に、耐久力がＣ判定の者は囲い込み班に、攻撃力がＣ判定の者は止めを刺す班に分けるのが一番良い。ロダンとゲルダには、試練を乗り越えて神から力を授かったら、特性に合った班に分けるのが良いと伝えている。

釣り班の３名が出ていって数十分が経過する。

「ボアが来るぞおおおお！！！」

（お！　ボアが来た！）

釣り班リーダーのペケジがすごい勢いで林から出てくる。今日は３人同時に出てくるので、グレイトボアは１体でいたようだ。

（そろそろかな。いでよデンカ！）

アレンが「仕込み」をしている中、狩りのメンバーたちは素早く配置についていく。

ペケジたち３人の釣り役がゲルダたちのいる中を全力で突っ切っていく。ゲルダたち囲い込み班は受け止める。囲い込みが完了すると、ロダンたち止めを刺す班が首元を狙う。

前回同様完璧な動きである。

「新人ども来い！　俺らの背中刺すなよ!!」

ゲルダの呼び声に応えて、４人の新人が長槍で一斉に突く。

それから5分も経たないうちに、首から鮮血が噴き出す。首の血管に突き刺さったようだ。それから数分もしないうちに完全に倒れたようだ。

「乗り越えた！　また試練を乗り越えたぞ!!」

「本当だ！　これが試練を乗り越えるということだったのか!!」

初めての参加者も、前回から参加した者も、４人全員がレベルアップする。

そして、淡く光る魔導書を確認する。

『グレイトボアを1体倒しました。経験値４００を取得しました』

『経験値が２０００／２０００になりました。レベルが3になりました。体力が25上がりました。魔力が40上がりました。攻撃力が14上がりました。耐久力が14上がりました。素早さが26上がりました。知力が40上がりました。幸運が26上がりました』

（やった！　やはり戦闘に参加したとみなされたか。レベルもアップしたで！）

アレンは、狩りの最中に突進するグレイトボアの足元に虫Hを置いた。ボアに踏まれた虫Hは光の泡になり消えた。

アレンの召喚獣には召喚できる範囲がある。地平線の先など目に見える範囲ならどこでもいいというわけではない。召喚できる場所についての条件も検証済みだ。

条件は2つ。半径50メートルの範囲内であること。そして『目に見えている』場所であることだ。

半径50メートルなので、上空も可能である。鳥系統の召喚獣を召喚し、そのまま飛び立たせることもできる。目に見えている場所、というのは、例えば外から家の中に召喚するようなことはできない。つまり、ボアの足の下に召喚することはできないので、タイミングをはかってボアの足の着地点に召喚をした。

（なるほど、召喚獣が攻撃されただけでも経験値分配の対象になると。釣ったあとに槍を持たない釣り班の感じだと、魔獣に狙われただけでも経験値が入るのかな？）

　アレンは今回の考察を魔導書にメモする。

経験値分配の条件
・攻撃する
・攻撃される
・魔獣に狙われる

（こんなところか）

　ボア狩りに参加することはできなかったが、見学だけでも大きな収穫を得たアレンは満足そうな笑みをこぼすのであった。

＊　＊　＊

年が明けた1月2日。アレンとクレナの2人は平民の住宅街から自分たちの家へ向かって歩いている。

「たくさん貰ったね」

「そうだね」

嬉しそうに話すクレナ。手にはたくさんのお土産がある。

この世界にも、年明けを祝う風習がある。

今までアレンの家では何か特別なことをすることはなかったので、アレンはこの世界には正月を祝う風習はないのだと思っていた。

しかし、騎士ごっこの休憩中にペロムスと話していると、どうやら平民たちは正月祝いをしているらしいことが分かった。年明けに村の皆を呼んで宴会をするのだという。どうやらドゴラも毎年のように参加しているらしい。

今年の宴会は去年のボア狩りの成功を祝って、例年より盛大に行われた。

アレンによる長槍式の新人育成がうまくいって、15体というボア狩りのノルマは無事に達成した。それどころか、誰も大きな怪我をすることなく、目標を超えた18体の討伐に成功している。

村長は、この成功の立役者であるロダンとゲルダを宴会に誘っていたが、小さい子がいるのでと辞退されていた。そこにきての、アレンとクレナの参加である。ボア狩りを成功させた立役者の子供だけでも参加してくれて、村長も格好がついた形だ。

「ただいま！」

家に着いたクレナが土間の前でただいまを宣言する。

「ねえね！」

もう歩けるようになったリリィがクレナに抱き着く。ずいぶん仲が良いようだ。クレナが頬をモミモミしている。その横にはマッシュもいる。

「おう帰ったか」

ゲルダがいる。ミチルダもいる。そして、

「村長宅は楽しかったか？」

「おかえり」

ロダンとテレシアとミュラもいる。

「ただいま、父さん、母さん、ミュラ。楽しかったよ」

今日は、クレナ家でのお泊まり会だ。

貰った肉やら果物やらを渡す。それを基に、ミチルダとテレシアが料理を始める。お土産のおかげで、農奴とは思えないほど豪勢な食卓になった。グレイトボアの肉も、アレンが捕まえたアルバヘロンの肉もある。

団欒の中、家族なりの宴会が始まる。小さな家に大人4人子供6人はとても狭苦しい。しかしそれでも、宴会も楽しかったが、やはりクレナの家でのお泊まり会の方がいいなと思う。

アレンは宴会での出来事を話す。村長が何度もロダンやゲルダにお礼を言っていた。クレナは食事に夢中になっていてあまり覚えていないようだ。そんな中、ゲルダがもじもじしながら、会話を聞いている。

「なあ、アレン」

「はい?」

「その、アレンの後ろにあるのって、もしかして」

アレンの背後には村長宅からのお土産がある。数リットル入る程度の小さめの木の樽だ。

「え?　これ?　お酒だけど」

アレンはお酒をお土産に貰って帰ってきた。他のお土産と違って渡していない。

「「おお!!!」」

思わず声が漏れる2人である。ロダンとゲルダの目が輝く。

(ふふ、釣れたで。やはり2人とも酒好きか)

そんな2人の目の輝きを無視して、クレナと会話を始める。

「「な!?」」

「え?　どうしたの?」

お酒の話がなぜか流されたことにロダンとゲルダは動揺している。この話の流れはお酒が貰えるものと思っていたようだ。

「いや、村長からのお土産なんだろ?」

「うん、僕が貰ったお土産だし」

何言っているの?　という顔をする。

「は？　お前酒飲めないだろ！」

ゲルダが全力でツッコむ。ロダンもそうだそうだと言っている。もう酒のことしか考えていないようだ。テレシアとミチルダも何事かとアレンに注目する。

「も～しょうがないな～。僕の酒だけど、力勝負に勝ったらあげるよ」

アレンは2人を煽る。欲しかったら勝負に勝てということだ。

「「はぁ？　力勝負だぁ？」」

「でもやめとくなら、それでいいよ。お酒あげないし」

居間に沈黙が生まれる。クレナが食べ物を口に詰めて、何々って顔をしている。

「いいぜ、力勝負だな」

ゲルダが乗ってくる。やる気満々だ。腕に力こぶができる。父はどうするのかとアレンはロダンを見る。

「ああ、息子に力勝負で負けるわけないだろ」

「じゃあ、力勝負ね。僕は1人で相手するから、2人とも負けたら僕の勝ちでいい？」

「ん？　余裕だな。まあ、いいぜ」

2対1という有利な条件に拍子抜けしつつもゲルダは同意する。ロダンもその横で頷く。

「じゃあ、僕が2人に負けたらお酒をあげるね。で、僕が勝ったら何をくれるの？」

「「え？」」

また驚いて2人同時に疑問の声を上げる。勝てば酒が貰える。負けた時のことなど考えていなかった。

「え～、僕が勝ったら何もくれないの？」

「ちなみに何か欲しいものがあるのか？」

皆の視線がアレンに集まる。

「じゃあ、僕が勝ったら、今年のボア狩りで槍を持たせて」

「「は!?」」

ロダンとゲルダはここにきてようやく気付く。アレンにうまいことはめられたのだと。

アレンは村長宅の宴会で酒が出るのか事前にペロムスに確認していた。宴会のあとのお泊まり会も含めて全てアレンの計画通りだった。

「駄目なの？　力勝負だよ」

力という言葉を強調する。ただの勝負ではない。力勝負だ。

ゲルダがロダンにどうするんだという視線を送る。さすがにこれに答えるのはロダンである。

「ああ、いいぜ。俺らが勝ったら酒で、アレンが勝ったらボア狩りの参加だな」

「え？　な!?　あ、あなた!!」

テレシアがロダンの返答に驚く。乗るとは思っていなかったようだ。負けねえよとテレシアに言うロダン。

「じゃあ、決まりだな。力勝負ってのは何をすればいいんだ？」

力を使う勝負とはいうが、内容は知らされていない。

「腕相撲だよ」

「「「うでずもう？」」」

「うでずもう!!」

皆がピンとこない中、クレナが反応を示す。ゲルダとロダンに腕相撲を理解させるために、村長宅で予行演習済みである。既に腕相撲大会村長宅編は済ませている。

「じゃあ、僕とクレナで腕相撲するね。クレナ来て」

「うん!!」

アレンとクレナが土間に下りて寝転ぶ。居間は狭いのでここしかないのである。皆何をするんだと、土間の2人を見る。向かい合うように寝て、手を組む。

「これで、あとは誰かが『始め！』と言ったら勝負開始だから。じゃあ母さん始めって言って」

手を組んだまま、勝負開始の合図を教える。

「え？　始め？」

テレシアが、間延びした開始の合図をした。その瞬間、アレンとクレナの手に一気に力が入る。

しかし、アレンがそのままクレナの手の甲を地面につけて難なく勝利する。

クレナが真っ赤な顔をして力を入れる。

「あれん。つよいいい。またまけたああ」

悔しがるクレナ。村長宅でも負けているので、これで2連敗だ。

「分かった？　相手の手を地面につけたら勝ちね。腕の力で勝負するんだ」

シンプルなルールである。ロダンとゲルダもすぐに理解できたようだ。剣聖であるクレナがあっさりと負けたことにも驚いている。

（クレナは、別に力がすごくあるわけじゃないしな。レベルも1だろうし）

クレナが強いのは剣術スキルの高さであると見ている。力自体はレベルが上がっていないため、そこまで高くない。

「なるほど、分かった。どっちから勝負するんだ？」

「もちろんゲルダさんからだよ。父さんは次ね」

酒（貰いもの）とボア狩りの参加を賭けた戦いが始まる。

ゲルダが居間から土間に下りてくる。大きな体なので、2人が向かい合って寝ると体の一部が土間からはみ出す。ゲルダとの腕相撲が始まる。

（さて、勝てるかな？）

この日のために全てのカードを獣Fに変えた。レベルも6まで上げた。

アルバヘロンを何十体も摑まえたおかげで、この村でアレンを知らない者はいない。完全に目立ってしまった。

ボア狩りも全て見学した。当然ただの見学だけではない。狩り方について、農奴や平民にも指導を行っている。今年の秋にはアレン監修による新たな防具が出来上がる予定だ。

アレンは思う。生きる選択肢は2つしかない。

悪目立ちしてでもレベルをしっかり上げて生きるのか。

ヘルモードの世界で、低レベルの最弱で生きるのか。

アレンだけがヘルモードの世界だ。人並みにやっても能力値は最低。１００倍の努力をして初めて、神から魔導書を通して知らされた召喚士の能力値になる。

多少目立っても、自分のやりたいレベル上げをし、強くなるべきだとアレンは結論づけた。１つの契機は、ロダンの大怪我だ。強くならなければ、誰も守れない。

悪目立ちして王族や貴族に取り入れられるようなことがなければ、多少目立ってもかまわないと考えている。これについては、才能なしの全能力値Eと鑑定を受けているので問題ないはずだ。

ボア狩りは自らの手で勝ち取る。強い信念を持って、ゲルダを見る。決意のこもったアレンの瞳を見て、侮っていたゲルダの顔も真剣になる。どうやら本気で挑む気になったようだ。

「こんな感じでいいんだよな？」

ゲルダがアレンとともに横になり、肘を土間の床につけ、手を組む。

「うんうん、じゃあクレナ。審判して」

「わかった！！！」

クレナに審判をさせる。２人の手の上に手を当てるクレナである。正式な審判のやり方も村長宅で説明済みだ。

「じゃあ、はじめ！！！」

「「ふん!!」」

クレナの合図とともに、両者は一気に力を入れる。ゲルダの太い腕の筋肉がはちきれそうである。

「「ぐぐっ」」

アレンもゲルダも顔を真っ赤にして全力を出すのである。

「な!?」

ゲルダは思わず声が出る。7歳の少年が出していい力ではない。

勝負の行方を見守るロダン。テレシアとミチルダはアレンにこれほどの力があったのかと驚いている。

アレンが押している。とてもゆっくりであるが、少しずつ勝利に近づく。

「く、くそおおおお！！　まけたあああああ！！！」

アレンに負けたゲルダが悔しがる。テレシアとミチルダはありえないものを見たという顔をしている。

(やばい、ぎりぎりだった。この感じだと、ゲルダさんの攻撃力は150から200の間というところか)

腕をプラプラさせながら、腕の疲労を回復させる。もう1人倒さないといけない相手がいる。

ロダンが険しい顔をしてアレンを見る。

ロダンが、上半身の薄茶色の上着を脱ぐ。どうやら本気で向かってくるようだ。発達した筋肉が露わになる。毎日、朝から晩まで鍬を握って鍛え抜かれた体である。

「腕が回復するまで待つぞ」

ロダンはアレンの回復を待つ。どうやら万全の状態で勝つつもりのようだ。

「あ、ありがと」

数分かけて完全に腕を回復させる。しっかりインターバルを設けて、筋疲労を回復させる。

もう大丈夫と、本日4回戦目となるロダン戦に臨む。

お互い土間に腹をつけ横になる。肘を土間の床につけ、腕を組む。

(なんだか、初めてこんなにがっつり手を握ったな)

これまでこんなに強く手を握った記憶がない。毎日鍬を握り続けたその手は、豆ができてごつごつしている。アレンや家族のために必死に働いてきた父への感謝の気持ちが溢れてくる。

「……」

ロダンも何か言いたそうである。何年ぶりか分からない息子の手だ。

状況が整ったので、クレナが両者の握る手の上に、自らの手を重ねる。

ちらりとテレシアを見る。必死にロダンの勝利を願っている。もしもロダンまでもが負けるなら、今年の秋はアレンが槍を握りグレイトボアと戦うことになる。

どうやらテレシアから一切応援されていないようだ。

「じゃあ、いくよ！　はじめ！！！」

「「ふん！！！」」

開始の合図とともに、全力で力を入れる両者である。

ロダンの筋肉から血管が浮き出る。顔面を真っ赤にして全力で力を込める。

(うわ、やばいかも？　ま、まじか)

ロダンは思った以上の力だ。獣Fカードに全て切り替え攻撃力を150増やした。200近い攻撃力になったが、ロダンがそれ以上の力を発揮する。

ゆっくりであるが、アレンが押されていく。

そして、ほとんど見せ場を作ることなく敗北する。どうやら完敗のようだ。

「「「おおお！！！」」」

アレンが敗れて、驚きの声が上がる。剣聖クレナやゲルダを倒したアレンを、ロダンが破った。

ロダンが年甲斐もなく、腕に力こぶを作り、勝利を宣言する。どうやらアレンに勝てて結構うれしかったようだ。

(ぐは！　全然無理だ。これは攻撃力250とか300くらいあるんじゃないのか？)

自分の攻撃力を基にロダンの攻撃力を推察する。

負けたので大人しく木樽の酒を渡す。

「「酒だ！！！」」

一切遠慮なくいただくロダンとゲルダである。お互いに木のコップいっぱいに注ぐ。ロダンは勝利の美酒を美味そうに口にする。

(恐らく鑑定の儀の能力値だと、父さんが攻撃力Cでゲルダさんが攻撃力Dかな)

当然勝つつもりであったが、他にも確認しないといけないことはたくさんある。

それはノーマルモードでレベルを上げた者の強さだ。魔獣を狩ればレベルが上がる。ノーマルモードでレベルを上げた者はどの程度の強さになるのか知りたかった。

今回の腕相撲で、才能がなくても攻撃力200を超えることは難しくないということが分かった。

「ちょっと、大人げないよ!!」

ロダンとゲルダがあまりにキャッキャと喜ぶので、ミチルダが諫める。

「そうよ、アレン。父さんは強いんだから」

(ん?)

テレシアから慰められる。どうやら、攻撃力の分析をするアレンを見て凹んでいると思ったようだ。その割にテレシアは嬉しそうだ。

「そうだぞ、父さんは強いんだぞ。父さんに勝てないとボア狩りは認めないからな」

ボアを狩りたければ、俺に勝てと言うロダンである。もう酔っているのか頬が赤い。

(お! 言質とったぞ!! 秋までに召喚レベル4にすれば、まだチャンスはあるのか!! 父ちゃん酒に酔っていて覚えていないとは言わせないぞ)

「分かったよ。父さんに勝てるまで、ボア狩りは諦めるよ」

アレンは顔と言葉だけで諦めたふりをする。

こうして、親子の対決はロダンの勝利で終わったのであった。

第十一話　Eランク召喚獣

（おお！　やっと召喚レベルが上がったぞ！）

　春から夏に変わり始めた6月のある日のこと。

　樽の中で洗濯物を足で洗いながらアレンは喜びを噛み締めていた。魔導書の表紙には黄色の文字が表示されている。

『強化のスキル経験値が100000／100000になりました。強化レベルが4になりました。召喚レベルが4になりました。魔導書の拡張機能がレベル3になりました。収納スキルを獲得しました』

（また情報が多いな。とりあえずステータスの確認と）

　まず、ステータスを確認して、何が変わったか確認する。

【名　前】　アレン
【年　齢】　7
【職　業】　召喚士
【レベル】　6
【体　力】　115（165）+50
【魔　力】　154（220）+100
【攻撃力】　56（80）+50
【耐久力】　56（80）
【素早さ】　108（155）
【知　力】　161（230）
【幸　運】　108（155）+100
【スキル】　召喚〈4〉、生成〈4〉、合成〈4〉、強化〈4〉、拡張〈3〉、収納、削除、剣術〈3〉、投石〈3〉
【経験値】　0/6000
・スキルレベル
【召　喚】　4
【生　成】　4
【合　成】　4
【強　化】　4
・スキル経験値
【生　成】　256/1000000
【合　成】　120/1000000
【強　化】　0/1000000
・取得可能召喚獣
【　虫　】　EFGH
【　獣　】　EFGH
【　鳥　】　EFG
【　草　】　EF
【　－　】　E
・ホルダー
【　虫　】
【　獣　】　F10枚
【　鳥　】
【　草　】　F20枚
【　－　】

（収納スキルが追加されているな。ん？　何だ？　収納スキルは数字がないぞ。能力は固定ってことか？　スキル経験値の欄にもないしな）

まず、目につくのは新しく手に入れた収納スキルである。どうやらスキルレベルのないスキルのようだ。

洗濯物を庭に干しながら、さらに分析を続ける。

（収納スキルの効果はこれから確認するとして、あとは……おお！　やっぱり召喚スキルのレベルが上がってEランクの召喚獣が解放されているな。また【二】になってるってことは、これは召喚しないと分からないと）

また合成で新たな召喚獣を探す必要があるようだ。今回は魔力が前回のFランクの召喚獣の時よりかなり多いのでさくさく見つけることができそうだ。

（それにしても、さすがヘルモードだな。前回のレベルアップはいつだったか）

召喚レベルが3になった時期を確認する。どうやら1年10か月かかったようだ。ランクが上がる度に召喚レベルを上げるのがどんどん難しくなっていく。さすがヘルモードだ。

次に魔導書の召喚獣のカードを納めるホルダーを確認する。

（おお！　40枚のカードを保管できるようになっているぞ！）

召喚獣の加護はカードの枚数の分だけ加算される。これで30枚から40枚と、10枚分の加護が増えたことになる。

加護は＋1、＋2、＋5とどんどん大きくなっていっている。Eランクの召喚獣となると、もっと大きな加護が期待できる。そのEランクの召喚獣を40体カードにするとかなりのステータス増加が見込める。

（うほほ、これで父さんに腕相撲で勝てるか！　ボア狩りに余裕で間に合ったぜ。いつ頃挑戦する

かな。狩りの前日にあっと言わそうかな）

アレンは想像以上の結果に洗濯物を抱えながら思わず小躍りする。

（さて、あとは収納とEランクの召喚獣の検証か。どっちを検証するかな。相変わらず魔力が全くないし、新しく手に入った収納スキルから確認するか）

全ての洗濯物を干し終わったので、収納スキルを検証する。

（収納！）

やり方が分からないので、とりあえず念ずる。魔導書は思考とかなりリンクしているので、スキル名を念じると基本的に反応する。

魔導書が開く。いつもは開かないページだ。

（ん？　凹みがあるぞ。何だ？）

魔導書の見開きの中央に縦横30センチメートルの凹みがある。それを見て、アレンは不思議に思う。凹みの深さが明らかに魔導書の厚さ以上に深い。それどころか向こう側が見えないのである。

（なるほど、ここに何かを入れるのか？）

何を入れようか考える。とりあえず、地面に落ちた枝を入れてみることにした。実は全てを呑み込む異空間かもしれない。恐る恐る枝を魔導書に近づける。

すると抵抗もなく枝が入っていく。

（ほうほう）

引っこ抜いてみる。呑み込んだ部分が普通に出てくる。

次に投石用の野球ボールほどの石ころを入れてみる。普通に入る。完全に凹みの中に納まった。

（ちょっと怖いけど、手を入れてみるか）

手を入れて、石ころを摑もうとする。

（おお！　イメージだ。これは中に入っているもののイメージが伝わってくるぞ）

手を突っ込むと、収納したものがリストのように頭の中に入ってくる。

それから、どれだけ入るのか、長さに問題はないのかあれこれ確認し、魔導書のメモに書き起こしていく。

・石ころ10個
・1メートル以上の木（草Fのアロマ）
・薪20日分（３００キログラム）
・水

（何だこれ？　無限に入るんじゃないのか？）

検証結果はとんでもないものだった。30センチメートル四方の大きさの凹みに入るなら、どうやら何でも入るようだ。今のところ入れすぎたから入らなくなる、もしくは元あったものが消えるようなことはないようだ。

検証のために入れすぎた薪を戻しながら考察する。

「アレ～ン、ごはんよ～」

検証に熱中しすぎたようで、気づけばもうお昼だ。土間にいるテレシアから声がかかる。

「は～い、母さ～ん」

（おかしい。おかしいというか、これは不自然というか不可解だ。なんで今なんだ？）

検証結果に違和感を覚える。釈然としない。

アレンは健一だった頃の記憶を遡る。アイテムをどれだけ持てるかは、ゲームをする上で最も大事な条件のうちの1つだ。

例えば、ゲームによっては、所持できるアイテムの個数が10個や20個と固定されており、それを超える場合は、預かり所に持っていかないといけない。

他にも、アイテムにそれぞれ重さが設定されており、一定の重さまでしか持てないというゲームもある。

また職業やレベルによって持てる重さの上限が変わるということもある。

逆に、無限にアイテムが入る巨大な袋を最序盤に貰えるゲームもあった。

アレンの疑問は、なぜこの中途半端なタイミングでこんな神性能のスキルが手に入るのかということだ。魔導書が手に入った1歳の時なら分かる。いっそのこと手に入らないでも納得できる。

それが、こんな半端なタイミングで手に入るというのはおかしい。

あまりにも熱中していたのか、またテレシアから声がかかる。昼飯を作る手伝いもあるので、慌てて土間に戻る。昼飯を作りながら思考は加速する。

ゲームでは、重要なアイテムは必要な時に必要なものが手に入るものだった。鍵、空飛ぶ絨毯、船など、それがないとゲームが攻略できないからだ。必要な時に必要なものが手に入る。それは制作者がそのように遊べるように誘導するからだ。

（これは、何か理由があるんだ。今じゃないと駄目だったんだ）

アレンは確信している。なぜなら、このスキルの設定をしている制作者は、この世界の創造神であるからだ。

翌日、洗濯物を洗いながらスキルの検証の続きを始める。

（さて、魔力も満タンだし、次はEランクの召喚獣に挑戦だ）

洗濯物を大きな桶の中で踏みつつ、魔導書を見ながらEランクの召喚獣の検証をすることにした。

（虫と獣は生成スキルで作ることができるはずだ。まずは、虫Eから挑戦だな。虫E生成だ！）

今まで通り、虫Eができるように念じる。

しかし、何も出てこない。いつもなら目の前に光とともにカードが現れるはずだ。

（ふぁ？　何で？　魔力が足りんかった？　魔力２３３もあるんだけども？）

何年も前、生成レベル２に必要な魔力が足りなかった時を思い出す。しかし今は魔力が十分すぎるほどある。足りないはずがないと思い、魔導書の表紙を見る。

そこには、銀色の文字でログが表示されていた。

『虫ランクEを生成するために必要な、Eランクの魔石が足りません』

「ぶっ!?」

思わず吹き出す。あまりの驚きで木桶の外に転び出そうになる。

(ま、魔石!? Eランクから魔石がいるのか?)

魔導書の表紙のログによれば、Eランクのカードを生成するために、Eランクの魔石が必要なようだ。

アレンはEランクの魔石が子供部屋にあったことを思い出した。急いでミュラが眠る子供部屋に向かうと、音を立てないように床板を剝がした。すると大量の銀貨の入った袋の側に小指の先ほどの小さな魔石が転がっていた。角が生えたウサギの魔石だ。

魔石はほぼ球形で、アルバヘロンの魔石は親指の1節ほど、グレイトボアの魔石はピンポン玉ほどの大きさがある。

残りの大量の銀貨はアルバヘロンの肉を売って手に入れたものだ。銀貨は342枚ある。

また、木桶に戻り洗濯を続ける。魔石を握り、先ほどと同じように生成スキルを発動させようと念じる。

(よし、今度こそ。虫E生成!)

しかし、何も起こらない。またかと思い、魔導書のログを確認する。先ほどと同じく、Eランクの魔石が不足しているという表示だ。

(ん? 魔石持っているんだけど? 持つ? なるほど!!)

アレンは解決策を閃き、魔導書の収納のページを開く。

(もしや、ここに入れろってことか?)

とりあえず、全部の魔石を入れてみる。

（これで良しと。で、改めて、Eランクのカード生成！）

すると目の前に虫Eと表示されたカードが現れた。

（おお!!　できた。なるほど、収納はこうやって使うのか。ふむふむ、Eランクはチョウチョか。ちょっと召喚してみるかな）

早速試しに、カードから召喚獣にしてみる。

カードが光り、虫Eの召喚獣が出現する。

「ぶっ!?　でかい戻れ!!」

1メートルを超える巨大な蝶々が現れたため、慌ててカードに戻す。アゲハ蝶をかなり大きくしたものが宙に浮いていた。細部を見る余裕もなかった。

（やばいな、Eランクは1メートル以上あるかも）

もう庭先で気軽に召喚できないなと思う。家に家族もいる。バッタの大きさ程度だった頃から、召喚獣のレベルが上がる度に大きくなっていっている。

（よし、じゃあ、獣Eも作ってみるか。おお！　これはサーベルタイガーだ!!　犬からサーベルタイガーだ。一気に強くなったぞ!!　虫と獣は終わったから、あとは合成かな。合成もしてみるぞ）

魔導書の合成のページを開く。そこにも変化があった。

以前までは見開き左側に合成元になるカードを2枚入れることができる凹みがあった。そして、右側には完成したカードが現れる凹みが1つである。

しかし、右側の凹みは変わらないが、左側の凹みが3つある。

左側の凹みは、カードがすっぽりはまる大きさの凹みが上に2つ。その下に何かを置くような凹みが1つ。どうもカードの大きさではない。

（え？　もしかして、合成にも魔石がいるの？　虫と犬に魔石使ったんだけど）

嫌な予感がする。とりあえず、虫Eと獣Eを左に置いて、鳥Eを合成しようと思う。ランクが変わっても合成パターンは同じだ。

合成と心の中で唱えてみるが、何も起こらない。どうやら本当に魔石が必要なようだ。

虫Eと獣Eのカードの下の凹みに1つの魔石を置いてみる。

（合成！）

合成の材料に魔石を追加して、合成と心の中で唱えると、1つのカードが出来上がる。

（やはり、魔石が1個いるのか。まじか。これは魔石がかなり必要になるな）

生成にも魔石が1ついる。合成にも魔石が1ついる。鳥は1回の合成で済むが、草は2回合成が必要だ。

「アレン、そろそろお昼よ〜」

「は〜い、母さん」

かなり熱心に検証していたのか、ずいぶん時間が過ぎてしまっていたようだ。

土間に入るとテレシアがいる。居間には、マッシュとミュラもいる。ミュラがアレンを見てキャッキャ言っている。ミュラも茶色の髪に緑の瞳だ。1歳3か月になり、ハイハイで家の中を動き回れるようになった。

　アレンが同じ1歳くらいだった頃は、テレシアはアレンが寝ている時に畑仕事をしていた。ミュラが1歳を過ぎたので、テレシアは同じように畑仕事をしようとしていたが、アレンが自分がやるから無理をしないでと止めた。

　アレンがテレシアと一緒に昼飯を作っている。軽い昼飯だが、家族5人になるとそれなりの量だ。

「ただいま」

　ロダンも帰ってくる。朝から10時近くまでアレンも一緒に畑仕事をしていたが、途中で洗濯のために先に家に帰っていたのだ。

　毎日の団欒である。ロダンが芋をかじりながら呟く。

「そろそろ、家族も増えたし、部屋を大きくするかな。アレンも1人部屋が欲しいだろ」

　どうやら今ある子供部屋は小さいのではと思っているようだ。

「え？　いや今のままでいいよ。お金ないし」

「いやあるだろ。お前が稼いでくれたじゃないか」

　これで部屋を作るのに必要な材木が買えるぞと言うロダンだ。

（おいおい、せっかく平民にするために稼いでいるんだから、そんなことに使わないでくれ）

　アルバヘロンの肉は全て売った。その金額は銀貨３４２枚にもなった。もちろんお金は家長であるロダンのものだ。全部渡している。

　しかし、家族全員を平民にするためには、銀貨５０００枚がいる。まだまだ足りない。とても贅沢はできない。

　ロダンにもテレシアにも平民にするために貯めているとは言っていない。

「いや、ほら、また大怪我したり、ミュラが病気になったりした時のためにとっておこうよ」

　まだ1人部屋はいいとロダンに伝える。

「そ、そうか?」

　まあ、もう少しアレンが大きくなったら考えも変わるかと、無理して部屋を大きくしないようだ。

「そういえば、父さん。村の堀って完成したんだっけ?」

「堀?　ああ完成したぞ。お前も手伝ったじゃないか」

（やっぱか、やばいな）

　この村には木を組んだ塀がある。しかし、隙間があるので角の生えたウサギのような低位の魔獣が入ってくることがままあるのだ。弱い魔物とはいえ、小さい子供には脅威である。

　何年も前から、塀の周りの土を掘って、堀を作ろうとしてきた。魔獣が入らないようにするためだ。

　主に畑仕事のない1月から3月の間に農作業のない農奴が参加している。アレンはロダンとともに今年参加している。

　その堀が完成したため、村にEランクの魔石をもたらす、角の生えたウサギが入ってこられなくなったというわけだ。

（やばい、クレナんところ、魔石とっているかな）

アレンはあわてて魔石を手に入れる方法を考えるのであった。

「まじか」

アレンは1人、休耕地の中でつぶやく。Eランクの召喚獣の分析を続けて3日になる。

3日目にして、やっとEランクの召喚獣がそろった。

この3日は、魔石収集に明け暮れていた。

魔石は魔獣の中にある。どうも魔獣の心臓近くにあるらしい。これは村長の息子ペロムスに聞いた。ペロムスは博識で、アレンと違って何でも知っている。

魔石の使い道を聞くと、魔道具の動力源に使われているということが分かった。領主のいる街では街灯のような魔道具があるらしい。

ただこの村には魔道具がなく、魔石には一切の需要がないらしい。DやCランクの魔石なら領主のいる街に運ばれていくが、Eランクはほぼゴミだ。銅貨1枚もしないとのことである。

その結果、角の生えたウサギを捕まえても、魔石を貯めておく人もいれば、捨てる人もいる。ゲルダは後者であった。ゴミのように庭に捨てていた。いくつかクレナの家の庭先で拾うことができた。

Eランクの召喚獣を全て生成や合成するのに、アレンとクレナの家の魔石では足りなかった。そこで朝の水くみに来ている農奴に声をかけてようやく全ての召喚獣が出そろった。あまり価値のない魔石であるし、アルバヘロンの解体を手伝ってくれた農奴たちが快くくれた。

アレンはどうしても確認したいことがあったので休耕地の青々とした茂みの中にいる。この茂みより召喚獣の方が大きい。

外からも丸見えであるが、そんなことなどどうでもよくなるようなもっと重要なことで頭の中が満たされている。

「これが制作者の意図か」

目の前の召喚獣を触りながらかを理解した。

ゲームというものには、制作側の意図がある。この職業はこのように育ててほしい。戦闘ではこのように役立ててほしい。そういった意図が必ずある。例えば、剣士のステータスは攻撃力や体力が高いので、他の皆を守る盾になってほしいというような。

その制作者側の意図に敢えて反して遊ぶ者もいる。ネタプレイと言われる遊び方だ。魔法使いなのに本来苦手なメイスで物理攻撃をメインにするなどだ。意図通りのプレイかネタプレイかで、どちらがより強くなるか一目瞭然である。

制作者側の意図をくみ取ることは、ゲーマーにとって必須だ。

これが通常のゲームなら攻略サイトなり、口コミなりで調べることができる。しかし、ここは異世界だ。自分で考えないといけない。

ずっと、召喚士とは何だろうと考えてきた。7年間考え抜いてきた。自らの職業だ。どんな戦闘スタイルだろう。どう戦えば、より意図をくみ取り、力を発揮できるのかということを考えてきた。

召喚獣を戦わせるだけではない。これはHやFランクの召喚獣の特技を見たら理解できた。しかし、それだけではなかった。制作者の意図がEランクの召喚獣を揃えることによってとうとう理解できた。もしくは、理解に近づいてきた。

制作者側である神の意図を知り驚愕した。

Eランクの召喚獣である。

・虫（E蝶々）のステータス
【種　類】虫
【ランク】E
【名　前】アゲハ
【体　力】25
【魔　力】0
【攻撃力】20
【耐久力】50
【素早さ】50
【知　力】24
【幸　運】28
【加　護】耐久力10、素早さ10
【特　技】鱗粉

・獣E（サーベルタイガー）のステータス
【種　類】獣
【ランク】E
【名　前】タマ
【体　力】50
【魔　力】0
【攻撃力】50
【耐久力】20
【素早さ】35
【知　力】28
【幸　運】21
【加　護】体力10、攻撃力10
【特　技】ひっかく

・鳥E（鷹）のステータス
【種　類】鳥
【ランク】E
【名　前】ホーク
【体　力】23
【魔　力】0
【攻撃力】22
【耐久力】24
【素早さ】50
【知　力】50
【幸　運】27
【加　護】素早さ10、知力10
【特　技】鷹の目

・草E（枝豆）のステータス
【種　類】草
【ランク】E
【名　前】マメタロウ
【体　力】21
【魔　力】50
【攻撃力】20
【耐久力】22
【素早さ】20
【知　力】13
【幸　運】50
【加　護】魔力10、幸運10
【特　技】命の草

・石E（土壁）のステータス
【種　類】石
【ランク】E
【名　前】カベオ
【体　力】50
【魔　力】20
【攻撃力】33
【耐久力】50
【素早さ】20
【知　力】23
【幸　運】28
【加　護】体力10、耐久力10
【特　技】硬くなる

あまりの衝撃に、頭が真っ白になった。意識を戻し慌てて石Eの召喚獣をカードに戻す。

魔導書の各召喚獣の特技に注目する。

（これはもう系統によって、明確な役割があると見ていいだろう）

メモを使いながら召喚獣の系統別の役割について整理する。

・虫系統
【特技】挑発、吸い付く、鱗粉
敵を挑発し怒らせる、攻撃力を下げるなどの効果から、相手にデバフ効果を与える役割だろう。

鱗粉も名前から錯覚や麻痺、眠りなどの効果を敵にもたらすと予想できる。

・獣系統

【特技】穴を掘る、噛みつく、ひっかく

唯一の攻撃主体の系統である。高い体力と攻撃力で敵を攻撃する。魔獣を倒すメインは獣になる。攻撃型の召喚獣は基本的に高ランクのものを使うことになるだろう。

・鳥系統

【特技】声まね、伝達、鷹の目

声まねは他人の声もまねることができる。また話す内容も自由に指示できる。敵陣への侵入の際に役に立つだろう。伝達があれば、遠くの人に情報を伝えることができる。鷹の目は恐らく索敵系の特技だろう。諜報及び情報収集が主な使用方法になる。

・草系統

【特技】アロマ、命の草

回復を主体とする系統である。命の草は名前から体力を回復するものと予想できる。これからも回復系の特技が追加されると思われる。

・石系統

【特技】硬くなる

石の召喚獣の後ろで敵の攻撃を避けることができそうだ。防御を主体とした守りの系統である。

Eランクの特技の検証はまだこれからだが、系統別の特技によってさらに予想が容易になってきた。

全ての召喚獣には役割があった。ステータスもその役割を果たすために、最も必要な2つのステータスが高いのである。

(攻撃、守り、デバフ、回復、索敵などあらゆることができるのが召喚士なのか。今後追加される召喚獣の系統はきっと、今できないことが可能になるんだろうな)

召喚士は1人であらゆる職業をこなしている。剣士のように攻撃もできる。僧侶のように回復もできる。盗賊のように斥候(せっこう)もできる。そして今できない職業についても今後新たな系統の召喚獣が追加され解決されるのだろう。

これが制作者である神が意図した召喚士の職業。アレンはそう理解した。

魔導書を開く。そこには収納スキルがある。異空間に繋がっており、薪がいくらでも入るのだ。縦横30センチメートルの入り口に通せるものなら無限に収納できるかもしれない。

(今後は大量の魔石が必要だからな)

それぞれの系統別の召喚獣に必要な魔石をメモに書き出す。

・虫系統　1個
・獣系統　1個
・鳥系統　3個

・草系統　５個
・石系統　９個

あとから追加された系統の召喚獣の方が、より多くの魔石が必要な仕様のようだ。石の召喚獣で今回解放された40個のホルダー全て満たそうとするなら３６０個もの魔石がいることになる。

（何十、何百の魔石を持ち歩くわけにはいかないから、収納スキルが解放されたのか。魔石もどんどん大きくなっていくしな）

考察を続けるうちに、ふと脳内にある光景が浮かび上がる。

それは召喚士を極めた自分の姿だ。無数の召喚獣たちがアレンの周囲を囲んでいる。どんな状況下でも、どんな敵とも戦える無双の軍勢だ。全ては召喚獣が行ってくれる。全ての敵を蹴散らし進軍する最強の軍団。

「無双の軍勢か。これが魔王を超えると言われる召喚士の力なのか」

思わず、声に出してしまった。

どうやら今まで以上に召喚士という職業を極めることに全力を注げそうだ。

アレンは制作者である神の意図を少し理解したのであった。

＊　＊　＊

今は9月の中旬である。まもなく夏から秋に変わる頃だ。

「もう準備はできたか？」

「うん、父さん」

ロダンに声をかけられ、返事をする。今日は朝からお出かけの日だ。昨日村長の使いが来て呼び出しを受けた。ロダンだけかと思ったが、今日はアレンも来るようにとのことだ。用件は聞いていない。

いつものことながら、テレシア、マッシュ、ミュラはお留守番だ。ロダンとアレンは玄関で見送られる。

「よう、ロダン。やっぱお前も呼ばれたか」

道中でゲルダに出くわす。どうやらゲルダも村長に呼ばれたようだ。

（ゲルダさんもか。まあ俺が珍しいだけで、基本村長は父さんとゲルダさんに声をかけるみたいだからな）

2人は農奴のまとめ役なので、何かあれば村長から声がかかるようだ。

村長からの依頼はボア狩りだけではない。どこぞの農奴と農奴が喧嘩したから仲裁してほしいなど、雑用を頼まれることも多い。なお、ゲルダはすぐ拳で語ろうとするので、喧嘩の仲裁は専ら（もっぱ）ロダンの役目だ。

「ゲルダは用件聞いてんのか？」

「いや、俺も来いって言われただけだな」

ゲルダもどのような用件で呼ばれたのか聞いていない。

（この３人ってことはボア狩りかな。来月からのボア狩りについて何かあるのかな？　去年の話だと、去年は15体、今年は20体倒せってことだったよね。話が変わってくるのか？）

３人で歩きながら考える。

この３か月、村中で魔石集めを頑張った。

水くみでの農奴たちへの声掛け、クレナの家の庭先での魔石探し、ドゴラやペロムスにも声をかけた。店屋にもいらないEランクの魔石はないか、村中で辛抱強く声をかけ２００個以上の魔石を集めることができた。

今は草Eを多めの構成にしている。魔力を増やして早く召喚レベルを5にするためだ。召喚レベル５にするためにはスキル経験値が３００万いる。

来月もボア狩りに行くべきか迷っている。経験値だけを求めているなら行った方が良い。しかし、少しでもお金を稼ぎ農奴から脱出するためなら、家でアルバヘロンを狩った方がいいのだ。

経験値稼ぎを優先すべきか、金策すべきか悩んでいる。そのため、腕相撲の再戦はまだしていない。今回の呼び出しも再戦するかの判断根拠の１つにしようと考えている。

そんなことを考えていると村長の家に着く。家に入ると村長の部屋に案内された。

「おお、来たか。待っていたぞ」

村長が手を広げて出迎える。

「で、村長、何だよ。アレンも呼んで」

（そうだぞ、俺はいるのか？　防具が完成したから、その説明か？）

「まぁ待て」と言いながら村長が手を挙げると、卓に茶と茶菓子が出てきた。

（お菓子だ。めっさ美味いがな！！）

この世界に来て、初めてのお菓子だ。小麦と砂糖で作ったと思われる焼き菓子をアレンがボリボリと食らう。アレンは甘党だ。

だがロダンとゲルダの眉間にはしわが寄る。いつもならお茶は出ても焼き菓子なんて出ないからだ。

「で？　何で呼んだんだ？」

ロダンは村長を問い詰めるように聞く。

するとお茶を飲み、一息ついて村長が言う。

「実はな、来月に領主様がクレナ村にお越しになるのだ」

「「え!?」」

「それでな、ボア狩りを見たいとおっしゃってな」

昨日、領主の使いからこの話があったと村長は言う。

「領主様の前でボア狩りをしろということか？」

「そのとおりだ」

ゲルダの質問に即答する村長。ロダンもゲルダも本当かと食いつく。アレンは来月で生まれて8年になるが、領主が村に来たという話を聞いたことがない。村ができて13年にして初めてのことかもしれない。

(何だ？　何だ？　急展開だな？)

「来月のいつ頃いらっしゃるんですか？」

「10月半ば頃と聞いている。やはり、ふむ」

(ん？)

アレンの言葉に何か反応する村長。アレンはそれに気付き、不審がる。

「それで、どうしろっつうんだ？」

「もちろん、ボア狩りは失敗せずにしっかりやってほしい。領主様の前だからな」

失敗は許されないと念を押す村長だ。

「それで何で俺の子供まで呼んだんだ？」

領主が来ることは分かった。しかし、この場になぜアレンを呼ぶ必要があったのかと訝しむロダン。

「それはな、領主様に付き添って、ご案内する者が必要だと使者に言われてな」

と、村長がアレンに目を向ける。

「「な!?」」

「え？　僕？」

ロダンもゲルダも驚愕する。

「おいおい、子供がいいならお前のところの息子がいるだろ？」

「いやうちの息子は奥手というかな、あまりそういうのに向いていないのだ。前日の晩餐から対応してほしいと思っている」

どうやら狩りの説明をするだけではないらしい。

（むむ、そのための茶菓子だったのか。お菓子ごときで丸め込もうだなんて、こんなので買収なんかされないいんだからね！）

そう思いつつ、さらにもう1つ茶菓子を食べる。

「んむぅ」

ロダンは了承すべきか悩んでいるようだ。答えるのはアレンではなく、父親のロダンだ。相手は領主だから何かあったら大変だ。

「聞いているぞ。例の防具も狩り方もアレンが考えたのだろう。それに言葉遣いもしっかりしている。案内役にぴったりではないか」

畳みかける村長。

悩むロダンを見ながらアレンは思う。

（領主とか興味ないな。だけど）

アレンは身分に興味がない。召喚士を選ぶ際にも農奴ということで躊躇することはなかった。

農奴を脱却して、貴族になりたいとは欠片も思っていない。

逆に貴族になんてなってしまえば、不自由になりレベル上げができなくなるので、むしろ全力で避けたいと思っている。国に仕えるなどもってのほかである。

しかし、農奴は農奴で不自由だ。

（このまま農奴でいれば外にも行けないし、レベル上げの自由もない）

1年間でレベル上げができるのは、ボア狩りとアルバヘロン狩りに限られている現状だ。召喚獣もFランクまでしか検証が進んでいない。そのFランクの検証も不十分だと考えている。この状況は脱却したい。

当然、家族にももう少しいい暮らしをさせてあげたい。

（たしか、農奴を脱却できる方法は2つだったな）

ゲルダに以前聞いた、農奴を脱却して平民になれる方法を思い出す。

1つは1人あたり金貨10枚を納めること。そしてもう1つが、領主に何らかの褒美として平民に取り立ててもらうことだ。

去年の秋、必死に狩りをしても金貨3枚程度しか稼げなかった。このままだと平民になるのに10年以上かかるのが現状だ。こんな不自由で低い身分だと、それまでに家族に何が起こるかも分からない。

（ボア狩りに参加するか、アルバヘロン狩りに専念するか迷っていたけど、やることが決まったな）

「父さん」

「ん？　どうしたんだ？　アレン」

アレンを案内係にするかどうか悩むロダンに声をかける。

「僕、領主様の案内係やるよ」

「な!?」

「そして、皆がどれだけボア狩りで領主様のために頑張っているか教えてあげるんだ」

笑顔で言う。

(領主に父さんの良いところを伝えて、平民にしてもらおうじゃないか)

「おお受けてくれるか！」と喜ぶ村長。ロダンは驚くが反対はしない。ゲルダも同じである。きっとアレンならできると思っているようだ。

「それで、これからどうするんだ？」

ゲルダは、領主が来ることになった来月のボア狩りについて話をする。

「村長、お願いしていた防具は全部完成したんですか？」

「うむ、納屋に全部あるぞ。今から見に行くか？」

「そうですね。防具の使い方や、狩り方についても話し合わないといけませんので、納屋に行きましょう」

張り切ってボア狩りに臨む。

来月の領主の前でのボア狩りに備えて、動き出すのであった。

第十二話　領主の来訪

10月の中旬。アレンは8歳になった。

今日は領主が来る日だ。アレンは案内役として、領主にボア狩りの説明をしなくてはならない。

さらにその前日の晩餐では給仕をするという話だ。そこで狩りについて何か聞かれたら答えないといけないらしい。

朝早く支度をして、昼前には村長宅に向かう。なお、ロダンやゲルダは行かない。領主に農奴がそう簡単には会えない。

朝9時前に着いて、村長宅で待機（昼寝）する。

昼前に、村長宅で働く平民に起こされる。今から風呂に入り、身支度をしなさいとのこと。

（お？　風呂は初めてかもな。水風呂ならあるけど）

真夏の暑い日に、大き目の桶に水を溜めて全裸で入ったりすることがある。農奴なので、普段は石鹸もなしに濡れた麻布で体を拭くばかり。

しっかり温められたお湯の溜まった木桶に浸かる。お湯が冷めるまでじっくり入って体を綺麗にする。渡された服は平民でもあまり着ないような結構上等な服だ。

それから3時間ほど待たされる。起きて待っておくようにと言われる。

（いやまじで待たせすぎだ）

15時の鐘が鳴り、さらに1時間ほど待っていると、ようやく着いたようだ。家の中がかなりザワザワしている。

それからほどなくして領主が村長宅に入った。これから村長宅の広間で晩餐だ。晩餐といってもただの夕食とのことで、領主とその配下が食事をするだけだ。村長だけは村の代表として食事を共にする。

事前に村長から領主について聞かされた。

領主のいる街は領都グランヴェルという。ここから5日ほどの場所にある。これから給仕でお世話をするのはグランヴェル男爵だ。村まで5日かけてやってきたことになり、結構お疲れだろう。

そんなことを考えていると出番が来た。村長宅の結構大き目な厨房が慌ただしい。どこから駆り出したのか5～6人の女性が料理を作っている。綺麗に盛り付けられた料理が並んでいく。

広間の入り口の扉の前に村長がいた。既に領主は広間にいるが、アレンは村長と一緒に中に入るらしい。村長はかなり緊張しているように見える。

村長が先に入る。扉を入ったすぐそこで、「ようこそいらっしゃいました」と挨拶している。

「食事をお運びしなさい」

扉越しに村長から食事を運ぶよう指示される。

アレンが前菜から料理を運んでいく。テーブルは中央に1つだ。

（一番奥にいるのが、領主かな）

一番奥に領主が座っている。薄紫色の髪をした、鷹のような目の男だ。厳しい目つきをしている。40代半ばくらいだろうか。

顔をジロジロ見ないようにして、一番奥に座る領主から無言で皿に盛りつけた食事を運んでいく。どんどん料理を運んでいく。広間の入り口の前まで板に載せて用意されている。厨房まで戻る必要はない。入口とテーブルを往復する。皆も運べばいいのにと思うが、アレンだけが給仕の担当だ。

（領主から運んで、村長入れて6人か。ん？　子供までいるぞ？　領主の娘か？）

順番に運んでいく。領主と思われる男、その横の執事っぽい白髪で髭の男、クレナに会いに来た騎士団長と副騎士団長。

そして、領主の隣には領主と同じく薄紫の髪をした少女が座っている。アレンと同じくらいの歳に見える。

少女も同い年くらいの少年がこの場にいるのが気になるようで、チラチラとアレンの方を見ている。

「それにしても、村の開拓ご苦労であった」

「あ、ありがとうございます」

領主が村長にねぎらいの言葉をかける。

「領内開拓令が出て15年。我が領ほど開拓に成功した例はないぞ。デボジよ。村人をまとめ上げよくぞここまで発展させた」

（領内開拓令？　何だそれ？）

領主が村長を褒める中、アレンは会話に聞き耳を立てる。明日のボア狩りまでに必要な情報が飛び出てくるかもしれないからだ。

「皆、領主様のため、努めてまいりました」

ぺこぺこする村長だ。前菜にほとんど手をつけていない。とても食事どころではないようだ。

「ボアの肉については本当にすまなかったな。これは国王陛下の命であるからな」

（ん？　国王がボア狩りしろって言っているの？　ずいぶん話が大きくなってきたな）

ボア狩りの話になったのでさらに聞き耳を立てる。給仕もしながらなので大忙しだ。

「こ、国王陛下の御命令であったのですね」

「まあ、そうだな。まあ厳密に言うとカルネル卿のせいであるがな。カルネル卿め、わざわざ謁見の間でボア狩りに触れおって。おかげで……」

思い出したかのように怒り出す領主。目つきがさらにきつくなる。態度が豹変して怯える村長。脂汗が額や頬から浮き出ている。

「旦那様、村長が怯えております。それに目標の20体を達成すれば、また旦那様の評価が上がるというものです」

領主を見ることなく、執事っぽい60近い男が口を挟む。

「ぬ？　そ、そうだな。デボジ村長よ、すまなかったな。ボア狩りが国王の耳に入ってしまってな。もっと増やすように言われたわけだ」

「そうであったのですね」

ボア狩りの数が増えた事情を掻い摘んで話す領主。

そこに、メインディッシュのお肉を持っていく。領主から順番に皿を置いていく。

「む！　何だこのうまい肉は!!」

「ほ、本当に美味しいですわ!!」

領主とその娘が美味しいと目を見開き驚く。

「これは何だ？　村長よ」

よほど美味しかったのか、村長に尋ねる。

「え？　あ？　えっとこれは……」

いきなり聞かれて言葉に詰まる村長。

「こちらは、アルバヘロンの肉にてございます。昨日たまたま捕まえましたので、領主様のために献上した次第でございます。部位は胸、モモ、肝でございまして、香草を使って風味付けをしております」

言葉に詰まった村長に代わってアレンが答える。

「ん？　おおそうか……」

一気にアレンに皆の視線が集まる。珍しい真っ黒な髪と目をした少年が給仕をしているということで、領主たちも気にはなっていたようだ。

視線に気づいたアレンが、軽く会釈をして、食べ終わった皿の片付けをする。6人しか座っていないが、１人で給仕をするのでとても忙しい。せかせかと広間と入り口を往復している。

「さすが村長よな。よくできた息子を持っているではないか。聞いておらなんだぞ」

「へ？　えっと、この子はロダンという者の子でございまして……」

村長はあわてて自分の子ではないと話す。

「ロダン？」

「おお、思い出しました。御当主様、その子はロダンというボア狩りのまとめ役をしている者の子でございます」

騎士団長が思い出したようだ。騎士団長とアレンは２年前の宴会で同じ席になっている。

「ボア狩りのロダンの子か？」

「はい、ロダンの子のアレンと申します。明日はボア狩りの案内をさせていただきます」

領主に声をかけられたので、挨拶をする。

「ロダンは騎士の崩れか何かであったのか？　ずいぶん立派な子を持っておるな」

「い、いえ、親の代から農奴であったはずです」

子の行儀がいいので、父のロダンは、元は騎士か何かであったのかと尋ねる。村長はロダンの父も知っており、そんなことはないと言う。その時である。

「え⁉　この広間に農奴がいるの‼」

領主の娘と思われる女の子が、農奴が広間にいることを知って嫌悪感を示す。綺麗な顔を歪ませてアレンを見ている。

「な!? セシル、農奴も立派な我が領の民だ! そんなことを言うものでないぞ!!」

領主は思わず声を荒らげる。

「も、申し訳ございません。お父様……」

涙目で謝る領主の娘セシル。そして、
キッ!

(うは、なぜかめっちゃ睨まれている件について)

お前のせいで父に怒られただろと言わんばかりに、アレンを睨む。親譲りのやや吊り目がちな強気な目がアレンに向けられている。深紅の瞳は、今の感情を表しているようだ。あまり目を合わせないように視線を外すアレン。

「それで、アレンよ」

領主がまたまたアレンに話しかける。

「はい、領主様」

「明日は、ボア狩りを案内してくれるというのだな」

「はい」

「狩り方についても、しっかり説明してくれ」

「では、そのようにさせていただきます」

「ゼノフも、しっかり聞くのだぞ」

「は!!」

騎士団長が返事をする。騎士団長はゼノフという名前らしい。

（ん？　騎士団長が狩り方を聞く？　どういうこと？）

アレンの顔に疑問符が浮き出る。

「ロダンの子よ。今回の討伐数20体は絶対に達成せねばならぬ。王命だからな」

アレンに話しかける騎士団長。アレンの疑問に答えてくれるようだ。アレンも騎士団長に顔を向ける。

「はい」

「見学した結果、達成が難しそうだったら、我ら騎士団も参加することになる」

（え？　見学に来ただけではないと）

ようやく領主が来た理由が分かった。今年は必ず20体の討伐が必要だ。去年15体の討伐は達成した。しかし必ず今年20体狩れる保証はない。

領主は必ず達成できるか心配なのだ。

王命を果たすために騎士団を率いて、ボア狩りに来た。

「そうであったのでございますね」

村長も事情が分かった。納得してうなずく。

「領主様」

そこにアレンが言葉を発する。

「どうしたのだ？　大丈夫だ。しっかり説明してくれれば、あとは騎士団がうまくやるからな。何も心配はいらぬ」

狩り方だけ教えてくれたらいいと言う領主。

「いえ、領主様。たかだか20体でございます」

「ぶっ!?」

アレンの言葉に噴き出す村長。領主も騎士団長も目を見開く。

「明日のボア狩り、クレナ村が一丸となれば、目標の20体は確実に達成できることをお見せします」

6人の視線が集まる中、頭を下げ断言した。そこには怯えもためらいもない。

あまりにはっきり言うので、息を呑み誰も返事ができなかったのであった。

＊　＊　＊

領主との晩餐を終えると、アレンはそのまま村長宅に泊まった。

6時の鐘とともに活動を開始する。荷物もないから出かける準備は万全だ。腰にはいつものように木刀を差している。

領主、騎士団長、副騎士団長と一緒に村長宅を出る。領主の娘セシルと執事は村長宅で留守番をする。執事っぽい人はその通り執事であった。晩餐で執事とかセバスとか呼ばれていた。

(広場が野営地になっているな)

村にある広場では騎士団が野営のテントを張っていた。村のボア狩りが力不足と判断したら、ボア狩りをするためにしばらく滞在することになるだろう。泊まれる場所がないので野営している騎士が20人ほどいる。

騎士団も既に準備が整っている。馬は置いていくようだ。歩いて領主たちの後ろをついてくる。

（お、ドゴラだ）

ドゴラが少し離れたところからキラキラした瞳で騎士たちを見つめている。今回はクレナを見に来た時の倍の騎士がやってきている。

村の門まで来た。門には平民と農奴の一団がいる。その数は40人だ。去年狩りに行けるようになった平民と農奴は全員参加している。

「おお！　鎧を着ているではないか!!」

鎧を着ている者が半分ほどいる。それを見て騎士団長が声を上げる。

「はい、ボアの皮で作った皮の鎧です。全員分は揃えられませんでしたが、負担の大きい者から優先して着てもらっています」

案内係のアレンが回答する。「負担の大きいとは？」と聞かれたので、「ボア狩りの中でご説明します」と答える。

「このために、村長が陳情をしてきたのか」

領主が思い出したかのようにつぶやく。去年の話だ。18体のグレイトボアのうち、10体分のボアについては全て納める。しかし残りの8体については肉のみにしてくれと村長からの陳情があった。

これはアレンの発案だ。

肉が欲しいなら肉は納める。しかし、ボア8体分の皮、骨、牙は今後の投資として使わせてほしいと村長に陳情させた。当然ロダン、ゲルダを通して村長に伝えたのだ。

領主は目標の15体を上回る18体を狩ることに成功したこともあり、その陳情を聞き入れた。それで今年20体倒せるなら良いという話であった。

「はい、今年必ず20体の討伐を達成するための準備に使わせていただきました」

「ほう」

「と、父ロダンが言っておりました」

ロダンが考えたことと付け足す。

今回、アレンの目的はロダンの功績を上げまくって、一家を平民にすることだ。アレンが思いついたことも当然、全てロダンが考えたことにする。それに、アレンが考えたと言うより、ロダンが考えたと言った方が信用されやすい。

全員揃ったので、このままボア狩りの狩場まで向かう。

農奴や平民が先に進み、その後ろを騎士たちが歩いてついていく。

騎士団長に乗れと言われ、アレンは騎士団長と一緒の馬に乗る。領主は村まで馬車でやってきているが、今日は馬に乗って狩場まで向かう。

3時間ほど歩くと狩場に到着する。いつもの狩場だ。

見慣れない高台がある。2メートルほどの高さに木を組んで作った、10人は乗れる高台だ。

「ぬ？　これは？」

「これは領主様がご覧になりやすいように作りました。この上からボア狩りをお見極めください」

見学の準備はばっちりである。そうかと、領主が後方の階段から上に乗る。上には椅子が作ってあるのでそこに領主が座る。案内係のアレンと騎士団長も高台に上がる。副騎士団長は、騎士とともに高台を囲み始める。領主を守るためだ。

まだ木しか見えない林の奥を見つめる領主。鷹のように険しい目つきだ。

（改めて考えると、領主がわざわざ魔獣の出る林にやってくるとは、覚悟がすごいな。それほどの王命なのか？）

ボア狩りがずいぶんな話になったなと思う。

「これからどうするのだ？」

騎士団長に聞かれる。領主に直接説明するのではなく、騎士団長に話すべきなのだろう。

「まずは３人でこの広場にグレイトボアを１体誘導します」

「ふむ」

「それから、囲んで倒すという形になります。３人が向かうようです」

ペケジを先頭に３人が奥の林に消えていく。

「あの大盾を使って、ボアの進撃を止めるのか？」

８体のグレイトボアの皮、骨、牙の素材を使って、高さ２メートルにもなる皮の大盾を２帖、皮の鎧17領、皮の胸当て３枚を作製させた。

カバ並みの大きさのグレイトボアだ。素材の量から言えばもう少し装備を作ることもできたのだが、それは作製費用に消えた。

村にこれだけの装備を作る防具職人がいなかったので、隣村から連れてきた。余った皮や骨を渡すからとタダで作製してくれたので、お金はかかっていない。

巨大な皮の大盾に騎士団長は関心を抱いたようだ。

「はい、あの2枚で挟み込むようにボアの進撃を止めます」

「なるほど」

狩りをする農奴や平民、そして大盾を見ながら考え込む騎士団長。大体のイメージが掴めたようだ。

ペケジが林の奥に消えて30分ほど経過する。なお、ペケジら釣り班3人は皮の胸当てを装備している。急所の胸だけ覆った軽量重視の装備だ。

1時間ほど経過する。まだ戻ってこない。

(む、今回は時間がかかっているな。狙いのボアがいないのか?)

林の中には数百体のボアがいるとペケジから聞いた。白竜山脈の麓から大挙してやってくるらしい。

「そういえば、剣聖クレナは元気にしているか?」

沈黙が続いたことに気を遣ったのか、騎士団長が話を振ってくる。

「はい、とても元気です」

（元気の塊です。元気でできています）

「そうか。３年後の春先には講師を送るからそのように伝えておいてくれ」

はいそのようにと答える。

（というと11歳になった翌年か？　その翌年に学園の試験だから勉強期間は1年か）

「ん？　大丈夫なのか？　もう少し早く送れないのか？」

領主が話を聞いており、口を挟む。試験に落ちたら王都で笑いものになってしまう。

「では、再来年の春先に送るよう執事に伝えておきます」

「そうしてくれ。あの学長は剣聖でも試験で落としかねないからな」

どうやら領主はかなり心配性のようだ。今から1年半後にクレナの受験勉強が始まることになる。

鉢巻をしたクレナを想像していると、林の奥から物音が聞こえる。

「来たようです」

「うむ」

広場の奥から地響きのような音が聞こえる。

『グモオオォオオォォオオオ！！！』

ボアの鳴き声がしたと同時にロダンが檄を飛ばす。皆がその檄に応える。

ペケジが林の中から出てくる。そして、ほどなくしてグレイトボアが林を抜けて突進してきた。

ボアはペケジしか見えていないようだ。ペケジの真後ろをぴったりついてきている。これがペケジの釣りの技術だ。ギリギリの距離を保っている。

大盾と大盾の間を走り抜けるようにペケジが駆けていく。

ゲルダを含む4人は槍を持っていない。4人が二手に分かれて2つの皮の大盾の後ろに身構える。

吹き飛ばされないように力が入る。

ボアが大盾に激突する。大盾に挟まれるようにしてボアの突進が止まる。ボアの口の両側に生えた牙が大盾を凹ませる。牙によって大きく伸びるが破れはしない。

「このように突進を止めます。あの大盾はグレイトボアの外皮の中で一番硬い背中の皮を二重に重ねて作っています。その1つの盾を2人がかりで押さえるのです」

「なるほど」

「突進が止まりましたので、ボアが暴れないようにさらに囲みます」

アレンが詳細な説明をしていく。大盾を外してボアの急所を狙えるようにしないといけない。それは今までどおり2メートルの槍を使って行う。

大盾の横にいた囲み班が槍で顔を中心にボアを押さえる。

ゲルダの掛け声とともに後ろで待機していた4メートルの長槍を持った参加者たちが前に歩みを進める。参加者も増えたので顔だけではなく背中まで長槍で攻撃を開始する。

「長槍隊は去年からの参加者です。参加歴の浅い者にやらせています」

「なるほど、防具は負担の大きい、盾や短槍を持っている者を優先させているのだな」

騎士団長が理解したようだ。

「そうです。長槍隊が誤って前方の者を攻撃しないように通達していますが、念のために背中、首、後頭部などの急所も皮の鎧で覆っています」

アレンの言葉に頷きながら、騎士団長はボア狩りを見つめる。

囲い込みも終わったので、ロダンたち止めを刺す班が首元の急所に渾身の力を込めて槍を突き出す。

「ボアの外皮はとても硬いです。あのように動けなくなったところで首を狙います。どうやら急所に達したようです」

「おおお」

ボアの首から鮮血が出る。それを見て感嘆の声を発する騎士団長だ。

「御当主様」

「なんだ？　ゼノフよ」

「彼らは騎士ではありません。しかし戦士でございます。ボアを狩る戦士であります」

それぞれが役割を果たすのは騎士も同じだ。槍隊、弓隊、斥候部隊。どの部隊が欠けても隊の力を失う。

このボア狩りにそれと通じるものを感じているようだ。役割を理解した各自の行動に感動している。見事だと何度もつぶやいている。

鮮血を噴き出したボアがゆっくり倒れた。

「たしかに素晴らしい戦いであった。これなら20体の討伐は問題なさそうだな」

ボアが倒れたのを見届けた領主は言った。

ボア狩りは村の人たちだけで達成できると確証が持てたようだ。領主もボア狩りを見ながら何度も頷いている。

「はい、御当主様、その通りでございますね。ん？　林に入っていった2人が戻ってきたな。なぜあのように全力で走っているのだ？」

3人のうちペケジしか戻ってきていなかったのだが、残り2人が林から飛び出てきた。

もう狩りは終わったはずなのに、ペケジ同様に全力で林の中から駆け出してくる。

そして、騎士団長の疑問の答えも林の中から出てくる。

『グモオォォオオオォォオオオ！！！』

『グモオオォォオオォォオオオ！！！』

現れたのは2体のグレイトボア。

血眼になって釣り班の2人に迫るのであった。

2体のグレイトボアが林の隙間にできたこの広場に走ってきた。釣り班の2人が必死に走り、ボア狩りの仲間のところに全力で向かう。

「な!?　レイブランドよ!!　ボアが2体やってくるぞ！！！」

騎士団長が慌てて高台の下で隊列を組んでいる副騎士団長のレイブランドに討伐の指示を出す。

領主とボア狩りの参加者を守るためだ。

副騎士団長が大声を発し、突撃しようとしたその時であった。

「申し訳ございません。騎士団長」

「ぬ？　何だこのような時に!?」

先ほどの会話同様に平然と騎士団長に話しかける。

「まだ、狩りの途中でございます。騎士団は引き下げていただけませんか？」

「「な!?」」

一緒に聞いていた領主も驚く。

「昨日お話しした通りです。今、領主様に討伐達成を得心いただける狩りをお見せしております。まだ狩りは途中でございます」

アレンの話を聞いている間にもボアは農奴たちの目の前まで迫っている。もう騎士たちも間に合わない。

その時だ。

「2体来たぞ！！　お前ら気合入れろおおおおお！！！」

「「おおおおおおおおおおおおおおおおおお！！！」」

一気に気合を入れる参加者たち。そこに怯えもためらいもない。今まで以上の掛け声でロダンの檄に応える。少し前進し、既に止めを刺したボアの前に陣を張る。

駆けてきた釣り班の2人は2つの大盾の間を全力で駆け抜けていく。

それからほとんど時間差もなく、2体のボアがそれぞれの大盾に激突した。

先ほどと違い、2人で1体のボアの進撃を止めないといけない。グレイトボアの鼻先の角が一気に大盾を凹ませる。

一歩また一歩と後退をする2つの大盾。大盾は大きく凹むが破れない。進撃が止まるボア2体。

「止めたぞ！　二手に分かれて囲め！！！」

ゲルダの声とともに囲み班が二手に分かれる。そして長槍隊も二手に分かれて囲み班の後方から槍で突き刺す。狩りの参加者は40人。囲み班が半分になっても十分な数がいる。

ロダンら止めを刺す隊も動き出す。4つに分かれて2体のボアの両側から首の急所を狙い、槍を前に突き出す。

（よし、1体倒してからの2体目3体目のタイミングはばっちりだったな。練習しておいてよかったぜ）

アレンは村のボア狩りに対して抱いていた疑問があった。それはなぜ1体しか狩らないのかということだ。釣り狩りの基本は、出てきた敵は全て狩るということだ。残すなどありえない。

しかし、実際に見たのは、2体以上いた場合は1体以外は陣に寄せ付けないように誘導するという釣り方だった。

1体しか狩れないから1体を狩っているのだろう。2体狩れるならそうしている。無理だから1体しか狩らない。それは分かった。

そこから思考は次の段階に行く。

なぜ1体しか狩れないのか。問題は、レベルでも武器でもない。もちろん人数でもない。

元ゲーマーのアレンが出した結論は防具だ。グレイトボアの攻撃に堪える防具を農奴は装備していなかったのである。麻布ではとても防ぎきれない。10年以上狩りに参加しているロダンですら一撃で瀕死の重傷を負う。

しかしその肝心の防具を揃えることができない事情もあった。報酬は肉の塊だ。それも家族のために消費される。とても防具を買う余裕もない。もちろんボアの進撃を止めるような鋼鉄の大盾は、以前アレンが武器屋で確認した短刀の値段では済まない。

装備が更新されず、槍だけが変わっていった。

2メートルの槍は、槍の中ではとても短い。ボアの進撃で折れないようにするためだ。しかし短すぎると角や牙でやられてしまう。折れづらく、ボアの角と牙を躱せるちょうど良い長さだ。

そんな装備で10年以上続けてきた。

狩りの基本は、狩りをしながら装備を更新していき、より効率的に狩ることだ。

そのアレンの考えの下、盾を、そして鎧を調達することに成功した。それは、2体のボアを同時に狩るのに十分な装備のグレードアップであった。

アレンはうまく作戦が機能しているのを見てほっと息を吐いた。2体同時狩りはまだ2回しかやっていない。今回で3回目だ。

(もう少し遅く来てくれたら、もっと練習できたんだけどね)

「おお！　止めを刺したようだぞ」

2体目の首筋から鮮血が噴き出る。どうやら急所を刺せたようだ。そして、ほどなくして3体目からも鮮血が噴き出る。

「3体倒せましたね。良かったです」

「それにしても、素晴らしい。3体同時に倒すとは。あと17体だな」

騎士団長は残りの目標数を計算し、安心する。

「いえ、この3体で今年10体倒せたことになります」

「「な!?」」

領主が来ることが分かってから、既にボア狩りに何度も出かけている。これで4回目の狩りだ。

「ですので、目標の20体は来月にも達成できるでしょう」

狩りが成功して喜ぶボア狩りの参加者を領主は見つめる。吊り目がちなきつい顔立ちだが、どこか優しい表情をしている。

「ほう、そうか。これなら安心して村の皆にボア狩りを任せられるな」

領主が任せると言った。それは、騎士が介入したり、よそから農奴を入れたりしないということだ。

「ありがとうございます。しかし2点のお願いがあります。今後の狩りのためにも聞いていただけたらと思います」

「ん？　願い？　まだ何かあるのか？　十分な狩りであったろう？」

騎士団長の顔に疑問符が浮き出る。どこも心配のない狩りであった。

「1つは、まだ装備が整っていない参加者がいることです。それに大盾をできればあと2つ欲しいです」

「ふむ」

アレンは説明する。防具もそうだが、大盾が3つあれば3体同時もそのうち可能になる。4つ目の大盾は予備だ。耐久実験をまだ4回の狩りでしか試していない。壊れた時の予備にしたい。

「なるほど、来年以降の狩りのために装備を良くしたいと言うのだな」

「はい、そしてもう1つは懸念になります。この懸念を払拭しないと狩りが成立しなくなる恐れがあります」

アレンはボア狩りに一抹の不安があった。それは狩りに成功すればするほど大きくなる。それは家族にも影響するので、できればこの場で伝えて理解してもらいたいと思っている。

「言うてみよ」

領主がボア狩りの問題を言うように促す。

「はい、領主様。このままだと狩りに行く意欲が失われていくのです。参加者も減っていく恐れがあります」

「ん？」

疑問符を浮かべる領主に対しそのまま話を続ける。

「まず足りないものを言うと酒になります」

「『酒？』」

話が見えてこないので思わず復唱してしまう領主たち。

そのまま話を続ける。このままだと、狩りを続ければ、早い段階で村でのボア肉の価値が暴落するとアレンは話す。

今まで10体しか狩っていなかったボアが20体30体と狩れるようになる。今はまだそこまではないが、肉の供給がいずれ飽和する。そして、ボア肉の価値が落ちていく。塩や薪の交換にも今まで以上のボア肉が必要になってくるだろう。

「なるほど、分かるぞ。だからやる気を出すために酒なのだな」

騎士団長が理解を示す。

「もちろん、やる気を出させるためですが、肉と酒を交換させることで、肉の価値を保つことができます」

飲めばなくなる酒にボア肉が変わる。ボア肉が村の中から消えていく形になる。酒屋はわざわざ、ボア肉の溢れるこの村で塩や薪に交換しない。肉の少ない隣村や領都に運ぶだろう。

「なるほど、肉の価値を一定に保ち、そして酒はそれ自体が参加する者にやる気を出させると」

騎士団長が感心する。

「はい、そのとおりです。別に酒ではなくても果物など消費されるものなら何でもいいかと思います」

これは、今回の褒美で平民になれなかった場合、アルバヘロンの肉の価値を下げないようにするためでもある。農奴たちの狩りの意欲も保てるので一石二鳥である。

「ふむ、いい考えであるな。即答はできぬが、検討の余地があるな」

「ありがとうございます」

「そうロダンが言っておったのだな?」

アレンが言う前に領主が確認する。

「はい、父ロダンが言っていました」

領主はそうかと言うと、何かを考えるように目を閉じた。沈黙が生まれる。

「どうされますか？」

ボア狩りが終わったので、これから村に戻りますかと騎士団長が尋ねる。

「そうだな。アレンよ。案内ご苦労であった。ロダンとゲルダには村に戻ったら、村長の家に来るように伝えなさい」

「はい、分かりました！」

（お？　褒美くれんのか？　平民がいいぞ平民が）

こうして、領主が見学する中でのボア狩りは大成功という形で終わったのであった。

第十三話　旅立ち

同行した20人の騎士たちとともに倒したグレイトボアを村まで運ぶ。

また3体倒してきたぞと言う村人の声がする。総出で解体作業が開始された。15時前には村に戻れたが、日が沈むまでかかりそうだと口々に言う声がする。

そんな中、ロダン、ゲルダ、アレンは村長宅に呼ばれた。

ロダンとゲルダは無事に領主に村の力を示すことができてホッとしている。これでボア狩りの討伐のために村人を増やすようなことはない。農奴が追い出されることもなくなったのだ。

ロダンが本当に良かったと言っている。これは自分の心配をしているわけではない。ロダンが畑を奪われることはない。それだけの地位と仕事をしている。彼が心配したのは、ボア狩りに行けない農奴の仲間たちであった。

村長宅に入ると、既に領主様は広間で待っていると伝えられる。

風呂に入る必要もない、汗やボアの血で汚れた麻布のボロ服もそのままでいいと言われた。すぐに広間に向かうようにとのことだ。

村長が扉の前で待っている。村長を先頭にして4人は広間に入る。

テーブルは既に片づけられ、一番奥で領主が椅子に座っている。その横には領主の娘セシルが座っている。広間の両端には、執事、騎士団長、副騎士団長が立っている。

広間の中央付近で横1列になって跪く。

跪いたところで、領主が口を開く。

「まずは、村長よ。村の発展、真に見事であった。領内開拓令が出て15年。領内開拓に失敗した領も多い中、このように村を発展させた手腕、見事である。真に感謝する」

「と、とんでもございません」

昨晩の晩餐でも言ったことを改めて言葉にする。村長あっての村である。まずは、村の長である村長を労う。跪いた村長がさらに深く頭を下げる。

「そして、ロダン、ゲルダよ」

「「は」」

「ボア狩りはしっかりと見届けた。筆舌に尽くしがたい、素晴らしい狩りであった。領主として感謝の言葉を述べさせてほしい。ありがとう」

農奴に深い感謝の言葉を述べる領主。相変わらず目つきはきついが、声がとても柔らかい。

ロダンとゲルダが頭を下げ、領主の賛辞に応える。

「これだけの英傑がこの領にいるのに、我は何もしてこなかったことになるな。これは褒美を渡さねば領主の仕事をしたことにはならぬか」

（うは、褒美来たぞ！　お金とかいいからね!!　平民だぞ平民！！！）

アレンが下を向いたまま、褒美の言葉を待つ。

「ロダン、そしてゲルダよ。お前たち、そして妻と子を平民とする。平民となり、その務めを果たすがよい」

「「ありがとうございます」」

今一度頭を下げ、礼を言うロダンとゲルダ。

（やったあああああああ！！！　平民なったった。どうしよう明日から村の外に狩りに行けるで。よーし、白竜山脈で白竜狩っちゃうんだからね）

涎を垂らしそうになるのを必死に抑える。８年間夢にまで見た村の外での魔獣狩りだ。ニマニマが止まらない。

その後、アレンとロダンだけではなく、10年以上ボア狩りをしている農奴と、その妻と子についても平民にする、そして未婚の者が農奴と結婚したらその妻も平民にすると言った。10年以上ボア狩りをしている農奴がいることは、領主も知っている。全ての者に報いた褒美だ。

「平民になるか、農奴のまま生きるか。村長よ、しっかり確認するのだ。平民には平民の責務があるのでな」

農奴と違い、平民には人頭税がかかる。妻がおり、子供がたくさんいればそれだけ多くの人頭税が毎年かかる。平民と農奴どちらとして生きるか本人に選ばせよということだ。

「これで我も貴族の務めを果たせそうだ」

王命であるボア20体討伐の目標を達成することは、領を治める貴族の務めであった。これで安心して領都に帰れると言う。

褒美の話を終え、この広間でのやり取りが終わりそうなその時であった。執事が口を開いたのだ。

「旦那様」

「どうした？　セバス」

何かあるのかと、褒美のやり取りの終わりで口を出した執事に領主は問う。

「旦那様、国王陛下からの言葉が1つ残っております。ボア狩りが始まった経緯についてでございます」

「ん？　おお!!　そうであった。セバス、すまぬな」

（ん？　ボア狩りの始まり？）

執事が目をつぶり軽く頭を下げるしぐさをする中、ロダンが何事だという顔をする。

領主が改めて、口にする。

「すまぬが、これは王命というほどではないのだが、国王陛下から聞かれたことがあったのだ。ロダンよ。いやボア狩りのロダンよ」

「は、はい」

ロダンは戸惑いながらも返事をする。

「実は、国王陛下からなぜボアを狩ろうと思ったのか聞かれていたのだ」

領内開拓令は王国全土に発令された。領土を持つ貴族が四苦八苦するなか、開拓に成功しただけではなく、ボアを狩り肉を納めるようになった。これは王国で模範となる素晴らしいことだと称賛されたらしい。

そして、他の領にも参考にしたいからとその経緯を国王より聞かれたというわけだ。

「ボ、ボア狩りを始めたきっかけでございますか？」

ロダンの顔が曇る。言葉に詰まり、広間に沈黙が生まれる。

「ん？　どうしたのだ？」

これは誇るべき素晴らしいことだ。そう思っている領主には、ロダンがなぜ口を噤んだのか分からない。理由を問おうとしたその時。

「領主様」

ゲルダが言葉を発した。

「ん？」

「ロダンからは、ボア狩りの始まりは話せないと思います。私から話してもよろしいでしょうか？」

（ボア狩りの始まりか。そういえば、聞いたことがなかったな）

ロダンの顔がさらに曇る。しかし、止めないようだ。領主もかまわぬと言うので語り出す。

「初めて開拓村であるこの地に足を踏み入れたのは春の始まりでした。１００人の農奴とともに村を開拓しました。たしか13年前のことだったと思います」

村を開拓する。当然、何もないところに村を興す。それは大変時間がかかる。冬になると雪に覆われるので、開拓が難しい。雪が解けた春から始めることで、最も開拓に時間をかけられる。

開拓するのは領主の使いが指定した場所だ。元いた村から歩いて2日ほどの距離の場所だった。そこは平原ではなく、木がまばらに生えているので、木を切り木の根を取り除く作業から始める必要があった。

「ふむ」

ゲルダはつたない敬語で話を続ける。ロダンは目をつぶって話を聞いている。握りしめた拳が震えている。

「必死に木を取り除く頃には秋に入りました。そこで」

そこで事件が起きたという話をする。村を出たことがない農奴たちには予想できなかった。平民であっても知らなかったかもしれない。ここは元いた村からかなり距離がある。

「冬を越すためにとっておいた麦や芋がボアにやられてしまいました」

初めて迎えた秋である。秋になるとこの林にグレイトボアが大挙して押し寄せることを知らなかった。魔獣に備えて柵は設けていたが、1トンを超える巨体にあっけなく柵を壊され、冬を越すために必要な食料を半分近く食われてしまったとのだとゲルダは話した。

ロダンの武勇伝を聞くつもりが話の雲行きが怪しくなり、眉根を寄せる領主。ゲルダが話を続ける。

「どうしようか話し合いました。元いた村に戻ろうかという話もしました」

ここから2日も歩けば元いた村に戻れる。残りの食料を持って元来た村に戻り、そして来年の春にもう一度開拓をする。そういった話も出ていた。

「しかし、元々食い扶持に困ってここに来た私ら農奴。戻っても誰にも歓迎されません」

ゲルダたちの家族をはじめ、元の村の人たちは、開拓民が戻ってこないことを前提に冬の食料を確保している。当然歓迎もされないし、食料を分けてもらえるかも分からない。

「もう戻れないという者も大勢いました」

「そうか」

そう言って領主は村長に目をやる。村長が深く頭を下げる。村長は気まずそうな顔をしている。村長はこのことを知っていたが、報告を領主に上げていなかったからだ。

「その時、ロダンが言ったのです。ボアを狩り、冬を越すための食料にしようと」

まさに英雄だったとゲルダは話す。鍬や鋤、ツルハシなどを持ち、男衆たちを束ねてボアを狩りに行ったそうだ。今の20人どころではない。倍以上の人数で狩りをした。男たちのほとんどが参加したという。

今のように3班に分かれての作戦などなかった。無我夢中だった。たまたま1体だけのボアがいたこと、運よく首にツルハシの一撃が入ったことなど、幸運が重ならなければ全滅していてもおかしくなかっただろう。

「そして、見事ボアを狩ったと。素晴らしい話ではないか。なぜその話を誇らぬ。アレンを見よ、初めて聞いたという顔をしているぞ」

我が子に誇るべき素晴らしい話だと言う領主。

「も、申し訳ございません。その時、友を失ったので……」

「ぬ？」

危険なグレイトボアの狩りだ。必死に狩った。仲間たちの多くが重傷を負った。それでも必死に狩った。止めを刺せば神が試練を乗り越えた褒美を与えてくれるからだ。そうなれば神が命を与えてくれる。全ての傷を癒してくれる。

「神は試練を乗り越えた褒美を与えてくれました。しかし、友が1人試練に耐えられませんでした」

止めを刺す前に1人の友が亡くなったとロダンは話す。

「皆で決めたことなのですが、ロダンは責任を感じているのです。お前が気に病むことではないとずっと言っているのですが」

話を続けるゲルダ。村に戻り、ボア狩りに参加した人も、参加しなかった人も平等にボアの肉を食べたという話だった。おかげで冬は乗り越えた。

瀕死の重傷を負った者が大勢おり、さらには死傷者も出てしまったことで、その後の参加人数は半分の20人近くに減ってしまったそうだ。

以上がボア狩りを始めた経緯ですとゲルダが締める。

（そうか、重なって見えたんだ）

話を聞きながらアレンは思い出した。それは2年前、ロダンが重傷を負って帰ってきた時のこと。平民の青年を守るために、身を挺した。自身も家族がいる中、青年の命を優先し重傷を負った。

ボアを初めて狩ったのはロダンが15歳の時の話だ。きっと青年と同じくらいの歳だったのだろう。

かつて亡くした友に重なって見えた。家族がいることも忘れて、体が動いたのだと思う。

俯き沈黙するロダン。あの時の記憶が蘇っているのか、床についた手が震えている。

「それはすまなかったな」

「い、いえ……」

広間が沈黙する。

「それは、あまり高らかに語る話ではないな。国王陛下には我からうまく話をしておこう。そうか、ふむ」

そして、考え込む領主。また、広間に沈黙が生まれる。

「いかがされました旦那様」

領主の沈黙に反応する執事。

「いや、セバスよ。これは足りぬぞ。今の話は真実であると我は受け取った。であるなら、ロダンの働きは村を救ったとも十分に言える」

ロダンは村を開拓した大きな貢献者だと領主は言う。

「そのようでございますね」

執事も否定をしない。

「ロダンよ、お前にはもう1つ褒美をやろう」

「え？　褒美でございますか？」

金貨50枚が必要な平民にタダでしてくれた領主である。それとは別にもう1つの褒美を与えるとという話に、ロダンは動揺する。

「民の働きに応えるのは領主の務め。褒美は何でもよい。何か欲しいものはあるか？」

「な、何でもよいのでございますか？」

「あるのか？　何でもよい、申してみよ」

（父さんの褒美か。何だろう？　お酒くらいしか思いつかないけど）

ロダンに迷いはないようだが、アレンはロダンが欲しいものに心当たりがない。

「で、では領主様、お願いが1つあります」

頭を下げたまま、ロダンが言葉にする。

「うむ、聞き受けるぞ」

「我が子アレンを領主様の家で働かせていただけませんか？」

（え？）

「ん？」

「我が子アレンは私と違い賢い子です。きっと領主様のお役に立てるかと思います」

「ほう、子を我が男爵家で働かせたいと？」

（ちょ!!　ま、待って父ちゃん違うよ。そ、そっちじゃないよ!!　こ、これはまずい！！！）

慌てる。顔から動揺が湧き出てくる。

「はい、小間使いでも何でも構いません。ぜひ、領主様の家で働かせてください」

「そうか」

そう言って、領主は執事の方を見る。

「構わないかと。賢い子であることは間違いなさそうです」

男爵家を取り仕切る執事が反対しない。その横で騎士団長がうんうん言っている。

(ちょ!!　反対してよ!!!　このままでは夢の白竜生活が奪われてしまう。か、考えるんだ)

アレンは何よりも狩りが好きだ。そしてレベル上げが好きだ。領主の家で働かされるのは好きなことの真反対に位置する。不自由な領主の館生活だ。もしかしたら農奴でいる時よりも不自由かもしれない。

何とかして、この状況を打破しなくてはいけない。必死に頭を巡らせる。

「小間使いか。ふむ違うな」

「え?」

どうやら小間使いにはならないようだ。領主は剃って整えられた口髭をいじりながら言葉にする。

聞き入れてくれると信じていたロダンが残念な顔をする。

(お?　断るのか?　そうだぞ、断った方がいいぞ)

「狩りでの案内係も前日の給仕も見事であった。さすが英雄ロダンの子だな。よくぞここまで育てた」

「は、はい」

「アレンは我がグランヴェル家の従僕とする」

「じゅ、従僕でございますか?　よろしいのでしょうか!?」

あまりの驚きで声が裏返るロダン。

（ん？　小間使いと従僕って違うの？　いやいや、そんなこと考えている場合ではないぞ!!）

「よいな、セバスよ」

領主の問いに執事は問題ございませんと答える。

「アレン、領主様がお前を従僕として取り立ててくれると言っているぞ！」

領主が前にいることも忘れて、アレンの頭をワシャワシャしながら喜ぶロダン。よっぽど嬉しいのか、目から涙が溢れている。

「アレン良かったな。農奴の俺たちじゃ絶対無理なことを領主様が言ってくれているんだぞ」

ゲルダも加勢する。魂が抜けそうで呆けてしまっているアレンに、どれだけすごいことか教えてくれている。

領主は何も言わず、じっと親子を見つめている。これだけの働きをしたロダンに、暗い過去を思い出させてしまった。その罪滅ぼしの気持ちもあるようだ。満面の笑みで喜ぶロダンを見て満足そうな顔をする。

そして、告げる。

「ロダンの子、アレンよ。従僕となり、我がグランヴェル家の末席に並ぶがよい」

「え？」

アレンは振られた言葉に疑問符で答えてしまう。

（これってもしかして、はいって言ったら楽しい白竜生活がなくなってしまうのか）

「ん？　どうしたのだ？」

即答が返ってくると思っていた領主は、アレンの反応に不思議そうな顔をする。

「アレン、よろしくお願いしますって言うんだぞ」

返し方が分からなかったのだろうとロダンが教える。

（どうしよう、これは）

ロダンを見る。溢れた涙が頬をしたたり落ちている。よっぽどうれしかったのだろう。父の涙は初めて見るような気がする。

自分を必死に8年間育ててくれたロダン。この世界に来る前はロダンより年上の35歳であったが、彼の生き様はそんなことなど関係なく尊敬している。ロダンの子で良かったとずっと思ってきた。

家族のため、休みもなく田畑を耕し、秋になると命懸けでボアを狩る。ロダンは仲間思いで、農奴仲間にも慕われてきた。

そんなロダンが涙を流し喜んでいる。

「よ、よろしくお願いします」

（無理だ。これを断るなんて無理だ）

こうして、アレンはグランヴェル男爵家の従僕になったのであった。

＊　＊　＊

　領主への謁見が終わったあと、もう夕闇が迫っていたが、今晩は給仕をしないで良いと言われた。明日の昼間には、この村を出るらしい。その時一緒に領都グランヴェルにアレンも連れていくという話になった。

　家に帰って、テレシアに従僕になったことを伝えたロダン。テレシアからは、よかったねと悲しそうに言われた。

　そして一晩明けた朝。今日は僕が水くみに行くよと言って外に出る。あまり眠れなかった。

　水くみに来ていた農奴たちの目が優しい。この８年間何度も顔を合わせた農奴たちだ。

　領主の褒美で、ずっとボア狩りを続けてきた農奴たち20人とその妻子も平民に引き立てられることになった。この知らせは一晩かけて村の中に広がっている。既に平民になることを決めた農奴も何人もいる。

「お！　アレン。貴族の家で働けるんだってな。よかったじゃねえか!!」

「ありがとうございます」

　水くみをしている農奴たちからめでたいと言われる。

　家に帰り甕に水を入れる間も弟マッシュがまだぐずっている。アレンがいなくなるのは寂しいと言っている。アレンもできることなら、来年行われるマッシュの鑑定の儀には立ち会いたかった。

　朝食を摂り、身支度をすませる。使いこんだ木刀を腰に差す。

「ほらよ。これを持っていけ」

「昨晩も言ったけど、いいよ」

ロダンが差し出す小さな麻袋を断る。中には銀貨が入っている。アルバヘロンを倒して稼いだ300枚を超える銀貨だ。アレンには男爵家から給金が出ると思うから、それは何かあった時のために父が持っていてほしいと言った。

「いいから持っていけ！」

「分かったよ」

口調が荒くなるロダンに、アレンは仕方ないと小袋に分けて100枚だけ持っていく。そんなに持っていくものもないのですぐに準備が済んでしまう。小さな麻袋に全てが収まる。

「お！　まだいるな」

もう出ようかというところで、ゲルダがやってきた。横にはミチルダ、クレナ、リリィがいる。住宅街に行く途中で顔を出す予定であったが、わざわざ見送りに来てくれたようだ。

クレナがとても悲しそうだ。

「ほんとうにいっちゃうの？」

「うん、クレナも元気でな？」

「……」

クレナはゲルダからアレンが村を出ていくことを聞いていた。アレンの言葉にうつむいてしまい返事ができない。手にはいつものように木刀を持っている。

「よし、騎士ごっこをしよう」

「え？　きしごっこ？」

「ああ」

「うん！」

（よしよし、最後は笑って見送ってほしいからな）

クレナは騎士ごっこと聞いて急に元気になった。しかし、庭は20体のアルバヘロンが置いてあるため使えない。庭の外で行うことにした。2人の家族が見守っている。

木刀を握りしめ、5年以上聞き馴染んだ口上を受ける。

「わがなはきしくれな！　いざじんじょうにしょうぶ!!」

改めて聞くと熱いものを感じる。

「我はグランヴェル男爵家が従僕、アレン。剣聖クレナよ、参られよ」

クレナがきょとんとした顔をする。いつもと名乗りが違う。そして、クレナを騎士ではなく、剣聖と呼んだ。

アレンが授かった身分は、ロダンが13年前から命を懸けてボア狩りを行ってきた成果だ。アレンは父がその命を賭して勝ち取った称号をあえて名乗った。

どうした？　来ないのか？　と問うアレン。行くよと答えるクレナ。

騎士ごっこが始まる。アレンとクレナの両親たちがずっと見てきた騎士ごっこだ。木刀がすごい勢いで振るわれる。とても8歳の子供の速度ではない。

「別れに騎士ごっこか」

「そうだな、いいじゃないか」

ロダンのつぶやきに、ゲルダはこれでこそアレンとクレナらしいとばかりに答える。

しかし観戦する家族は、すぐに違和感を覚えた。皆ずっとクレナに押されるアレンしか見たことがなかった。クレナの方が騎士ごっこは圧倒的に強いはず。そんなクレナを、今日はアレンの方が圧倒している。

「え？」

「どうした、剣聖クレナ、その程度か！」

挑発されクレナの剣に力が入る。しかし、躱されアレンの剣戟に押される。クレナの方が防戦一方だ。

皆と別れることになると知ってから、アレンはクレナとの別れの挨拶は騎士ごっこで、と決めていた。

それと同時に決意した。最後の騎士ごっこは必ず勝つと。

「な!? え、どうして？」

困惑するクレナ。今まで一度も負けたことがないアレンに押される。いつもの動きではない。この5年間で見たことのない速度。アレンとクレナの両親も驚きながら見ている。

アレンは今まで使ってこなかった鳥系統のカードである鳥Eを20枚にした。その結果、爆発的に素早くなった。

【名　前】 アレン
【年　齢】 8
【職　業】 召喚士
【レベル】 7
【体　力】 152（190）
【魔　力】 208（260）+200
【攻撃力】 75（94）
【耐久力】 75（94）
【素早さ】 144（181）+200
【知　力】 216（270）+200
【幸　運】 144（181）+200
【スキル】 召喚〈4〉、生成〈4〉、合成〈4〉、強化〈4〉、拡張〈3〉、収納、削除、剣術〈3〉、投擲〈3〉
【経験値】 0/7000
・スキルレベル
【召　喚】 4
【生　成】 4
【合　成】 4
【強　化】 4
・スキル経験値
【生　成】 47946/1000000
【合　成】 47900/1000000
【強　化】 47640/1000000
・取得可能召喚獣
【　虫　】 EFGH
【　獣　】 EFGH
【　鳥　】 EFG
【　草　】 EF
【　石　】 E
・ホルダー
【　虫　】
【　獣　】
【　鳥　】 E20枚
【　草　】 E20枚
【　石　】

召喚士の素早さの能力値はAだ。もともと素早さは高く成長する。レベルが6になり、鳥Eを20枚にしたことで素早さが３００を超えた。

まだレベルを上げていないクレナには対応できない。すぐに詰められて、アレンの木刀がクレナの喉元で止まる。

「まけちゃった」

「ふむ、剣聖クレナ引き分けだな」

（よし、魔石はほとんど使ってしまったけど、まあいいだろう）

「え？」

クレナにとっては完敗だった。アレンとクレナの両親から見てもアレンの勝ちだ。

「これは紛れもなく引き分けだな」

「ひきわけ？」

首をこてっとして疑問符を顔に浮かべる。

「ああ引き分けだ。剣聖クレナよ。勝敗は次の戦いまで持ち越しだな」

「え？」

「勝負の決着はついていない。だから、次に会う時まで勝敗は持ち越しだよ。クレナ」

呼び方をクレナに戻す。いずれ大きくなって、また会おうという約束だ。

「うん、つぎあうときはわたしがかつんだから！　あれん!!」

木刀を両手で持って、笑顔で答えるクレナ。この顔が見たかった。

アレンは分かっている。クレナは12歳になったら王国にある学園都市に行き、そのあとは王家に仕える存在になる。身分も居場所も違う。もう会えないかもしれない。むしろもう会えない可能性の方が高い。それでも、決着をつけずにこの騎士ごっこを終わらせたかった。そのために貯めた魔石もほとんど使ってしまった。

騎士ごっこが終わり、もう行くからと言って皆とお別れをする。テレシアはアレンを抱きしめ、「元気でね」と言う。アレンは涙が出そうになる。しかし、泣くわけにはいかない。

号泣しているマッシュの下に寄る。

「マッシュ、強くなってミュラを守るんだぞ！」

「う、うん」

力強く抱きしめてお別れの挨拶をする。弟のためにも兄は泣いてはいけない。

ロダンとともに村の門に向かった。会話はないが、それでいいと思った。

住宅街に着くと広場によく見た顔の少年がいる。ジャガイモ顔のドゴラだ。その横にはペロムスもいる。アレンの下に何かを持って駆け寄る。

「おい、アレン」

ドゴラからの呼び方は、ずいぶん前に『くろかみ』から『アレン』に変わった。

「ほら、これ」

ぶっきらぼうに棒のようなものを突き出す。

「ん？　え？　いいのか？」

ドゴラはアレンに短刀を手渡した。どこかで見たことがある短刀だ。

（これは2年前に金額を確認した短刀だ。銀貨50枚だったな。結局買えなかったけど）

アルバヘロンで稼いだお金は家族のために使おうと決め、欲しかったが、買うことのなかった短刀。ドゴラは父親から聞いた話をずっと覚えていたのだろう。

「ありがとう、大事に貰っとくよ」

「確かに渡したぞ、じゃあな！」

そう言うと気恥ずかしいのかどこかへ駆けていってしまう。2年くらいの付き合いだが、紛れもなくアレンの友であった。短刀を木刀の横に差し歩みを進める。

元気でなと村人から声がかかる。どうやら男爵家に仕えるために村を出ていくことは住宅街にも広がっていたようだ。目頭が熱くなる。

「ここは、お前の生まれた村だ」

「うん、父さん」

ずっと静かだったロダンが、もう門が見えるというところでアレンに話しかける。

「お前はきっと従僕では終わらない。しっかり務めを果たしなさい。それまでは連絡はいらないからな」

無理に連絡をしてくるなと、農奴だった者が男爵家に仕えることができた幸運を手放すなと言う。

「うん、頑張ってくるよ」

そう言って、門の前でロダンと別れた。

もう出発の時間だ。案内された馬車に乗り込む。馬車の窓から生まれ育った村を見つめるアレン。ゆっくり進み始める馬車から見える風景がどんどん小さくなっていく。ロダンはもう見えない。村が離れていく。

我慢していた涙が零れる。

こうして、アレンはクレナ村を離れ、領都グランヴェルで生活するようになった。

生まれて8年間農奴であったアレンは平民となり、グランヴェル男爵家の従僕となったのである。

特別書き下ろしエピソード　湖のほとり

アレンと領主一行が馬車に乗りグランヴェルの街に向かって3日が過ぎた頃。

「騎士団長様、迅速なご対応、本当にありがとうございます」

「うむ、領民の不安を取り払うのも騎士の務めだからな」

ヨボヨボに年を取った村長が騎士団長に仰々しくお礼を言っている様子をアレンは離れたところから見る。

（結局、お祖父さんやお祖母さんに会うことできなかったな）

ここはクレナ村と名付けられた開拓村の隣村、つまりロダンやテレシアが生まれ育った村だ。

この村には両親の祖父母がいるはずだが、農奴である祖父母が村長の家にいるわけはなく、自身も自由に動ける身分でもないので会うことが叶わなかった。

農奴は移動の制限があるので、一度生まれた村を出たら両親に二度と会えないなんていうことも普通にあるとロダンから聞いていた。

もう少し自由に動ける身分になったら会いに行こうかなと思いつつ、アレンは自分が乗ってきた馬車を探す。

グランヴェルの街に向けて何台かの馬車があるのだが、アレンが乗る馬車は使用人用の馬車だ。

「ちょっと従僕、こっちに来なさい」

(む？　俺のことか？)

馬車を探していると、頭の上から声が聞こえる。声のする方を見ると、グランヴェル家専用の装飾のある馬車の窓からセシルが顔をのぞかせていた。

「はい、セシルお嬢様、いかがいたしましたか？」

「少し話がしたいわ。私の馬車に乗りなさい」

(いや俺は話すことは何もないんだが。なんか絡まれてるんですけど)

「はい、畏(かしこ)まりました」

まだ屋敷に着いていないとはいえ、何もしないのはあれなので、この隣村でも給仕の手伝いをしている。

そんな中、歳が近いからなのか、ことあるごとにアレンはセシルに絡まれる。

気は進まないが、貴族の娘が乗れと言うのだから乗るしかない。

平民と農奴ではそこまでの違いを感じなかったが、お貴族様とは身分がはっきりと違うことを感じる。

(ん？　女性専用車両かな。乗っているのは女性ばっかりだ。でも副騎士団長もいるな)

セシルが乗る馬車には、女性の使用人が何人か乗っている。

どうやら、この馬車は今回やってきた女性の使用人をセシルと一緒に乗せているようだ。

そして、護衛役なのか副騎士団長も前の席に座っている。

セシルにここよと言われた場所はセシルの目の前の席だ。

何だこの地獄はと思いながらも、言われるがままに無言で席に着く。

ほとんど塗装されていない馬車のため、揺れもひどく乗り心地は最悪だ。せめて気兼ねなくゆっくり馬車の中ではいたたいのにと、心の中でため息をつく。

馬車が出発を始めほどなくすると、アレンの乗る馬車もごとごとと移動を開始した。

開拓村より人口が多いのか、または村人総出なのかは分からないが、結構な人が村を出る馬車の見送りをしている。

「どう？　すごい歓迎だったわね」

そんな村人を見ているとセシルから声がかかる。

「はい、さすが領を治めるグランヴェル家でございます。日頃からの領民を思っていただいているからでしょう」

「そうでしょ。ふふ」

（褒めたからクッションを1つくれ）

セシルはこれが聞きたかったと言わんばかりに、グランヴェル家を褒められてニマニマが止まらないようだ。

そんなセシルのお尻の下には、アレンとは違い、いくつものクッションのような敷物が重なって敷かれている。

「アレン君は、御当主様へのボア狩りの案内役をしている時も思ったけど、農奴だったとは思えないくらいしっかりしているね」

アレンの言葉に同じ馬車の中にいる副騎士団長が感心したように言う。

さすが、グランヴェル男爵に農奴の子供を従僕にする決断をさせただけのことはあると思っているのかもしれない。

「お褒めいただきありがとうございます」

「その返事もすごいと思うよ。今何歳だったかな？」

副騎士団長が褒めてくれたのでお礼を言う。

「今年で8歳になります」

「え？　私と一緒じゃない」

(お？　同い年か。ためなのか)

「左様でございますか」

どうやらセシルはアレンと同い年だったらしい。

だからどうしたということもあるのだが、セシルは考え事をしながら「そう、同い年ね」とブツブツ言っている。

まばらに生えた木を切り分けて作った道を馬車で移動すること数時間。

小さなセシルもいるからなのか、馬車とは馬を定期的に休ませるものなのかは分からないが、何度か停車して休憩を取る。

休憩の度に馬車を必死で変えようとするアレンであるが、セシルからグランヴェル家の話を聞かされて移動できないでいた。

（グランヴェル家あるあるなんて魔導書にメモなんてしないぞ）

どうでもいいグランヴェル家内での話に相槌を打っていると、セシルが窓の外を見て何かに気付いたようだ。

「あら、この辺りは……もうすぐお母様が言っていた湖ね」

「セシルお嬢様、立ち寄りませんよ」

セシルの言葉に副騎士団長がにべもなく言う。

「まだ何も言ってないいじゃない！　ていうか何で寄ったらだめなのよ!!」

セシルは副騎士団長の言葉に怒り、抗議する。

（ん？　何だ何だ？　この先に湖があるのか？）

セシルの言い分はこうだ。今回のボア狩りの様子も見学したかったが、父に危ないので駄目だと言われて渋々諦めた。ちゃんと我慢したし、いい子にしていたのだから今度は願いを聞いてくれてもいいじゃない、というわけだ。

セシルの母親曰く、湖のほとりにきれいな黄色の花が咲いていると言う。セシルはその花を摘みに行きたいと副騎士団長に言う。

「立ち寄るわけにはまいりません。何事もなければよいのですか、この辺りにはぐれのオークが出たと言います。団長も討伐に向けて別働しておりますので、お嬢様の安全が第一です」

「……そう、分かったわ」

セシルは、副騎士団長が絶対に行かないという態度を変えないので、抗議するのを諦めたようだ。

（オークか、見たことないが強いんだろうな。たしかCランクの魔獣だっけ）

アレンはグレイトボアやアルバヘロン、角の生えたウサギくらいしか魔獣を見たことがない。

開拓村を出て、また新たな魔獣の名前を聞けた。さすが、魔獣の跋扈（ばっこ）する剣と魔法のファンタジーだと思う。

ただ、オークは有名な魔獣のようで、父であるロダンからも聞いていた。

オークによって人々の村は襲われ、村が1つ丸ごとなくなるほど壊滅するなんてことがしばしば起こるらしい。

「やはり、討伐をするのですか？」

「討伐は必要だろうね。放っておくと村を作ってしまうかもしれない危険な魔獣だからね」

最初ははぐれオークと呼ばれているが、討伐せずに放置するとその場に居ついてオークが村を作ってしまうこともあるらしい。もしかしたら、オークが人里から近い場所に既に村を作っているかもしれない。

先ほどの村の村長が、行商人から村に来る途中ではぐれオークを見たという情報を聞き、男爵や騎士団長に相談していた。

グランヴェル男爵はその話を重く見たようで、はぐれオークを発見した詳しい場所を村長に問いただした。

その結果、騎士団長はグレイトボアの狩りを手伝う予定で連れてきた騎士団の半分を引き連れ、はぐれオーク討伐のため別行動を開始した。

そうした事情もあり、こちらは残り半分の騎士団とともにグランヴェル家への帰還を急いでいるらしい。とても、セシルのために湖のほとりに立ち寄る余裕はないという。

（なるほど、オークか。たしかグランヴェルの街には冒険者ギルドなるものがあるらしいからな。街で自由に動けるようになったら魔獣の調査も兼ねて行ってみるかな）

オークの情報とともに、今後の予定を魔導書に記録する。

そうしてこれからの行動を検討することに夢中になっていたアレンは、セシルが何か思いつめた顔をして考え込んでいることに気付かないのであった。


それから半日も経たずに、本日の移動は終了した。

道中は至るところに村があるわけではない。

村がない場合は野営を組んで1泊する。

事件はその翌朝に起きた。

もう出発をするというところで使用人の女性が顔を青くして騒いだ。

「せ、セシルお嬢様がおりません！」

「な!?　馬鹿な!!　どういうことだ!!」

グランヴェル男爵に詰め寄られる中、使用人が説明する。

使用人が朝食に呼ぶと、セシルは「いらない。馬車の中にいるわ」と返したそうだ。

使用人はそのことを男爵に伝え、朝食を終えて馬車の中に戻ると、既にセシルの姿はなかったらしい。

（おいおい、完全に湖のほとりの花を取りに行っているじゃないか）

「もしかしたら、湖のほとりの花を取りに行っているのかもしれません。急いで向かった方がよろしいかと」

「アレンよ。どういうことだ」

時間がないので簡潔に話す。

馬車の中でセシルが母親への土産に湖のほとりにある花を持ち帰りたいと話していたことを伝える。

「なぜそれを報告しておかぬ、レイブランド副騎士団長よ！」

「も、申し訳ございません」

グランヴェル男爵に副騎士団長が怒られている。

「良い。隊を分けてすぐに捜しに行くのだ!!」

湖はここから真西の位置にあるらしい。

まっすぐ捜しに行く部隊と、道が正確に分からないであろうセシルが北や南に外れて行ってしまったことも考えて複数の部隊が速やかに編成されていく。

そんな中、アレンがグランヴェル男爵に言う。

「グランヴェル男爵、私もセシル様のお世話をする身です。捜しに行きます」

「ぬ、そうか」

(うし、捜しに行っていいんだな)

本来であれば、8歳の子供が捜しに行くと言ったら駄目だと言われるだろう。

しかし、はぐれオークが出没したという状況の中で、セシルが迷子になった。

そこまで心に余裕がなかったようで、男爵はあまり考えることなくアレンの言葉に返事をした。

アレンは了承が取れた瞬間に湖目指して一直線に走り出す。

(カードの編成をクレナとの騎士ごっこから変えてなくて、マジでよかった)

クレナと最後の騎士ごっこをする際に、ホルダーのカード構成を素早さ重視のものに変えていたのだ。そのおかげで常人を超えた速度で走り出す。

走り続けているとまばらに生えていた木がなくなり開けたところに出る。

(湖か。うん？　いないいな。花畑だ)

見晴らしがいいはずなのに、湖の近くにセシルがいない。

そこには黄色い花が群生して咲いている花畑があるだけだ。

(足跡でも見つけられればいいんだけど。結構走ってしまったからな。追い越してしまったか？)

足跡を探そうとしたが、この広大な花畑でそれを見つけるのは困難だろう。アレンは別の方法を考える。

仕方がないので黄色い花を3本ほど収納に回収すると、道を引き返した。

（こんなことになるなら、ホークの特技を分析しておけばよかったぜ）

狭い開拓村の中ではFランクやDランクの召喚獣を分析することは難しかった。

そのせいで、現在セシルを捜すための選択が少ない。

鳥Eの召喚獣の特技は鷹の目だ。恐らく索敵系の特技だと思うが、どうやって使っていいのかも分からない状況だ。

追い越してしまったことも考慮して、来た道とは少し外れた道を逆走する。分析は済んでいないものの、仕方がないので鳥Eの召喚獣に捜してもらおうかと考える。

しかしその時、大きな木の陰に見たことのある服がチラッと見えた。セシルが着ていた洋服だ。

（いた！）

急いで木の下まで駆けつけると、セシルがガチガチと震えている。

「もう……」

「ダメ！」

大丈夫ですよと言おうとすると、その言葉を遮られる。

（ん？　どうしたんだ、ってこの匂いは）

アレンは、異臭がすることに気付いた。

そして、セシルが隠れた木から少し離れたところに、人型の何かが木を背もたれにして座っていることに気付く。

（オークだ）

豚のような顔をして、獣の皮で作ったボロ服を申し訳程度に着ており、足元には巨大な槍が置いてある。

どうやら熟睡しているようだ。

この状況を見てアレンは理解する。

どうやらセシルは、こっそり湖に行って花を摘もうと思ったが、爆睡しているオークを見てしまい、腰を抜かしたのか、気付かれないように息を殺して隠れていたようだ。

「セシルお嬢様」

「う、うん」

アレンはセシルに聞こえるように小さな声で話しかける。

「まもなく副騎士団長が騎士団を引き連れてやってきます。背負いますのでここからゆっくり離れましょう」

（さすがに戦うって選択肢はないかな。Cランクの魔獣だし、セシルお嬢様もいるしな）

まだまだ分析の進んでいない召喚獣を使って戦うというリスクのある選択はしない。

アレンが1人で戦って倒したことがあるのはアルバへロンのDランクの魔獣までだ。

「背負いますので」と言いながらアレンが背を見せかがむと、セシルが背中に抱き着いてくる。

ゆっくり歩きながら、木を盾にしてオークから離れていくとセシルが耳元で囁く。

「アレン、お花は欲しいわ」

「っ!?」

『この状況でですか？』という言葉をアレンは必死に呑み込む。

「お母様がまたお花が見たいって言っていたの」

どこか泣きそうな声で言う。どうしても欲しいようだ。

アレンはセシルに見えないようにこっそり3本の黄色い花を収納から取り出し、セシルに見せる。

「セシルお嬢様、お花でしたら3本ほど摘んでまいりました。ですので、皆のいる馬車に戻りましょう」

「えっ、どうしてこれを!?　……これがお母様の仰っていたお花なのね」

セシルはゆっくり3本の花を受け取ると、静かになった。

そうこうしているうちに馬が走る音が聞こえてくる。

まっすぐ向かってくるようだ。

「セシルお嬢様!!」

副騎士団長が数名の騎乗した騎士を引き連れやってきた。

「セシルお嬢様はご無事です。ここから少し離れた場所にオークが休んでおります。ご注意を」

「うむ、分かった」

そう言うと副騎士団長は騎士の1人にセシルとアレンを馬に乗せて馬車のあるところまで戻るよう命じる。

残りは、討伐に向かうようだ。

（やっぱり騎士団って強いのかな。とても人が倒せる大きさの魔獣に見えなかったんだけど）

座っていても分かるがオークは人間の大きさではなかった。

そんなことを考えていると、ほどなく馬車が見えてくる。

セシルが馬から下ろされて、花を握りしめたままグランヴェル男爵に向かって走っていく。

アレンは、男爵にはもう少しセシルを怒ってほしいと思うが、男爵はセシルが無事に帰ったことがうれしくてそれどころではないようだ。

そうかそうかと男爵はセシルの話を聞いている。

副騎士団長が戻るのはそれからさらにしばらく経ってからのことだった。

無事にオークを討伐できたらしい。

グレイトボアの狩りを手伝いに来た騎士団ならCランクの魔獣であれば余裕なのかなとアレンは思う。

こうして一連の事件は解決し、改めてグランヴェルの街に向けて進み始めた。

その間ずっと、アレンはセシルの命により、セシルの乗る馬車に乗せられることになった。セシルからの絡みがさらにすごくなったような気がする。

屋敷に着くまでの間、延々とセシルに話しかけられ続けるアレンはこの先の従僕生活が少し不安になるのであった。

あとがき

本書をご購入いただきありがとうございます。

後書きにてございます。

何でも書いていいとのことで、私ハム男が「小説家になろう」のサイトで小説を書き始めた切っ掛けを書いていこうかと思います。


それは3年ほど前のことでした。

私はサラリーマンをしていて、帰宅後ずいぶん暇でございました。

時間をつぶすために月にかなりの数の電子書籍で漫画を買っていました。

漫画のジャンルは様々でメジャーの物もたくさん読んでいましたが、その当時から電子書籍にも異世界もの、転生転移ものの波が押し寄せつつありました。

こんなジャンルもあるのかと、はまってしまい手あたり次第読んでいたかと思います。

そんな中、購入したのがアース・スターノベル様刊行の、猫子先生の書かれた『転生したらドラゴンの卵だった ~最強以外目指さねぇ~』でした。

実は、表紙とタイトルに引かれて漫画と思って買いました。

購入して中を見たら何故か活字で、最初の感想は「間違えた」でした。

間違えて購入したもののお金も使ってしまったし、読んでみるかと読み始めました。

この時、私は久々のライトノベルを読むことになりました。

最後にライトノベルを買って読んだのは10年どころか20年以上前のようだったと記憶しています。

読み始めた感想は「なんて面白いんだ！」でした。

まさに感動だったと思います。

結構ボリュームのある本で、1冊3時間くらいかけて夢中になって読んだ記憶があります。

それから2巻、3巻と追加で購入して読んだところであることに気付きました。

4巻がないということです。

4巻が出ていないのか、もしかしたら他の電子書籍のサイトか、紙の書籍では続きの4巻が売っているかもしれないと、インターネット検索を掛けました。

そして、行きついた先が「小説家になろう」でした。

この時初めて私が「小説家になろう」のサイトの中に入ることになったのです。

そこで、4巻の続きを読んだのです。

4巻の続きを読み終わった私は、もう電子書籍に戻ることはなく、「小説家になろう」の作品を読み続ける日々が続きました。

それから1年半ほど、暇なときは「小説家になろう」を読んでいました。

1日の結構な時間を「小説家になろう」を読むことに当てていましたので、中々読みたい作品が見つからない日が出てきてしまいました。

どうしようかと考えた末、始めたことが自分で小説を書くということでした。

「小説家になろう」は、素人が思い思いに投稿するサイトです。

自分でも数百冊の作品に触れてきました。

もしかしたら、これくらいなら私でも書けるのではないのか。いけるんじゃないのかと思いながらも、作品の投稿が始まったのです。

小説の投稿を始めたのが2019年の春のことでした。

それから試行錯誤しながら異世界転生転移ものを2作品、「小説家になろう」に投稿しました。

2作品目がこの本書ヘルモードです。

これが、私が小説を書き始めたきっかけでございます。


私がアース・スターノベル大賞のコンテストに参加させていただいたのも、「小説家になろう」で小説を書く道に示していただいたアース・スター様だったからです。

私の中で思い入れのある出版社様です。

最後に今回の本書作成に関わった皆々様に感謝の言葉を送り締めたいと思います。

アース・スターノベル様には、本書を紹介するにあたり、テレビコマーシャルまでしていただきありがとうございます。

書籍化経験のない私に丁寧に対応して頂いた編集のＩ様、私の作品にキャラクターデザインをつけていただいたイラストレーターの藻様、アレンに声を吹き込んでいただいた声優の田村睦心様にも感謝の言葉を送りたいと思います。本当にありがとうございました。

また、本書を手掛けるにあたり、ご理解と応援して頂いた職場と、生み育てていただいた両親にも深い感謝の言葉を送ります。本当にありがとうございます。

今後も作品を作り続けたいと思いますので、今後ともハム男を応援して頂けたらと思います。

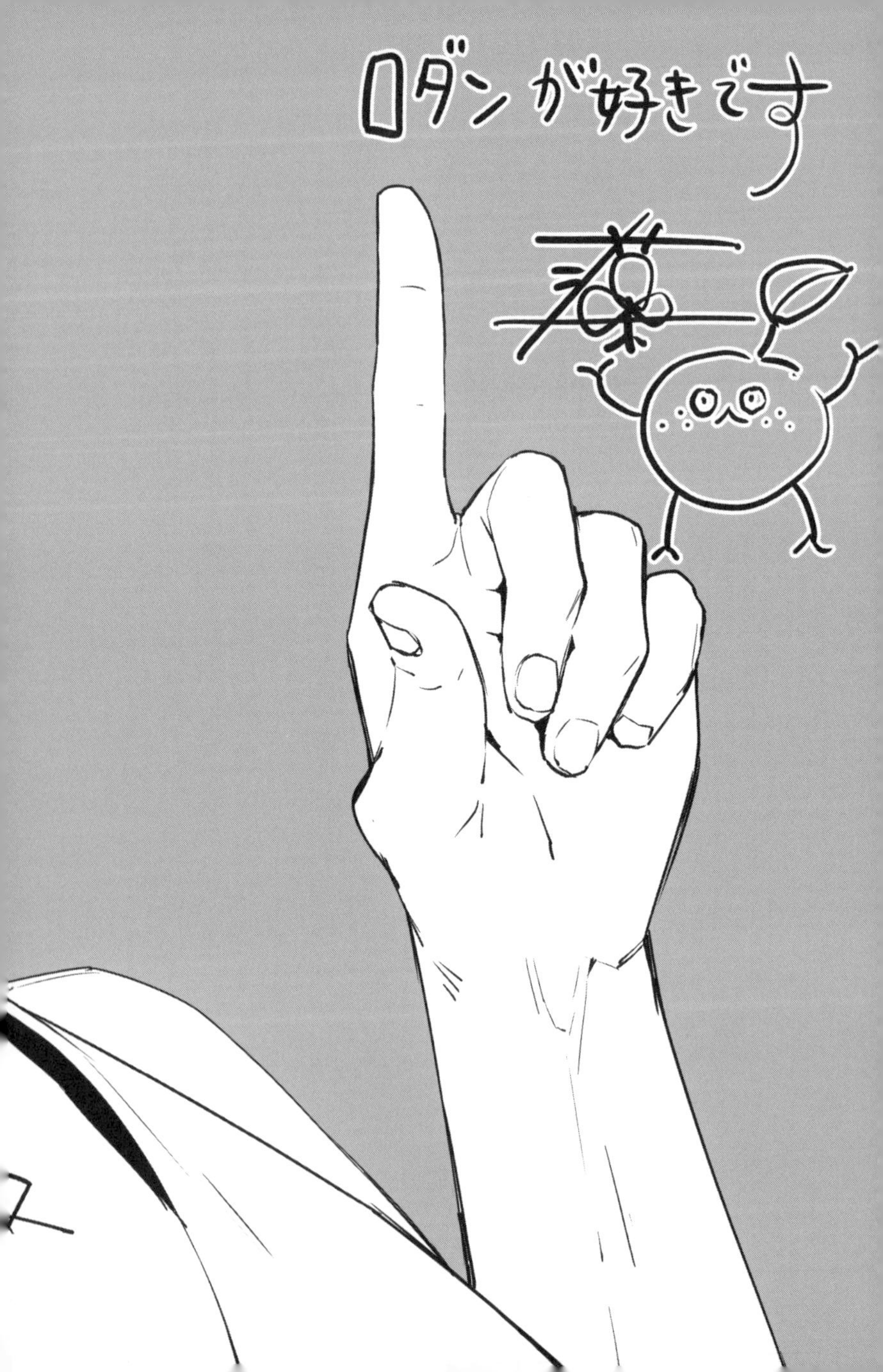
ロダンが好きです

ヘルモード
～やり込み好きのゲーマーは廃設定の異世界で無双する～ 1

発行 ―――― 2020年7月15日　初版第1刷発行

著者 ―――― ハム男

イラストレーター ―――― 藻

装丁デザイン ―――― 石田 隆（ムシカゴグラフィクス）

発行者 ―――― 幕内和博

編集 ―――― 今井辰実

発行所 ―――― 株式会社 アース・スター エンターテイメント
〒141-0021　東京都品川区上大崎 3-1-1
目黒セントラルスクエア　8F
TEL：03-5795-2871
FAX：03-5795-2872
https://www.es-novel.jp/

印刷・製本 ―――― 中央精版印刷株式会社

ISBN 978-4-8030-1433-4